RASTRES DE SÀNDAL

ASHA MIRÓ
ANNA SOLER-PONT

RASTRES DE SÀNDAL

COLUMNA

COL·LECCIÓ CLÀSSICA
PRIMERA EDICIÓ: GENER DEL 2007
SEGONA IMPRESSIÓ: GENER DEL 2007

CARRER PEU DE LA CREU, 4 - 08001 BARCELONA
ISBN: 978-84-664-0794-6
DIPÒSIT LEGAL: B. 1.275-2007
FOTOCOMPOSICIÓ: VÍCTOR IGUAL, S.L.
CARRER PEU DE LA CREU, 5-9 - 08001 BARCELONA
IMPRÈS A: CAYFOSA
CARRETERA DE CALDES, KM 3 - 08130 SANTA PERPÈTUA DE MOGODA

www.columnaedicions.com

A l'Iris, el Roger
i el Jan Soler Pont,

a la Fàtima Miró,

a l'Asha Meherkhamb

i a la Saku Jagtap,

per la infància compartida i tot el que va venir després.

Aquesta història és pura ficció, tot i que recrea vivències personals i molts personatges estan inspirats en persones que existeixen o que han existit. Qualsevol semblança amb la realitat pot ser deguda a fets reals o pot ser casualitat.

Creuar fronteres és el veritable sentit de la vida. [...] Hi ha moltes fronteres que no són físiques que també cal creuar: les de la cultura, les de la família, les de l'idioma, les de l'amor...

RYSZARD KAPUŚCIŃSKI en una entrevista
de Ramón Lobo publicada a
El País, 23 d'abril de 2006

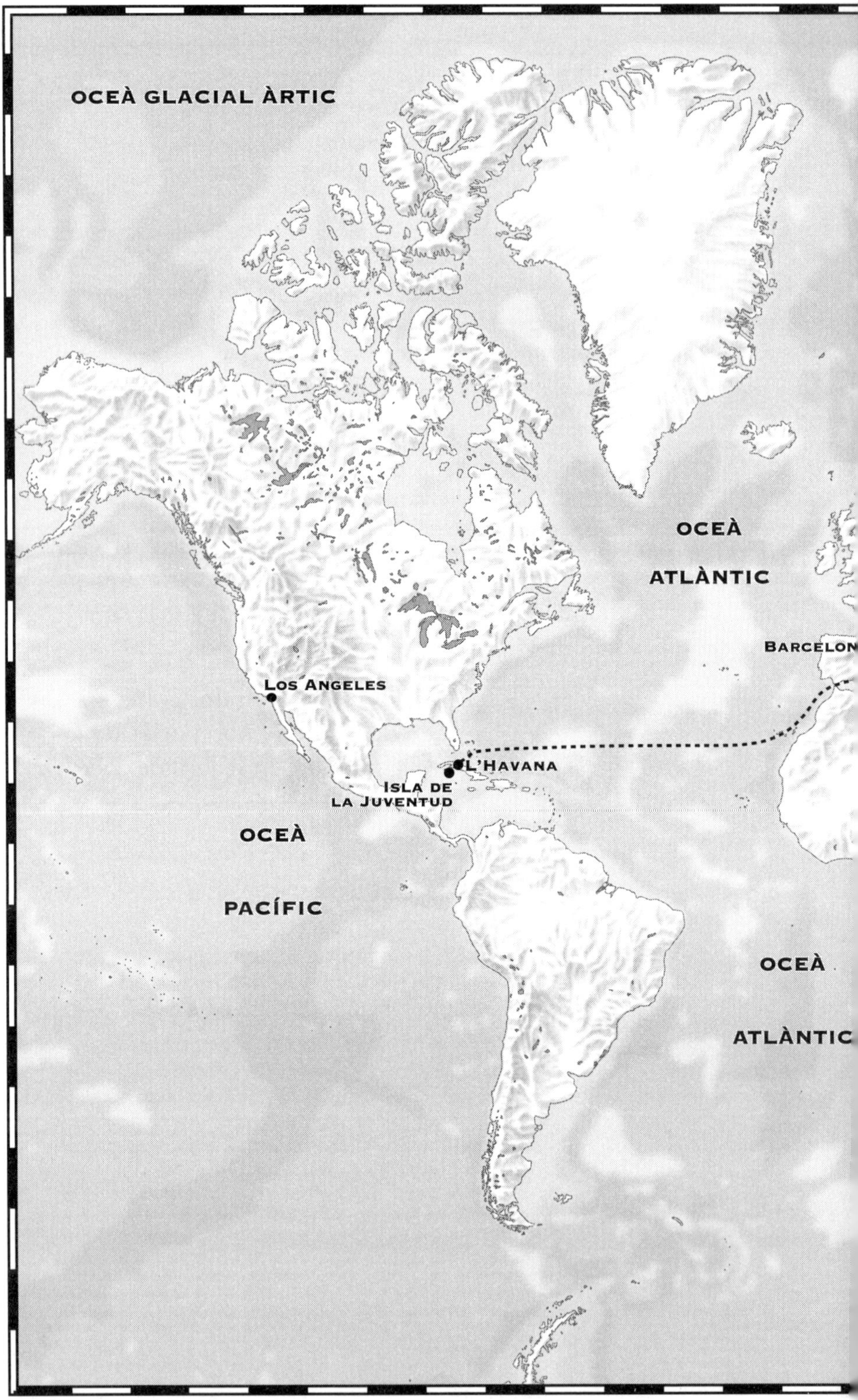

OCEÀ GLACIAL ÀRTIC
OCEÀ
ATLÀNTIC
BARCELON
LOS ANGELES
L'HAVANA
ISLA DE
LA JUVENTUD
OCEÀ
PACÍFIC
OCEÀ
ATLÀNTIC

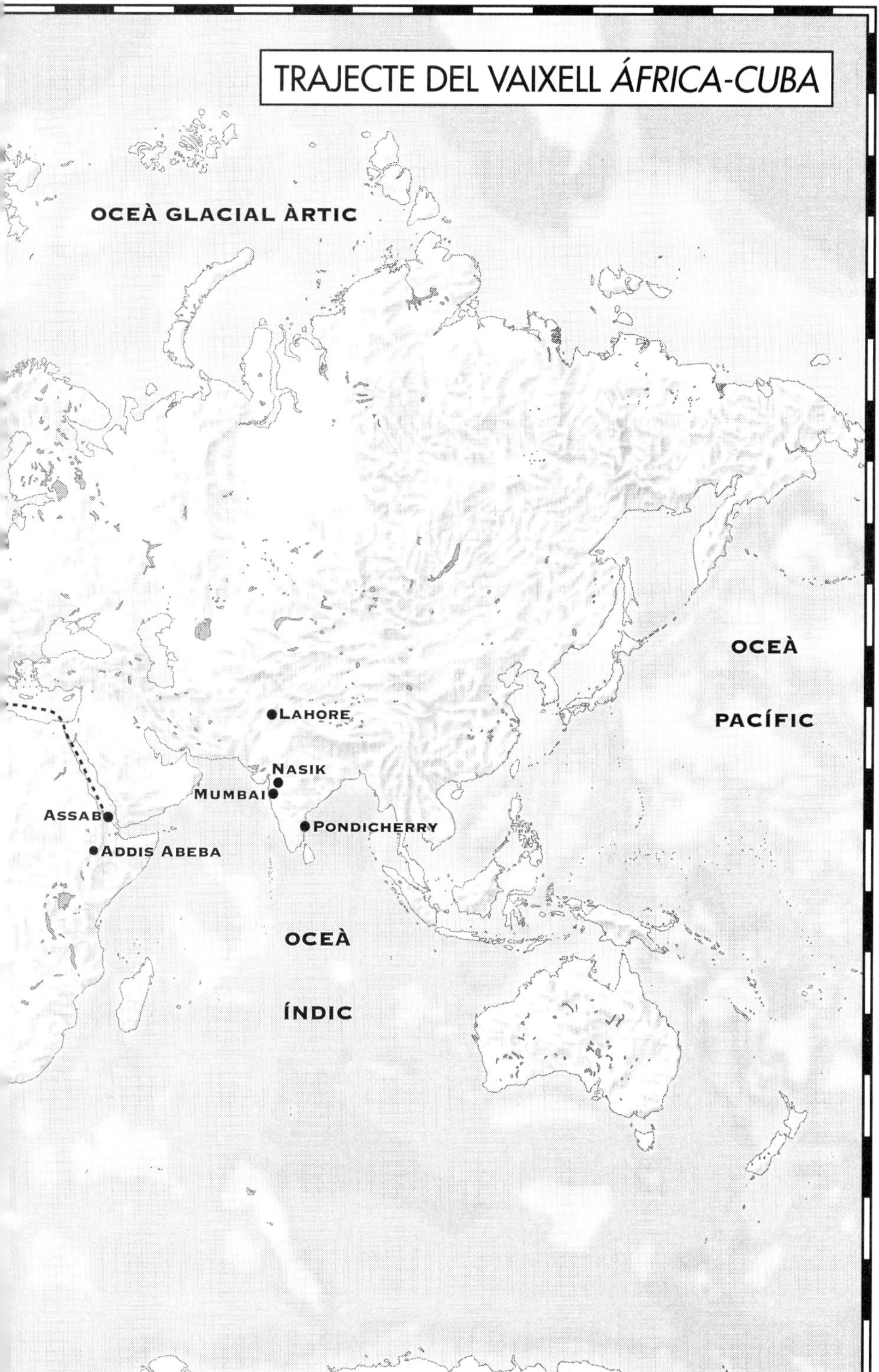

Nota: A la novel·la s'ha mantingut l'antic nom de Bombai quan se'n fa referència fins al 1995, data en què la ciutat va passar a dir-se Mumbai.

PRIMERA PART

Addis Abeba, 1974

S'HAVIA FET DE DIA MOLT DE PRESSA. CADA ALBADA, tan bon punt la claror es començava a insinuar, la nit s'enretirava immediatament. Assegut a l'ampit de la finestra, el Solomon observava una de les façanes de l'església d'Entoto Mariam i s'imaginava les persones que hi havia darrere del mur que l'envoltava, totes tapades amb robes de cotó de color blanc, arraulides contra la paret o contra els troncs dels arbres. Sempre hi havia gent malalta al voltant de l'església. Esperant. La majoria esperaven que la mort no trigués a arribar. L'aire feia olor d'eucaliptus i més enllà d'aquell temple ortodox de forma octogonal s'endevinava la ciutat entre una boira espessa. Els turons que envoltaven Addis Abeba eren un frondós bosc d'eucaliptus a tres mil metres d'alçada. Aquella nit les hienes també havien estat buscant restes de menjar molt a prop de les cases. Envaïen els carrers embassats i plens de fang buscant ossos, carcasses de gallina, un xai que s'hagués quedat fora d'un corral o un gos vell i massa coix. Els udols salvatges semblants a riures histèrics de les bandades de hienes i els crits de les seves preses trencaven el silenci. Del seu pas quedava la fortor agra i desagradable que desprenien per marcar el seu territori.

—Solomon, espavila't, vesteix-te i menja una mica, que arribaràs tard a l'escola!

—Ja ha marxat el pare?

—Sí, ja ha marxat i l'Aster també. Només faltes tu! Va, espavila't!

La Maskarem feinejava per la casa mentre escoltava la ràdio, que sempre estava encesa. Se sentien marxes militars, una música repetitiva que darrerament sonava molt sovint. Calia procurar que al petit forn de pedra que havia construït el pare sempre hi hagués brasa per poder cuinar-hi la *injera*★ quan calgués. En un racó hi havia el foc a terra amb unes pedres grosses. Allà escalfaven l'aigua i cuinaven. Des que havia mort la mare, ara ja feia dos anys, la Maskarem es quedava a casa quan els altres se n'anaven a treballar o a estudiar. La casa era petita, d'una sola planta, suficient per a les quatre persones que hi vivien. El Solomon va acabar fent cas a la seva germana gran, va vestir-se i va menjar *injera* amb *shiro wat* del dia anterior posant-se'n grans trossos a la boca amb els dits. Va agafar la bossa de roba on portava les llibretes i el bolígraf i va sortir corrent, camí avall cap a la carretera que duia a Shiro Meda, el barri que hi havia just als peus dels turons d'Entoto, uns cinc-cents metres més avall. A vegades baixava saltant com una cabra per les dreceres del mig del bosc, procurant no relliscar gaire. Si anava per la carretera, corria tant com podia. Era una carretera de pendent molt pronunciat, amb un revolt darrere l'altre. Tenia poc trànsit però sí que hi havia molta gent que caminava amunt i avall. I també molts rucs carregats amb gerres de terrissa i bidons de plàstic plens d'aigua ben lligats amb cordes a les alforges. A aquelles hores, aprofitant que no feia calor, moltes dones ja anaven carregades amb llenya al cap o lligada a l'esquena per anar-la a vendre o per portar-la a casa seva. D'altres tra-

★ El significat de les paraules en cursiva es troba al glossari al final del llibre.

ginaven pots amb llet acabada de munyir. Pertot arreu se sentia l'olor de la fusta d'eucaliptus cremant-se.

Quan el Solomon passava per davant de la casa del seu amic Sintayehu no calia que el cridés. Així que s'acostava, sortia amb la seva bossa a la mà i la seva mare li deia adéu des de la finestra, feinejant entre galledes d'aigua. El matí era sobretot l'hora de l'aigua per a la majoria de les dones. Calia anar-la a buscar o esperar que algú la portés per poder començar a cuinar i netejar. Gairebé no hi havia cases amb aigua corrent en aquella zona. Quan es trobava amb el Sintayehu, el Solomon parava de córrer i caminaven junts fins a l'escola encara una bona estona més. Tots dos tenien vuit anys i anaven a la mateixa classe, i tenien la pell bruna i els cabells molt curts, foscos i arrissats.

—Ja has preguntat al teu pare quin dia hi podrem anar?

—No, encara no —va contestar el Solomon.

—I què esperes? Diu el meu pare que aviat faran fora l'emperador i si no t'afanyes ens quedarem sense veure els lleons!

—Com vols que facin fora l'emperador? El meu pare és un dels seus cuiners!

—Fa dies que sento parlar del mateix al pare i a l'oncle i a altres amics seus que vénen a casa. No entenc gaire bé de què parlen, però semblen enfadats. Els he sentit dir que estan tips del Ras Tafari i que ha arribat l'hora de fer-lo fora.

—Per què li dius Ras Tafari si es diu Haile Selassie?

Un ramat de cabres pasturava per les vores dels carrers amples rosegant l'herba verda, indiferents als cotxes i autobusos que passaven al seu voltant.

—Ara és el rei de reis, el lleó de Judà, l'escollit de Déu, però diu el meu pare que es diu Tafari Mekonnen, és un home normal i no sap ni llegir ni escriure!

—No m'ho crec! Sempre expliques històries estranyes!

—Doncs no t'ho creguis! Però si el meu pare diu que

l'emperador no ha anat mai a escola és veritat! —va contestar el Sintayehu, deixant el Solomon sense paraules—. Però podrem donar-los menjar? —va insistir.

—Als lleons del palau? Ets boig? Només ho pot fer l'emperador!

—Però el teu pare potser li pot demanar que ens ho deixin fer a nosaltres! O almenys que ens deixin veure'ls dins de les gàbies del jardí!

Van arribar a l'escola. Desenes de nens com ells i nenes amb pentinats de trenetes entraven a l'edifici. El Solomon i el Sintayehu van sentir crits d'un grup nombrós de persones, sobretot d'homes joves. Cridaven consignes contra l'emperador. Era una altra manifestació d'estudiants universitaris que avançava per l'avinguda, tallant el trànsit. Els cotxes, les furgonetes que feien de taxis col·lectius i els autobusos tocaven els clàxons. Hi havia manifestacions com aquella molt sovint. Quan no eren estudiants eren camperols que reclamaven els seus drets. Cada vegada s'hi afegia més gent diferent, tots junts i tots demanant el mateix.

—*Meret le arashu!* La terra per a qui la treballa!

—Acabem amb el règim feudal!

—*Meret le arashu!*

—Retorneu-nos la terra!

—Prou de tirania!

Els crits es repetien entre la multitud. El Solomon i el Sintayehu se'ls miraven encuriosits i sense entendre què passava. Alguns homes dels que cridaven tenien la cara encesa de ràbia, semblava que poguessin matar qualsevol persona que se'ls posés al davant. Entre els estudiants també hi havia alguns militars. Darrerament es veien més militars que mai a tot arreu.

—Va, tots cap a dintre, de pressa! —els va dir un mestre.

—Feu el favor, que encara tindrem problemes! —el guarda de l'escola s'agafava a la reixa per tancar-la així que haguessin entrat tots els alumnes. I es quedava sol, entre la reixa de l'entrada i el pal de la bandera d'Etiòpia onejant amb el vent del matí.

L'activitat escolar començava amb tots els nens i nenes formats al pati i cantant tots junts l'himne a la bandera mentre el director hissava el tros de roba tricolor. Però quan hi havia manifestacions com la d'aquell matí, entraven de seguida cap a les aules, sense formar, sense himne, sense res. S'asseien als seus llocs i els mestres apareixien de seguida per tancar les finestres que donaven al carrer. Era difícil concentrar-se, tant per als alumnes com per als mestres. Hi havia dies que el soroll que se sentia de fora feia impossible cap altra activitat que no fos copiar textos. Un text darrere l'altre a la llibreta mentre el professor mirava atent què passava al carrer.

—Aturem la fam! —cridaven els manifestants, fent sentir les seves veus entre els clàxons dels cotxes i els minibusos col·lectius.

—*Meret le arashu!*

Altres vegades els manifestants eren els taxistes, que es queixaven del preu de la benzina. Addis Abeba sense taxis era una ciutat morta. Però encara era pitjor si els treballadors dels autobusos Ambessa també decidien manifestar-se reclamant l'augment de sous que no arribava mai. El caos era immens.

—De quina terra parlen? —va preguntar el Solomon al Sintayehu.

—De quina vols que sigui? De la nostra!

Definitivament no entenia què passava, per què cridava tanta gent als carrers, per què tothom estava tan nerviós.

—Silenci! —va dir el professor.

El Solomon sabia que estaven passant coses que no entenia i que ningú no li explicava. Jugava poc. Anava a escola de bon matí, tornava a pujar bosc amunt per dinar, baixava de nou a la ciutat per a les classes de la tarda i pujava ja més a poc a poc i força cansat quan s'acabaven. Era un bon alumne, tal com havia promès a la seva mare abans de morir. Ella pràcticament no havia anat a l'escola. Havia passat la infància a les muntanyes de Tikil Dingai, entre Gondar i Dansha. Les muntanyes de «les pedres ben posades», que tenien formes sorprenents. Convertida en una dona de ciutat, encara que visquessin als turons d'Entoto, la seva màxima preocupació havia estat que els seus fills tinguessin estudis. El curs anterior, a la cerimònia d'entrega dels premis als millors estudiants de l'escola, el Solomon havia guanyat el de la seva classe. Més d'un nen rebia cops i càstigs dels mestres, amb vares i fuets de tota mena. Al Solomon no l'havien pegat mai. Ni a l'escola ni a casa. Potser era l'únic. Feia els deures cada dia a la taula de fusta de casa i ajudava en tot el que li demanaven. No tenia motius per no fer-ho. Abans d'anar a l'escola primària, havia anat a una petita escola dirigida pels capellans ortodoxos, al costat de l'església. Allà havia après a llegir i escriure, repetint l'alfabet sil·làbic monòtonament amb tots els seus companys en veu alta. *Ha, hu, hi...* Semblava més una classe de cant recitatiu que d'una altra cosa. Qui s'equivocava o s'endarreria rebia un cop de vara de fusta o de fuet. Les ratlles dels cops de fuet marcades a la pell bruna eren molt freqüents. *Ma, mu, mi...* Els pares no es queixaven, sinó tot al contrari. Sovint pegaven encara més els seus fills com a càstig per haver fet enfadar els mestres.

Com cada diumenge al matí, van anar a l'església d'Entoto Mariam. Les germanes del Solomon portaven un vestit blanc llarg i els cabells coberts amb una *netela*, la roba blanca de cotó amb una sola sanefa de color blau a les vores. I petites creus de plata penjades al coll amb llana negra. A més de la creu, la

Maskarem també portava el collaret que havia estat de la mare. Unes peces de plata antiga de la seva terra del nord.

—*Salam*, Biniam! —va dir el Solomon en trobar-se el seu amic a les escales del temple.

—Estàs bé? —va preguntar-li la Maskarem, que pujava al darrere, mentre li donava uns quants *birrs* discretament, sense dir res més.

El Biniam se'ls va posar a la butxaca de seguida abaixant la mirada.

—Gràcies, estic bé.

El Biniam era una mica més gran que el Solomon i vivia sol pels carrers. Feia temps que es coneixien, des d'abans que els pares del Biniam emmalaltissin i morissin l'un poc després de l'altra. Tenia alguns parents en un poble del nord, a prop del llac Tana, però tots els familiars propers havien mort. Havien estat companys de joc, però ara ni tan sols es fabricaven sabates amb llaunes buides per veure el món des d'uns centímetres més amunt. El Biniam feia el que podia per sobreviure. Enllustrava sabates pels carrers de la ciutat, carregat amb una capsa de fusta plena de betums i raspalls que havia estat del seu pare i un pot de pintura buit que li servia de tamboret quan els clients s'asseien en un pedrís.

—Voldràs venir amb mi aquesta tarda? Haig de pasturar unes quantes ovelles i cabres.

—D'acord! On aniràs?

—No gaire lluny. Hi ha molta herba tendra pertot arreu. Haig de recollir les ovelles del Getasseu al costat de casa teva i et vindré a buscar. Després anirem a buscar la vaca de la família del Denberu i dues cabres dels seus veïns. Quan es faci fosc les haig de tornar a cada estable.

—Les pastures cada dia?

—Ara sí, gairebé cada dia. Em paguen poc, però m'agrada més estar pels voltants d'Entoto amb el ramat que baixar a Shiro Meda amb la capsa dels betums.

—Em sembla que a mi també m'agradaria més quedar-me per aquí.

Les dones i els homes entraven al temple per portes diferents. Abans de descalçar-se i entrar a l'església van estar-se uns minuts drets davant d'una de les parets de la façana principal, van besar-la i també van besar el terra. Les portes estaven pintades amb vistosos àngels d'ulls d'ametlla ben resseguits de negre i vestits de vermell. No sortirien del temple fins dues hores més tard, potser més. El Biniam sempre deia que el que més li agradava era anar a l'església perquè era l'únic lloc on se sentia protegit i tranquil. El temple feia una forta olor d'encens i sàndal que un monjo cremava dins d'un recipient de coure ple de carbó fumejant. Una gran pintura de sant Jordi, el sant Giorgis nacional, dalt d'un cavall blanc i l'espasa a la mà, presidia una de les parets. El Biniam també se sentia bé a casa del Solomon, on passava moltes hores i a vegades s'hi quedava a dormir en un racó, procurant no ser cap molèstia.

—Vine a dinar. El meu pare ha cuinat *doro wat* i ja saps que fa una *injera* boníssima —va dir-li el Solomon abans de posar-se a cantar.

Quan va tornar a casa acabava de fer-se fosc. El pare escoltava la ràdio, l'Aster brodava una roba de cotó blanc i la Maskarem cosia els botons d'un vestit petit asseguda al costat de la finestra. La Maskarem havia trobat feina a casa d'una família americana que vivia a Addis Abeba, cuidant dos nens de cabells rossos i llisos, cuinant i cosint el que calia. Era una bona feina i de passada practicava l'anglès que havia après a l'escola i el parlava bastant bé.

Ja feia quatre anys que el Peter Howard s'havia instal·lat a Addis Abeba amb la seva dona Jane i els seus dos fills: la Sarah, que tenia set anys, i el Mark, que en tenia cinc. Era paleoantropòleg i treballava en diferents projectes de recerca. De tant en tant havia de passar setmanes senceres a la regió del Danakil, al nord-est d'Etiòpia, on dirigia diferents excavacions. Era un home fascinat per la vall del Rift, per la geografia d'Etiòpia i també per la seva història, la cultura i la seva llengua. Havia après l'amarinya i al seu equip hi tenia estudiants de la Universitat d'Addis Abeba treballant amb ell. La Jane Howard era una dona alegre i de tracte fàcil que s'adaptava a qualsevol situació. Havia viatjat per molts països diferents seguint el seu marit allà on el portessin les seves excavacions i investigacions, i li agradava descobrir altres maneres de viure i, sobretot, noves receptes de cuina. Era anglesa però en conèixer el Peter havia decidit anar-se'n a viure amb ell als Estats Units i allà havien nascut els seus dos fills. La Maskarem i la senyora Howard tenien llargues converses sobre la cuina etíop, sobre els secrets de la *injera*, la mesura justa de les diferents espècies a cada plat i els temps de cocció de les verdures. A vegades els Howard tenien convidats i demanaven a la Maskarem que es quedés per fer la cerimònia del cafè.

Preparava les petites tasses de ceràmica en una safata plena de fulles d'eucaliptus. S'asseia en un tamboret baix i torrava els grans de cafè verd damunt d'una planxa de ferro mentre el sàndal fumejava als seus peus. Quan els grans ja estaven ben negres, els molia davant de tothom, picant-los en un petit morter de fusta. Abocava aigua bullint dins d'una gerra de ceràmica amb el cafè mòlt ja a dins. I omplia totes les tasses. Després omplia la gerra amb més aigua per servir una segona ronda. I quan tothom havia tornat a deixar la seva tassa a la safata, encara se servia una tercera ronda. El cafè era cada vegada més suau.

A la Maskarem li agradava ensenyar els seus costums a aquells *farangis* de pell rosada, estrangers que semblaven interessats pel seu país. Però no li agradava haver-se de quedar a dormir a casa seva quan es feia massa tard. Com que ho havia dit, l'acompanyaven en cotxe fins a casa, carretera amunt fins a Entoto. Els Howard tenien contractat un matrimoni ja gran com a servei perquè no suportaven la idea de tenir nens o adolescents treballant com era habitual entre els estrangers que vivien a Addis Abeba. S'ocupaven de la cuina i del manteniment de la casa i havien explicat a la Maskarem que darrerament els Howard i els seus convidats no parlaven de res més que no fos de la sequera del país i la passivitat del govern per evitar que morissin de fam més persones. I també de les intencions dels militars. A la ràdio no deien res de tot això. Les famílies vivien al voltant de ràdios enceses que no explicaven el que estava passant.

Plovia. Plovia sense parar des de feia setmanes i els carrers s'havien convertit en pistes de fang. Hi havia molt pocs carrers asfaltats. A l'estació de les pluges tot anava més lent. Als rucs se'ls enfonsaven les potes als camins i els costava caminar. Les rodes de les bicicletes s'encallaven, els cotxes derrapaven. La gent també caminava més a poc a poc sota els seus paraigües, vigilant per on passava, esquivant els bassals i el fang per no relliscar i caure. I per no espatllar més del compte les sabates. A la ciutat era mal vist anar amb botes d'aigua com els camperols de les muntanyes, per més que alguns carrers estiguessin en les mateixes condicions que als pobles. El Sintayehu seguia insistint a voler veure els lleons que l'emperador tenia engabiats als jardins del palau i el Solomon li assegurava que seria impossible. Els criats de palau preparaven la carn en safates de plata i l'emperador la llençava als animals a través de les reixes de les gàbies.

—Carn en safates de plata? Quan ho expliqui al meu pare s'enfadarà molt! —va dir el Sintayehu.

—Per què?

—No saps que hi ha milers de persones que s'estan morint de gana? S'estan morint al costat de graners plens de gra perquè la riquesa està mal repartida!

Van arribar a casa del Sintayehu i sense gairebé dir-se ni adéu el Solomon va continuar caminant sol, carretera amunt, cap a Entoto. El Sintayehu parlava com els grans, repetia tot el que sentia dir al seu pare i el Solomon mai no sabia què contestar-li.

—Què creus que passarà? —va preguntar la Maskarem al seu pare just quan el Solomon entrava a casa després d'haver-se tret les sabates enfangades.

—No ho sé. De veritat que no ho sé. Tot està anant molt de pressa...

El Solomom va asseure's a la taula de fusta sense perdre's ni un detall de la conversa del seu pare i les seves germanes. A fora seguia plovent.

—S'han endut algú del servei?

—No ho sé... Per què havien de fer-ho? Som treballadors del palau i res més! Els *sera bet* som els millors cuiners de l'emperador, els que durant anys li hem procurat els menjars més exquisits... Nosaltres no hem fet res de dolent!

—Què és el que està anant de pressa? Què passa?

—Coses de palau, Solomon, coses de palau...

—Quines coses, pare?

L'home va mirar el seu fill petit. Ja no era tan petit.

—Els militars estan detenint ministres i dignataris i l'emperador ja no fa res... —va contestar el pare, que semblava cansat, molt cansat i més gran del que era—. Si veiéssiu com està el palau per dins! Hi ha dignataris que s'hi han refugiat i hi dormen a qualsevol racó!

—I ningú no els diu res?

—Qui vols que digui res! Són els senyors dignataris i si l'Il·lustre Senyor ho permet... A vegades ens falten plats i no hi ha prou menjar per a tots. Aleshores s'enfaden, criden el servei i els cuiners i ens pregunten si seguim ordres dels rebels, que no els atenem bé!

Els tres fills escoltaven atentament el seu pare. Quan callava uns segons només se sentia la pluja repicant a la teulada de llauna.

—Hi ha vegades que sobra menjar... i aleshores els dignataris també ens renyen perquè diuen que no tenim sentit de la mesura. És un malson. No sé pas com acabarà.

Els matins de principis d'agost eren sempre boirosos i frescos. Però els d'aquell agost semblaven els més boirosos i plujosos de tots. La boira era espessa fins ben entrat el dia i tornava a aparèixer molt abans que es fes fosc. Pràcticament no es veia el cel ni la ciutat als peus dels turons en cap moment. L'aigua ho havia embassat tot i corria desmesurada per les vores de la carretera o obrint-se pas salvatgement pels xaragalls del bosc. Aparentment la vida seguia com si res a la ciutat quan el Solomon hi baixava deixant enrere els boscos d'eucaliptus i els ramats que pasturaven sense presses. La gent anava al mercat a comprar i vendre, els nens s'empaitaven i alguns jugaven a pilota descalços, despreocupats, amb els peus enfangats. No hi havia escola, tenien vacances. Però res no era el mateix des que un ministre enfurismat perquè no li havien servit el que havia demanat per menjar, havia entrat a la cuina de palau i havia fet fora tots els treballadors que hi havia trobat en aquell moment. El seu pare entre ells.

Les manifestacions d'estudiants eren cada vegada més freqüents i nombroses, fins que van acabar sent diàries.

—El país s'enfonsa en la corrupció!

—Prou de tirania! Estem farts de promeses!

—*Meret le arashu!*

Manifestacions diàries, sorolloses i violentes. Els estudiants tiraven pedres a les finestres dels edificis oficials i celebraven cada detenció que feien els militars entre el cercle més íntim de l'emperador.

—Aquest és el teu germà? —va preguntar a la Maskarem un home altíssim i corpulent, de cabells rossos i ulls de color blau a l'entrada d'una casa envoltada per un jardí. Hi havia un gronxador lligat a un arbre. El Solomon no havia vist mai un home amb els ulls d'aquell color i l'observava amb curiositat. Tampoc no havia vist cap jardí tan cuidat i ple de flors.

—Sí, és el Solomon —va contestar la Maskarem.

—Hola, Solomon. Em dic Peter —va dir-li donant-li la mà—. Sembla que dibuixes molt bé. És una llàstima, però els meus fills i la Jane no hi són. Segur que els hauria agradat molt poder-te conèixer. Entreu, si us plau —va dir l'home passant-li la mà pels cabells curts i arrissats—. La meva dona ha deixat preparada la roba per cosir. La vaig a buscar. Voleu alguna cosa? Una mica d'aigua? *Kolo*?

—No, gràcies, agafaré la roba i marxarem de seguida.

El Peter Howard va desaparèixer per una porta.

—Per què té els ulls de color blau? És una malaltia?

—Xssst! No cridis tant!

—Però ja els tenia blaus abans o se li han tornat blaus aquí?

—Els *farangis* tenen els ulls de molts colors! Són així!

—De veritat? Els has vist? De quins colors?

—Blau, verd... No ho sé, Solomon, estigues callat, eh?

La casa era plena d'objectes de tota mena. Màscares, tapissos, gerres de ceràmica i escultures de fusta. Al fons de la sala hi havia una biblioteca que ocupava tota la paret. Hi havia llibres i fotografies emmarcades a tots els racons. Una nena i un nen de cabells daurats reien muntats dalt d'un ruc en una fotografia en blanc i negre. El nen al davant, la nena darrere seu, agafant-lo per la cintura amb els dos braços.

—Aquí tens la roba. M'ha dit la Jane que no hi ha cap pressa —va dir el Peter Howard amb aire alegre en tornar a entrar a la sala amb un farcell de roba. Mira, Solomon. Et volia ensenyar una cosa. Saps què és això?

El Solomon va veure que a la mà hi tenia una pedra. Però per la manera com l'ensenyava no podia ser una pedra qualsevol.

—Quan jo tenia vuit anys, quan era com tu, vaig trobar aquest fòssil. A la meva escola dels afores de Houston, a Texas, estaven fent obres per ampliar-la. Sempre que podia m'acostava al terreny on treballaven les excavadores i hi passava moltes estones buscant fòssils com aquest. En vaig trobar moltíssims! Saps què és?

—No, senyor —va atrevir-se a dir el Solomon.

—Un os de bisó! Un os de bisó fossilitzat.

—Saps què és un bisó?

—No, senyor.

—Ja m'ho imaginava, no pateixis! Els bisons són... Espera...

El Peter Howard va anar cap a la biblioteca del fons de la sala i va agafar-ne un llibre.

—Mira. Aquest animal és un bisó —va dir-li ensenyant-li el llibre obert per una pàgina amb una il·lustració a tot color—. Al meu país sempre n'hi ha hagut, ara s'estan extingint...

El Solomon va sortir de casa dels Howard amb un fòssil d'os de bisó a la butxaca i un llibre de flora i fauna americanes a la mà, i amb la sensació de portar dos tresors de valor incalculable.

—Podré tornar un altre dia?

—No ho crec.

—Però per què? Ell ha dit que torni quan vulgui!

S'acostava l'onze de setembre, el cap d'any etíop segons el calendari julià. Tothom estava més nerviós del compte. Però no era l'excitació de les vacances ni dels preparatius de les celebracions i les festes més importants de l'any. Era alguna cosa més. Les hienes també semblaven més inquietes que mai. Rondaven per les cases dels turons d'Entoto buscant qualsevol cosa per menjar. Tothom temia les hienes. Hi havia homes que encenien focs al voltant de l'església i passaven la nit mastegant *txat* sense parar per estar ben desperts i poder protegir els malalts que esperaven la mort en un lloc sagrat, i evitar que les hienes els convertissin en les seves preses. Tothom qui havia sentit alguna vegada els crits esgarrifosos d'una persona atacada per hienes famèliques tenia clar que no ho volia sentir mai més. El *txat* no només estimulava sinó que també ajudava a no tenir gana.

Els camps s'havien cobert d'una catifa groga d'*adei abeba*, les flors silvestres que anunciaven l'any nou després de l'estació de les pluges. Creixien pertot arreu en una explosió de color groc.

«...als vuitanta-dos anys és incapaç de complir les seves obligacions... Sa Majestat Imperial Haile Selassie I queda destronat el dotze de setembre de 1974, i assumeix el poder el Comitè Militar Provisional. Etiòpia per damunt de tot!»

—Apaga la ràdio, si us plau, Maskarem!

La Maskarem, que cosia asseguda a prop de l'aparell, va fer el que li demanava el seu pare i el silenci va ocupar tota l'estança. El temps semblava aturat per a tots.

—Com poden dir que s'han emportat l'emperador perquè era massa gran per seguir governant? Com s'atreveixen a tocar-lo? Per sota de Déu només hi ha l'emperador, per això ha viscut tants anys amb salut!

D'entre el silenci anaven sortint exclamacions i lamentacions del pare i els seus tres fills no sabien què dir. No recordaven haver-lo vist tan exaltat i enfadat com l'endemà d'aquell onze de setembre. Tampoc no sabien què pensar. ¿Com podia ser que tanta gent jove passés hores cridant pels carrers i tallant el trànsit reclamant la terra pels qui la treballaven, demanant que ningú més no morís de gana, si l'emperador era tan bo com deia el seu pare?

—És un cop d'estat! Que són fidels a la corona? Aquests militars només volen el poder, no són fidels a ningú!

—Sort que no eres al palau! Sort que et van fer fora abans!

—Com pots dir això, Maskarem! Per a mi hauria estat un honor servir l'emperador fins al final! Ell va abolir l'esclavitud, va portar l'electricitat... Va ser un home valent! Va plantar cara a Mussolini i no ens va colonitzar ningú! Els italians ho van intentar però no van poder!

A fora uns gossos bordaven.

—Puc buscar feina —va dir l'Aster de cop i volta—. Dues nenes de la classe ja no tornaran a l'escola perquè s'han posat a treballar.

—No, filla. La teva mare em va fer prometre que tu i el Solomon estudiaríeu. No li agradaria que fessis el mateix que va fer ella... deixar l'escola abans d'hora... Sóc jo qui haig de buscar feina on sigui.

A partir d'aquell dia, el Solomon ja no va veure somriure el seu pare mai més. Si amb la mort de la mare s'havia tornat un home trist, seriós i desconfiat, ara ho seria exageradament. Passava hores assegut davant del retrat en blanc i negre de la seva dona emmarcat. El Solomon també coneixia cada detall d'aquell retrat. Ell també hi passava moltes estones assegut al davant, parlant-li sense parlar. No havia conegut cap dona com la seva mare. Era molt silenciosa i observadora, la seva presència omplia la casa, ho omplia tot de vida, de força. No havia conegut cap altra dona amb un tatuatge com el seu al front. Una creu dins d'un cercle. Li havia explicat que li havia fet la seva mare amb una agulla fina quan ella era petita. No ho recordava, però sempre li havien dit que no havia plorat gens. A les muntanyes del nord de Gondar gairebé a totes les nenes se'ls tatuava el front. Cada tatuatge tenia un significat, un símbol de bellesa i de pertinença a una família. Algunes dones també tenien el coll tatuat, com si sempre hi duguessin tres o quatre collarets de color blau. S'ho feien de més grans, les unes a les altres.

Els primers mesos de la revolució, els carrers d'Addis Abeba seguien sent l'escenari de manifestacions multitudinàries. Unes donaven suport al nou govern militar i les altres en demanaven la retirada. També n'hi havia que reclamaven que es repartís la fortuna de l'emperador entre la població o que es donessin les xifres reals de la seva riquesa.

El Solomon ja no anava a l'escola caminant amb el Sintayehu. Baixava corrent sol des dels turons d'Entoto i continuava corrent tot sol pels carrers de la ciutat fins a l'escola del barri de Shiro Meda.

—Per culpa teva m'he quedat sense poder veure els lleons de l'emperador! Ja no vull ser el teu amic! —li havia dit el Sintayehu molt enfadat.

—No ha sigut per culpa meva! I a més, el teu pare és militar i el teu oncle també. I prefereixo no ser el teu amic!

El Sintayehu acostumava a ficar-se en moltes baralles, tant a l'escola com pels carrers. Per un moment el Solomon va pensar que es tiraria damunt seu i li pegaria, l'esgarraparia, li donaria cops de peu i s'estriparien la camisa com li havia vist fer tantes vegades amb altres nens. Però el Sintayehu se'l va quedar mirant i no va dir-li res. Va girar-li l'esquena i se'n va anar caminant en direcció contrària.

Quan tornava de l'escola, sovint trobava el seu pare al mateix lloc on li havia dit adéu en marxar. Assegut davant de la porta de casa, amb la mirada perduda.

—L'han assassinat. Estic segur que l'han assassinat —repetia el pare—. No entenc per què han hagut de matar un home gran que era admirat i respectat per tothom.

Aquells dies no es parlava de res més que de la mort de Haile Selassie i de més de cinquanta oficials. El Solomon no podia imaginar com seria el país sense un rei, era impossible que a Etiòpia s'hi pogués viure sense un emperador. Al seu barri la vida era aparentment igual. Les dones sortien a buscar aigua i llenya molt d'hora, com cada matí. Quan començava el dia, les carreteres i els camins dels turons d'Entoto s'omplien de dones de totes les edats que traginaven gerres d'aigua i feixos de llenya lligats a l'esquena o ben col·locats al cap. Després s'asseien a les entrades de les cases a moldre cigrons i llenties amb una pedra contra una pedra més grossa i amb forma de recipient, picant i triturant els llegums secs amb moviments lents i forts. D'altres picaven grans de blat en morters de fusta amb pals més alts que elles. Però tot era diferent, tothom tenia por. El Solomon havia sentit parlar les veïnes de la desaparició d'alguns nois joves, tots ells estudiants de la universitat. Un nebot, un cosí... Els militars patrullaven a tota hora en jeeps descapotables armats amb una metralladora muntada al seient del costat del conductor. Conduïen sempre molt de pressa. De nit, s'aturaven davant d'una casa, un parell d'homes baixaven del vehicle, esbotzaven la porta a cops de peu, treien del llit els sospitosos o els homes de l'antic règim, descalços i sense cap documentació, i se'ls enduien tan violentament que ni la família s'atrevia a protestar mentre els veien allunyar-se dalt del jeep a gran velocitat. Els gossos bordaven però no se sentia res més.

Les autoritats van ordenar que tothom fos escorcollat. A tot arreu. Per qualsevol motiu. Tothom era sospitós de ser l'enemic. Els escorcolls eren constants i la sensació d'amenaça incessant. El Solomon no entenia què volia dir tortura. Les dones abaixaven la veu quan pronunciaven aquella paraula i aleshores ell es quedava sense sentir la resta de la història.

—El van tenir amagat tres setmanes a casa seva i el van venir a buscar perquè segur que algun antic company el va delatar, si no, no s'entén com el van trobar...

—L'haurien hagut d'enviar fora de la ciutat, a casa d'algun parent, o més lluny, a Bahar Dar o a Gondar.

Tot era confús. Tothom explicava històries que feien por, històries de joves que s'amagaven per no ser detinguts, torturats i assassinats, històries de famílies devastades per l'angoixa d'haver d'amagar un fill o pel dolor d'haver-ne perdut un o més d'un.

Cada matinada hi havia cadàvers estesos als carrers. Les famílies dels que no havien dormit a casa recorrien la ciutat mirant si algun dels cossos sense vida era el dels seus. Els camions oficials els recollien i els portaven a la morgue. Els familiars hi anaven a fer cua per pagar els vint-i-cinc *birrs* que els militars demanaven a canvi de recuperar cada cos i enterrar-lo dignament. Al cap de quaranta-vuit hores de cada repressió nocturna, si ningú havia reclamat els cossos o pagat els vint-i-cinc *birrs* portaven els cossos als afores d'Addis Abeba, on es convertien en un banquet per a hienes i voltors.

Per més que l'arribada del nou any etíop va canviar moltes coses, a l'escola tot seguia igual, però ja no cantaven l'himne de la bandera al pati abans de començar les classes. Aquell dia, com que no hi havia escola a la tarda, el Solomon havia quedat amb el seu pare per acompanyar-lo a fer uns encàrrecs a l'altre costat de la ciutat, a un barri on no recordava haver anat mai. Van pujar a un autobús ple de gent silenciosa i carregada amb farcells i paquets. Les dones es tapaven el cap i mitja cara amb una *netela* blanca. Molts homes també anaven tapats amb *gabis* de color blanc. Tothom desconfiava de tothom. Van poder asseure's en dos seients de la part del darrere. Un ramat de rucs carregats amb sacs creuava una gran avinguda. Devien anar al Merkato a vendre la mercaderia. Farina de *teff* o potser sal de l'Afar que hauria arribat en una caravana de camells. El Solomon estava observant els esforços dels dos joves pastors encarregats de fer arribar tots els rucs a la seva destinació sense ser atropellats, quan de sobte l'autobús va frenar bruscament i es va donar un cop contra el vidre de la finestra. El conductor va obrir la porta i van pujar tres homes amb ulleres de sol i un bastó a la mà. Des del davant de l'autobús van mirar-se les cares dels passatgers silenciosos, com si busquessin algú.

—Tu! Aixeca't! I tu també! —va cridar un dels homes a dos passatgers que anaven ben vestits. Amb ulleres de sol i bastó a la mà, que l'ensenyava ostentosament, va assenyalar-los les butxaques i els va fer treure el que hi duien. Els va agafar els diners, els documents i el rellotge. Els tres homes van tornar a baixar de l'autobús amb la mateixa seguretat amb què havien entrat. El conductor es va posar en marxa com si res. Els controls s'havien convertit en una activitat molt freqüent. Ningú no sabia exactament qui tenia l'autoritat per controlar i escorcollar, podien ser militars o policies o no ser-ho.

—Almenys no han fet mal a ningú! —va dir en veu fluixa un home ja gran que seia davant del Solomon—. L'altre dia ens van fer baixar a tots de l'autobús i als qui no volien donar-los els diners els van pegar molt fort amb els bastons. Crec que a un el van matar allà mateix.

El Solomon tremolava de por.

La majoria dels treballadors del palau i totes les persones afins a l'emperador havien estat afusellats. Alguns van poder fugir a l'estranger si no havien estat empresonats i altres es van amagar a les muntanyes del nord o vivien disfressats de monjos als monestirs. Els pocs que s'havien quedat a Addis Abeba esquivaven la vigilància i els controls dels militars com podien.

—Quina sort vas tenir que aquell ministre enfurismat et fes fora de la cuina del palau! —deia sovint la Maskarem al seu pare des de feia uns mesos, tot i que sabia que no li agradava sentir-ho.

El Solomon i el Biniam estaven asseguts dalt d'una roca molt alta. A baix, a través del bosc d'eucaliptus, es veia una impressionant vista panoràmica de la ciutat. Les ovelles, les cabres i les vaques que duien aquell dia pasturaven no gaire allunyades d'ells. Des d'allà dalt, amb el silenci d'Entoto a més de tres mil metres d'alçada, semblava que no passés res, que la vida fos fàcil i tranquil·la.

—Mira, és així —va dir el Solomon ensenyant el fòssil d'os de bisó al Biniam.

—I com ho saps que és un os? S'ho pot haver inventat!

—Tu també? El Sintayehu em va dir el mateix!

—Doncs, ja ho veus. Som dos els que pensem que el *farangi* t'ha enredat! Com vols que aquesta pedra sigui un os de vaca?

—De bisó!

—És igual, de vaca americana!

—Perquè m'ho ha dit el Peter Howard, que treballa buscant fòssils a l'Afar.

—Però t'ha dit que el va trobar quan tenia vuit anys, no? Com vols que als vuit anys sapigués com era un os de bisó?

La ràdio de casa estava encesa, però amb el volum molt baix.

—Els Howard se'n van d'aquí, els fan fora —va dir la Maskarem després de deixar la roba que estava cosint dins del cistell.

—Que els fan fora d'Etiòpia? Qui? —va preguntar l'Aster.

—El govern militar, el Derg. No sé exactament per què, però estan fent fora molts estrangers que treballen aquí amb qualsevol excusa —va contestar la Maskarem.

—I on aniran els Howard?

—A Londres. No volen tornar als Estats Units i a Anglaterra la senyora Howard hi té la seva família.

Ningú no va dir res. El Solomon i l'Aster feien deures a la taula i el pare va seguir posant la farina de *teff* que havia anat a buscar al molí en pots, sense aixecar la vista.

—Però no em quedo sense feina, no patiu —va afegir la Maskarem.

El pare va mirar-la, tot abocant la farina en un pot per un embut que s'havia fabricat amb paper de diari.

—M'han demanat que vagi a Londres amb ells.

El Solomon va aixecar el cap de la llibreta plena de multiplicacions.

—Em pagaran un bon sou, tindré una habitació per a mi sola a casa seva. Hauré de seguir ocupant-me dels nens, portar-los a l'escola, mantenir l'ordre... Ells s'ocuparan de tots els tràmits de passaport i visat. De fet ja fa dies que els estan fent, estan gairebé a punt... no trobava el moment de dir-vos-ho...

El pare va tapar un pot ja ple de farina, enroscant la tapa lentament.

—És una oportunitat que no podem deixar perdre!

—Quan volen marxar? —va preguntar el pare com si fos una pregunta sense cap importància i concentrat en el que estava fent. Hi havia dos pots més per omplir.

—Molt aviat. Falten disset dies... Ja tenen els bitllets d'avió. Ho sento. És el que haig de fer, segur que la mare ho entendria. Us podré enviar diners...

L'Aster va tancar la llibreta on escrivia i va quedar-se immòbil, asseguda a la taula, mirant la seva germana com si acabés de veure tot el que li esperava. Sabia que la Maskarem faria el que deia. Marxaria. I que ella es convertiria en l'única dona de la casa. Sense moure's, podia notar com es feia gran cada segon que passava i el pes de la responsabilitat que li estava a punt de caure al damunt.

El Solomon va aixecar-se i va sortir de la casa tirant una cadira a terra i deixant la porta oberta. Va córrer carrer avall sense fer cas a les seves germanes, que el cridaven i li demanaven que no marxés. Un gos va córrer darrere seu fins que es va cansar. Al capvespre se sentia la mateixa olor de fusta d'eucaliptus cremant que la que se sentia a primera hora del matí, una olor intensa que ho impregnava tot. Va córrer i córrer sense saber on anava, camí de la ciutat. Hi havia molts soldats armats, a peu i dalt de camions. Va córrer fins que va sentir la veu del Biniam, que el cridava, i va aturar-se davant seu.

—Ei, Solomon, on vas? Què et passa?

El Biniam pujava per la carretera ajudant un monjo cec i ja vell que de tant en tant li pagava un *birr* per acompanyar-lo d'un lloc a l'altre. Portava una gran creu ortodoxa de plata a la mà dreta i amb l'altra mà s'agafava al braç del Biniam.

—Serà millor que vagis cap a casa, hi ha soldats pertot arreu i hem sentit trets...

—M'és igual, deixa'm passar —va dir, esbufegant.

—Però Solomon, espera...

El Solomon va fer el gest d'avançar-los i seguir corrent carretera avall quan de sota la manta blanca que el tapava va sentir la veu profunda d'aquell home cec i encorbat.

—Noi, fes cas al teu amic. Torna cap a casa.

Caminant a poc a poc, van tornar tots tres junts carretera amunt. No van dir-se res més fins que van arribar als voltants de l'església d'Entoto. Unes quantes persones es van acostar al monjo, van agenollar-se davant seu i van besar la creu de plata esperant la seva benedicció. Abans d'anar-se'n cap a casa, el Solomon també va agenollar-se davant del monjo cec, que li va passar la mà pels cabells curts i arrissats i li va fregar la creu de plata a l'espatlla. Com tots els nens etíops, el Solomon havia estat educat per respectar i obeir sense cap queixa les persones grans. I si eren santes, encara més.

—No sé de què fugies, noi. Però res no s'arregla fugint carretera avall. La vida fa pujada i has de ser fort.

La Jane Howard plorava asseguda en una cadira de la cuina mentre la Maskarem plegava la roba que havia estès al matí i l'anava apilant damunt la taula sense saber què dir-li. Per tota la casa hi havia caixes de cartró plenes de llibres i objectes. La biblioteca s'havia convertit en una paret qualsevol, l'estudi del Peter Howard, que sempre estava desendreçat, amb piles de papers, llibres, fòssils i estris pertot arreu, era buit. Només quedava l'escriptori, la làmpara i la cadira. El Peter Howard entrava i sortia de l'estança dient coses a la seva dona, intentant-la consolar. Parlaven en un anglès molt ràpid que a vegades la Maskarem no entenia del tot. Però sí el suficient per saber que el senyor Howard estava molt enfadat amb algú. Amb algú que no era etíop. Amb algun altre *farangi* que es dedicava al mateix que ell i tenia a veure amb el descobriment d'aquell estrany esquelet antic del qual tothom havia parlat ja feia uns mesos.

—Són ells els que volen que me'n vagi! Són ells els que han aconseguit que el Derg em faci fora, que han parlat malament de mi als militars! Els faig nosa! Volen ser els únics protagonistes! Es pensen que l'Afar és seu!

—Però hem de marxar, Peter! Sigui qui sigui, et fan fora. I si et quedes estàs en perill —deia la Jane—. Si us plau, fes-ho per mi i pels nostres fills. Tinc por! Vull anar a casa! No vull que et passi res!

—Marxaré per vosaltres. Només per vosaltres. I perquè ja tenim els bitllets d'avió comprats i no podem permetre'ns perdre'ls...

Un buit immens. La Maskarem va deixar un buit immens. La mare havia mort feia massa poc d'una malaltia massa ràpida, i l'absència de les dues dones es notava molt. El pare es quedava a casa i anava al mercat, anava a buscar la farina de *teff* al molí, s'ocupava de la roba com podia o pagava les veïnes perquè afegissin la seva roba a la bugada. Però elles, la majoria de les vegades no volien ni un *birr*. Havien estat amigues de la seva dona i també l'enyoraven. Rentar la roba de la seva família era l'única manera que tenien de recordar-la. El pare preparava *injera* i plats diversos per encàrrec, la seva reputació de bon cuiner s'havia escampat per la ciutat, sobretot entre les famílies més afins a l'emperador i més nostàlgiques d'altres temps.

—El Sintayehu sempre deia que cuinar és feina de dones. I jo no conec cap home que cuini a casa. Només tu.

—Aquest Sintayehu... Vinga, agafa el ganivet i ajuda'm a pelar patates, que tinc molta feina! Falten poques hores perquè em vinguin a buscar la comanda. I pujaran fins aquí amb cotxe, o sigui que val més que estigui llest!

—I no podies haver buscat una feina en un hotel?

—Que et penses que no ho he intentat? Vinga, pela patates o vaig a buscar el Sintayehu perquè ens ajudi i serem tres homes a la cuina!

L'Aster somreia mentre plomava dos pollastres que acabava d'escaldar sucant-los dins d'una galleda d'aigua bullent perquè les plomes sortissin més fàcilment. A la cuina sempre hi havia pots grans plens de farina de *teff* barrejada amb aigua, que quan fermentava després d'haver estat en repòs uns dies es convertia en un líquid blanquinós, a punt per fer la *injera*. El pare n'agafava amb una gerra petita i vessava el líquid damunt de la planxa de ceràmica rodona que tenia ben calenta sobre el foc de llenya del forn, després d'haver-hi passat un drap untat amb oli de sèsam. El líquid queia lentament dibuixant una espiral que començava pel centre i s'anava fent gran fins a formar una rodona que s'espessia a l'acte en contacte amb l'escalfor. La tapava amb una tapa de ferro amb forma de barret. Amb una espàtula de fusta aixecava una de les puntes de la *injera* ja cuita i sense que se li trenqués, enretirava tota la *crêpe* amb un ventall rodó de palla trenada. Podien passar hores abans que convertís tot el líquid de farina fermentada amb aigua en piles d'*injera*, la base de qualsevol àpat.

A la ràdio sonava constantment una música semblant a la *fukera*, emprada molts segles enrere per les tribus per enfortir la moral dels seus i atemorir els rivals abans d'una lluita. El govern militar de Mengistu Haile Mariam s'havia inventat una cançó de l'estil de la *fukera*, anomenada

Yefiyel Wetete, per anunciar els noms de totes les persones que havien executat la nit anterior o aquell mateix dia.

—Calleu! Que comença la cançó! —va dir el pare apujant el volum de la ràdio. Així que començaven les primeres notes, a totes les cases amb ràdio encesa del país es deixava el que s'estigués fent per escoltar els noms dels morts. Mengistu havia començat una campanya d'execucions massives per eliminar tots els que s'oposaven al seu règim. Els que sobrevivien, s'afanyaven a marxar a l'exili.

Pels carrers hi havia cada vegada més gent demanant caritat o buscant restes de menjar entre les piles de brossa. Cada vegada més nenes i adolescents que, en sortir de l'escola, passaven pels hotels del centre amb els seus uniformes posats per vendre's per menys d'un dòlar.

—Per què a la resta del món és l'any 1975 i aquí encara som a 1967? —va preguntar el Solomon al seu pare.

—Etiòpia és un país diferent...

—Però per què no podem seguir el calendari com tothom? Per què l'any aquí té tretze mesos i per què comença l'onze de setembre?

—Perquè som diferents...

—Doncs no entenc per què hem de ser tan diferents i calcular les hores d'una altra manera. Per què quan haurien de ser les deu del matí aquí diem que són les quatre?

—Tu segueix estudiant i ja ho entendràs...

—Estudiant, estudiant... com més estudio menys entenc el que passa... Creus que també tancaran la nostra escola? A vegades vénen nois a tirar pedres a les finestres...

Somàlia reclamava més de tres-cents mil quilòmetres quadrats de sòl etíop de la regió de l'Ogaden. El país veí pretenia reunir en un mateix territori els somalis de Somàlia, Etiòpia, Djibouti i Kenya i convertir-se en la Gran Somàlia. L'exèrcit etíop ja havia començat a lluitar per evitar que les fronteres es modifiquessin, a l'espera que alguns països afins al govern del Derg els enviessin reforços. Si no era així, la derrota estava assegurada.

—No n'hi havia prou amb la guerra a Eritrea... ara també estem en guerra amb Somàlia.

La ràdio sempre estava encesa. Les marxes militars continuaven sentint-se molt sovint i el que passava al país s'explicava veladament, sense gaires detalls. La gent vivia en la incertesa més absoluta, i amb por. La por era el sentiment que més s'havia estès.

—Ho heu sentit?

—El què?

—Estan avisant tots els homes que no siguin militars però que vulguin servir la pàtria que s'enrolin a l'exèrcit. La paga és alta.

—Vols anar a la guerra, pare? —va exclamar el Solomon—. Però si sempre has dit que no t'agradaven els militars!

—No m'agraden... Però no tinc una altra opció.

El pare va dir poca cosa més. Uns dies després va marxar al camp d'entrenament previ. S'havia convertit en un home molt introvertit i hermètic. Era difícil poder parlar amb ell, saber què pensava realment. Va marxar i va deixar el Solomon i l'Aster sols als turons d'Entoto.

—Però tu, a què et dedicaves? No has après a disparar l'arma i no hi ha manera que coordinis els moviments! —va preguntar-li un oficial, desesperat amb aquell home que definitivament no servia com a soldat.

—Treballava a casa d'uns diplomàtics *farangis*, senyor —va contestar, per no dir que havia estat un dels cuiners del palau de l'emperador.

—Treballaves fent què? De jardiner, cuidant les seves ridícules flors? —va riure l'oficial.

—No, senyor, treballava de cuiner.

—De cuiner? Aquesta sí que és bona! Feina de dones, no cal que diguis res més —l'oficial i dos soldats que escoltaven la conversa van riure amb totes les forces.

—Senyor, no voldria ser inoportú, però el destacament de l'Ogaden només té cinc cuineres, cinc dones molt grans per a moltes boques... —va dir un dels soldats.

L'oficial va mirar el pare del Solomon amb menyspreu.

—Doncs, ja està. Ja que feies feina de dones, ens faràs el menjar a tots nosaltres! I pobre de tu si no és veritat i la teva *injera* no és bona! T'enviarem a la primera línia de foc descalç, perquè els somalis s'entretinguin!

Tot era boira. Els boscos dels turons d'Entoto estaven coberts d'una boira espessa entre els alts eucaliptus i l'olor de la seva fusta humida i tallada, apilada pertot arreu. El Solomon caminava. Sense pare, sense mare, sense germana gran. Caminava desorientat, igual que caminaven tants i tants quilòmetres cada dia tots els nens i nenes com ell. Caminava i corria sense saber quin altre sotrac trobaria més enllà de la boira.

Kolpewadi, estat indi de Maharashtra, 1974

LA MUNA CAMINAVA PER LA VORA DEL CAMP, ENFONSANT els peus a la terra calenta. Les cases de fang amb el sostre fet de fulles de palma encara eren lluny, i algunes palmeres altes i de tronc molt prim trencaven la monotonia del paisatge pla. No se sentia pràcticament res. Només les seves passes i la remor d'uns voltors que s'estaven menjant les restes d'una búfala morta. Feia calor, molta xafogor, els monsons estaven trigant massa a arribar. Uns bous de llargues banyes estiraven l'arada. La Muna tornava del pou a casa per les vores dels camps llaurats, amb un gran recipient de llautó ple d'aigua al cap, agafat a estones només amb una mà, d'altres sense mans, caminant amb l'esquena ben recta, com li havien ensenyat a fer des que era petita. La Muna creia que tenia onze anys, però no ho sabia segur. Anava vestida amb un *salwar kameez* que algun dia havia estat rosa i que ara era d'un color clar indefinit. Duia els cabells negres recollits en una trena que li baixava per l'esquena. La pols se li enganxava a la pell suada i quan s'assecava, formava una crostra fosca. Així que deixés l'aigua a casa, hauria de tornar a marxar carregada amb un farcell de *saris* i roba bruta cap al riu. Allà l'esperava la Sonali, la dona del seu oncle Suresh, un dels germans petits del seu pare, per rentar-la juntes. La Muna vivia amb ells i el seu fill de pocs mesos gairebé des que el nen havia nascut. Havia d'anar a buscar aigua, anar a buscar herba tendra per a les vaques, rentar la roba al riu, recollir llenya, encendre el foc i vigilar que no s'apagués per poder cuinar, ocupar-se dels llums d'oli per quan es fes fosc... No parava mai quieta. Es despertava quan tot just clarejava i s'adormia així que es feia fosc, estirada damunt d'una estora al terra de la petita casa de fang amb finestres sense vidre, als afores de Kolpewadi. Tenia onze anys i estava cansada.

Anant cap al riu, amb el farcell de roba sobre el cap, trepitjant descalça aquella terra calenta, la Muna no podia deixar de pensar en la *Sita*. La seva estimada Sita, asseguda a la falda d'una dona vestida de manera estranya, tota de blanc i amb una mena de turbant caigut al cap, dalt d'un jeep que s'allunyava pel camí polsegós. Tot va anar molt de pressa. La Sita se'n va anar sense ni adonar-se de què passava. El jeep va desaparèixer i la Muna es va quedar allà dreta, plorant, mirant com el núvol de pols que s'havia aixecat darrere del cotxe també desapareixia i el camí tornava a ser el camí desert, pla i sec de sempre. A la Sita no l'havia tornat a veure. Devia fer uns tres anys, però ella ho recordava com si hagués acabat de passar. I encara ara li venien llàgrimes als ulls quan pensava en la seva germana petita, en totes les hores que li havia dedicat, cuidant-la des que havia nascut.

Recordava perfectament el dia que va néixer la Sita. La seva mare cridant, mig estirada al terra de la casa on vivien, amb les cames separades, dues dones agafant-la fort pels braços, una altra per l'esquena i parlant-li sense parar per calmar-la i d'altres traginant olles plenes d'aigua calenta, i draps i més draps tacats de sang.

—Ritu, col·labora una mica més, empeny, fort! —cridava una dona.

—Va, una mica més, Ritu, Ritu, fes-nos cas!

La Muna s'ho havia mirat des d'un racó, amb una barreja de por i angoixa d'una nena de cinc anys que no sabia què li podia passar a la seva mare, que cridava tant. I també de sorpresa, de veure que les persones naixien si fa no fa de la mateixa manera que les vaques. Havia vist néixer un vedell poc abans de veure néixer la seva germana.

Tot i ser una dona jove, la Ritu tenia la salut feble i ja no va recuperar-se del seu segon part. En néixer la Sita va posar-se malalta, tenia molta febre i es passava els dies estirada al llit que presidia l'única estança de la petita casa. El seu marit no li feia gaire cas. Ni a la Ritu ni a les seves filles. Es deia Anjaney i mai no s'havia reposat de la tristesa de veure morir la seva primera esposa, de qui havia estat bojament enamorat. Sempre havia estat agraït als seus pares per haver-li trobat una dona com ella, la seva Namrata. I per a ell, viure sense la Namrata no tenia gaire sentit. Havia viscut preocupat per les vaques i els camps, per tenir prou menjar per alimentar els cinc fills que havia tingut amb la Namrata. Però en quedar-se vidu i a mesura que els seus fills es van anar casant va ser el moment de buscar una altra dona, perquè sol no se'n sortiria. Va ser aleshores quan es va posar en contacte amb ell una família que tenia una filla de gran bellesa però de salut molt feble i que estava disposada a donar un dot considerable a qui s'hi volgués casar. Es deia Ritu i tenia la mateixa edat que la seva filla gran. Era una oportunitat massa bona per deixar-la escapar. L'Anjaney i la Ritu van tenir una filla de seguida, la Muna. La Ritu s'havia passat tot l'embaràs desitjant tenir un nen, com ho desitjaven totes les dones de l'Índia. Nou mesos imaginant les festes i les cerimònies que anunciaven el naixement d'un hereu, nou mesos pregant als déus perquè no fos una nena. El naixement d'una nena era sempre una desgràcia, alguns creien que era un mal presagi per a la família. Els parents i veïns s'acostaven compungits a la casa per desitjar-los «més bona sort la propera vegada». Una nena era una càrrega fins que se la podia casar. La Ritu va trigar molt temps a tornar-se a quedar embarassada. Finalment, cinc anys després va néixer la Sita.

Els precs i les *puges* als déus tampoc no havien servit de res i havia nascut una altra nena. Una veïna que havia ajudat en el part havia suggerit ofegar-la en un cubell d'aigua immediatament. Moltes nenes acabades de néixer al mig del camp eren sacrificades en pocs minuts pel bé de tothom. Però la Nadira, la filla gran del marit de la Ritu, ho havia impedit. La Nadira i la Ritu s'havien fet molt amigues, sense que a la Nadira li importés que la Ritu fos la seva madrastra amb l'edat que tenia, ni que a la Ritu li importés que la Nadira fos la filla de la Namrata, la primera dona del seu marit, a qui tothom enyorava. La Nadira havia tingut el seu fill, el Raj, dos mesos abans que nasqués la Sita. Les panxes de les dues amigues havien crescut al mateix temps.

La salut de la Ritu va anar empitjorant. La Muna s'abraçava a la seva mare, que amb prou feines sortia de la casa, i després agafava la seva germana a coll perquè no plorés. La Ritu cada vegada tenia menys llet i la petita Sita estava prima i feble.

—Nadira —va dir la Ritu a la seva amiga—, em sembla que em moro...

—No parlis, Ritu, procura descansar... —va contestar-li la Nadira agafant la petita Sita, que també estava estirada al llit, al costat de la seva mare malalta. El nadó famèlic es va posar a plorar desconsoladament als braços de la Nadira. Tenia gana.

—No em queden forces, no suporto més el dolor...

La petita Sita seguia plorant i la Nadira no s'ho va pensar dues vegades. Va asseure's als peus del llit de la Ritu, va aixecar-se la brusa curta que duia sota el *sari* i va acostar la nena al seu pit. La Sita va agafar-s'hi de seguida, com si hagués entès que no tindria gaires oportunitats com aquella per salvar la vida. La Ritu mirava l'escena des del capçal del llit.

—Nadira... si em moro, cuida les meves filles, t'ho demano si us plau...

Aquella tarda, la Ritu va morir amb el cap recolzat a la falda de la Nadira mentre els dos nadons, la Sita i el Raj, dormien plàcidament en un racó de la casa. La Muna, que tot i tenir només cinc anys ja era molt conscient del que passava al seu voltant, va entrar a la casa sense fer soroll, va asseure's al costat de la Nadira i mirant la seva mare va preguntar:

—Dorm?

—Sí, Muna. La teva mare s'ha adomit però aquesta vegada em sembla que és per sempre.

La Muna va convertir-se en la protectora de la seva germana petita. La duia sempre lligada a l'esquena amb un tros de roba de cotó mentre ajudava en totes les feines de la casa, i quan plorava perquè tenia gana, caminava de pressa cap on era la Nadira perquè l'alletés. La Nadira era plena de vitalitat, i tenia un marit bo, afable, alegre: el Pratap. Tots dos es desvivien perquè tant al seu fill Raj com a la Muna i la Sita no els faltés res. Treballaven als camps i venien la llet de les vaques als veïns que no en tenien. Eren molt humils, però procuraven ser feliços.

L'Anjaney va emmalaltir poc després de la mort de la Ritu. Se li van inflar les cames i ja no es va poder aixecar més. Per sort, la Nadira i el Pratap vivien molt a prop, només calia creuar un camp per ser a casa seva. Va anar perdent forces fins que un dia la Nadira se'l va trobar mort al llit quan anava a portar-li arròs amb verdures. El van incinerar al mateix camp on havien incinerat la Ritu uns mesos abans. I on també havien escampat les cendres de la Namrata uns anys enrere.

—No et preocupis, Muna —va dir-li la Nadira acaronant-li una galta—. A partir d'ara la Sita i tu viureu amb nosaltres.

La Nadira i el Pratap eren molt joves i pensar en el futur se'ls feia una muntanya. Però havien adoptat aquelles dues nenes i se les estimaven com si fossin les seves filles. A més, la Nadira havia promès a la seva amiga que les cuidaria.

La casa de fang era molt petita i per dins era pràcticament buida. Dormien tots junts, estirats al terra un al costat de l'altre. La principal ocupació de la Muna era la Sita. Des que la seva germana es despertava amb gana fins a l'última cançó del dia. La rentava, li donava el menjar que preparava la Nadira, la portava a tot arreu ben lligada a l'esquena. Imitava tots els gestos de la Nadira i feia de mare a la Sita. Una nena que feia de mare. Observava com creixia i canviava de pressa, com repetia paraules, com aprenia a caminar.

Van passar gairebé tres anys. La vida no era fàcil, les pluges s'endarrerien i als camps no creixia res de bo. I la Nadira estava embarassada una altra vegada, a punt de parir.

Un dia va aparèixer el pare del Pratap disposat a capgirar els plans del seu fill. Era un home autoritari, acostumat a ser el cap de família i a decidir què era el que calia als uns i als altres.

—Però que no veieu que el Raj està massa prim? —va començar a escridassar-los.

—Prim? És un nen sa!

—Ja n'hi ha prou, Pratap! Però què us heu pensat? Els déus us han concedit el do d'un nen sa i esteu arriscant la seva salut fent-li compartir el poc menjar que teniu amb dues nenes intruses! No sabeu l'esforç que significa ser responsable de quatre fills? És que no sou conscients que algun dia caldrà oferir un dot per casar aquestes dues nenes? D'on traureu dos dots, eh?

—Encara falten uns quants anys, pare, ens en sortirem, ja ho veuràs...

—Que ja ho veuré? —va contestar l'home cada vegada més irritat—. Ni parlar-ne! No ho penso veure! Us heu tornat bojos? Cada cosa al seu temps! Sou massa joves per tenir quatre fills de cop! I si ara neix una nena? Ni parlar-ne!

La discussió entre el Pratap i el seu pare, i també la Nadira, que va atrevir-se a intervenir-hi una mica, va durar molt. Això és el que li va semblar a la Muna, que els escoltava asseguda a terra, en un racó de la casa, amb l'esquena recolzada a la paret, paralitzada.

—Prou! He dit que prou! Aquestes dues nenes són una nosa, no poden seguir vivint a Shaha amb vosaltres. Ja fa temps que s'hauria hagut de trobar una solució. S'ha acabat la discussió!

El Pratap i la Nadira no van poder fer res, i el pare del Pratap va trobar la solució a casa del catequista d'un poble no gaire lluny de Shaha. Cada dilluns, un capellà i una monja d'un convent catòlic de Nasik anaven fins allà per fer missa, portar medecines i visitar alguns malalts. La monja era infermera. El pare del Pratap va explicar al catequista el cas de les dues nenes òrfenes que vivien amb el seu fill i la seva dona, una parella massa jove i sense recursos suficients per tirar tres nens endavant i a punt de tenir-ne un quart. El catequista va escoltar amb atenció. Podia demanar ajuda al capellà i a la monja de Nasik per a un cas concret, però per a dues nenes era una mica massa exagerat. La petita semblava que era la més fràgil. La gran ja tenia vuit anys i era molt forta i independent, podia espavilar-se sola. I entre el pare del Pratap i aquell home van decidir que el següent dilluns proposarien al capellà i a la monja que s'enduguessin la Sita.

—Però per què se l'han d'endur, Nadira? —preguntava la Muna, sense entendre res—, jo la cuidaré, jo vigilaré que no es faci mal, que no ho embruti tot!

—Ja sé que és difícil d'entendre, Muna. Però el pare del Pratap és el cap de la nostra família, ell mana, no podem portar-li la contrària. És així.

—I si no li feu cas, què passaria?

—És impossible no fer-li cas. Els grans sempre tenen raó, sempre saben el que cal fer. Ja sap que us estimem molt a totes dues i que vaig prometre a la vostra mare que us cuidaria, però ens ha fet veure que si de veritat us volem cuidar, us hem de buscar un altre lloc per viure... Segur que la Sita anirà a un lloc molt millor que aquesta terra oblidada dels déus i les pluges... Tindrà pollastre per menjar i molta fruita... Aquí us podem oferir molt poc, Muna, i ella està feble. Vols que es posi malalta? Si es posés malalta no la podríem curar i moriria!

La Muna s'escoltava la Nadira i la sola idea de veure morir la seva germana li encongia l'estómac.

—Muna —va continuar la Nadira—, ¿tu creus que aquesta gent que ve cada setmana fins als nostres pobles a portar-nos medecines i a explicar-nos tantes coses són mala gent? Si ho fossin, no farien tot el que fan per nosaltres si ni tan sols ens coneixen ni som la seva família!

I va arribar el dia terrible. El dia en què va haver de dir adéu a la Sita. El dia en què la Muna va créixer de cop. Tenia vuit anys i aquell dia es va fer gran i ja no va poder mirar la Nadira amb els mateixos ulls. Li havia fallat. De bon matí van fer una *puja* al petit altar en un racó de la casa. En feien molt poques perquè no es podien permetre comprar oli de cremar, encens i flors fresques. Però aquell dia era especial. El Pratap va fer dringar la seva campaneta mentre, amb l'altra mà, dibuixava cercles amb l'encens fumejant davant d'una imatge descolorida de *Ganesh* i cantava les pregàries al déu amb cara d'elefant que resolia els problemes i apartava els obstacles de la vida quotidiana. Van pintar un *tikka* al mig del front de la Sita perquè els déus la protegissin: primer una gota d'oli i a sobre les pólvores vermelles. La Sita va desaparèixer dins d'un jeep pel camí polsegós, asseguda a la falda d'una monja vestida de blanc.

Ara la Muna caminava descalça cap al riu de Kolpewadi carregada amb un gran farcell de roba bruta al cap. Era una nena d'onze anys responsable i dòcil. Però estava tan cansada de ser dòcil i d'obeir! Pel pont passava un autobús vell i despintat com el que l'havia portada fins allà des de Shaha, parant a cada poble, travessant el paisatge pla dels camps de canya de sucre per carreteres plenes de forats que la feien saltar del seu seient quan menys s'ho esperava. Va veure la Sonali i altres dones rentant i explicant-se les seves coses. Dues veïnes plegaven els *saris* juntes: aguantaven els set metres de roba de cotó de colors ben tibada, una a cada extrem, i anaven acostant-se més i més amb cada plec. El nadó de la Sonali dormia sota l'ombra d'un arbre, al costat de les aigües tranquil·les del Godavari.

—*Namasté, mausi* —va saludar la Muna abans de descarregar el farcell del cap a terra.

—Muna, per què has trigat tant? Ja pensava que no venies!

—Ho sento, *mausi* Sonali. He anat tan de pressa com he pogut.

—Va, vinga, posa la roba en remull abans que es deperti el nen! L' hem de deixar estesa aviat si la volem venir a buscar aquesta tarda!

Anaven passant els dies, les setmanes, els mesos, i la vida de la Muna girava al voltant de la llenya, del foc, de les olles damunt del foc, de l' aigua del pou, de l'herba per a les búfales, de la llet de les búfales, de tots els *xapatis* que calia preparar, de la roba que calia rentar al riu... Fins quan? Quan acabaria aquella rutina que no li pertanyia? A vegades, quan anava al poble per comprar al mercat, veia altres nenes vestides amb un uniforme escolar i se les mirava amb enveja. Observava les camises blanques ben planxades i les faldilles fosques de quadres i els llaços vermells a les trenes i s'imaginava vestida com elles i somiava desperta que també anava a l'escola. Els nens també anaven vestits amb el mateix uniforme, però amb pantalons curts. Als matins s'asseien en grups de set o vuit, nens i nenes barrejats, al carretó d'un *rickshaw* de bicicleta que els portava fins a l'escola i els anava a buscar a la tarda. Les motxilles i les bosses dels nens penjaven totes juntes a cada banda. A vegades un o dos nens havien de baixar del carretó per empènyer i ajudar el *rickshaw-wallah* a posar-se en marxa, ja que amb tant pes li costava pedalar. Quan els *rickshaws* carregats de nens i nenes uniformats passaven pel seu davant, la Muna no podia seguir caminant i s'aturava per mirar-se'ls. Per què ella no podia anar a l'escola? No sabia com, però ella també aprendria a llegir i a escriure, també tindria vestits algun dia.

Molt a prop d'on les dones rentaven la roba al riu hi havia una petita illa amb dues palmeres. Sempre hi havia nens que s'hi enfilaven i jugaven a tirar-se a l'aigua des d'allà dalt. Els més petits es despullaven, els més grans es tiraven vestits. Els seus crits i les seves rialles estridents en saltar es convertien en la remor de fons més habitual de les tardes de bugada. La Muna se'ls mirava mentre fregava la roba amb una gran pastilla de sabó contra les pedres. Alguns anaven a banyar-se en tornar de l'escola. A d'altres els tenia vistos dels camps, on treballaven amb els seus pares. Devia ser divertit saltar des de l'illot intentant tocar les fulles de les palmeres amb una mà i deixar caure tot el cos a l'aigua. Era una part prou fonda com perquè els nens triguessin uns segons a tornar a treure el cap de dins de l'aigua. Per què no hi havia mai cap nena jugant a tirar-se des de l'illot de les dues palmeres? Per què no hi havia mai cap nena cridant i rient amb aquella llibertat amb què cridaven i reien els nens del poble?

La Muna triava llenties separant-ne desenes i desenes de petites pedres abans de cuinar el *dhal*. L'aire feia l'olor de fems de vaca assecant-se, aquella olor que se sentia a tot arreu, més o menys forta segons com bufés el vent. A ella també li tocava recollir els fems mig secs i col·locar-los en fileres a terra perquè s'assequessin del tot, o enganxar-los a la part baixa de les parets de la casa, i més tard, quan ja estaven tan secs que ja no feien cap mena d'olor, els apilava al costat de l'estable. Havia de procurar que les piles sempre fossin ben altes. Els fems de vaca secs eren el combustible que cremava millor i assegurava que el foc fes brasa i no s'apagués. Asseguda a terra, fora de la casa del Suresh i la

Sonali, mentre triava les llenties sentia com parlaven d'ella. No era la primera vegada. Sentia com pronunciaven noms de pobles que ella desconeixia, noms de famílies, noms masculins. Però aquella tarda va entendre millor què deien: estaven buscant-li un marit! Feia poc havien estat tots convidats al casament d'una nena no gaire més gran que ella. No la coneixia i tampoc no va parlar-li. Després del casament havia anat a viure lluny i no l'havia vist més. La cara de por d'aquella nena tota enjoiada, asseguda a terra davant de les flames d'un petit foc, vestida amb un *sari* groc estrident rivetejat d'una sanefa vermella, amb un collaret de flors, els ulls exageradament perfilats amb *kohl* i els llavis tan pintats com una talla d'un temple de Ganesh, era difícil d'oblidar. Tenia la mirada perduda i un *tikka* vermell ben gros pintat al mig del front, i la clenxa que li separava els cabells en dues meitats també estava pintada amb una línia vermella de *sindoor*. El nuvi tenia deu anys més que la núvia, o potser més, i tampoc no semblava gaire content, assegut al seu costat davant del foc, lluint el mateix collaret de flors que la nena. Les dues famílies, en canvi, estaven eufòriques. Tothom va ballar i riure. Les dones van vestir-se amb els seus millors *saris*, van pintar-se les mans i els canells amb *henna* fent dibuixos elaboradíssims, van guarnir-se els cabells foscos ben pentinats amb flors de gessamí, van fer dringar els braçalets de vidre de tots els colors comprats per a la festa. Als turmells també hi portaven braçalets, cadenes fines de plata o de llautó que dringaven a cada pas que feien. Els homes anaven elegantment vestits de blanc, amb les seves *kurtes* i els *Gandhi topis,* el barret blanc que els feia sentir importants. La quantitat de menjar que hi havia ben col·locada al damunt de les taules decorades amb flors era exagerada.

A la Muna aquell casament li va semblar qualsevol cosa menys una festa, per més garlandes de flors de color taronja que haguessin penjat al sostre i a les parets, per més música que toquessin.

Ara el Suresh i la Sonali li estaven buscant un marit com el d'aquella nena. I ella estava tipa de les decisions dels altres quan no les entenia. Va aixecar-se del terra amb el bol d'alumini ple de llenties triades i, descalça i decidida, va entrar dins la casa. El germà del seu pare va callar de sobte i la Sonali se la va mirar amb un mig somriure maliciós tot començant a pelar unes cebes a peu dret, al racó de la casa on hi havia la cuina. Però la Muna va ser incapaç de dir res. Què podia dir? Què podia fer?

Els camps de cereals començaven a estar ben alts. I la Muna vivia en aquella rutina de dia i de nit, amb la calor enganxifosa de l'estació sense pluges, els camins polsegosos, la terra calenta dels camps, les hores rentant roba al riu, transportant-la amunt i avall, les hores triant llenties per al *dhal* i l'arròs ple de pedres... Per més que per al Suresh i la Sonali fos una desgràcia, ella estava contenta que ara ja no tinguessin cap búfala perquè per a ella significava menys feina. Van haver-les de sacrificar abans que es posessin malaltes d'una epidèmia estranya que feia que cada vegada tinguessin menys llet. La carn no se la van menjar. Els hindús com ells no menjaven carn de vaca ni de bou. Quan podien, i no era gaire sovint, menjaven carn de pollastre i de xai.

Tornava a casa carregada amb un feix de llenya al cap quan va veure un cotxe aturat al carrer de terra seca, just davant de la casa del Suresh, baixant a mà dreta. Unes gallines van passar-li pel davant i va anar just que no la fessin ensopegar i li caigués tota la llenya a terra. Al poble gairebé no hi havia cotxes. Va anar-se acostant intrigada, va descarregar la llenya al costat del petit estable on ara no hi havia cap búfala, intentant no fer soroll... però la van sentir i la van veure de seguida.

—Muna, t'estàvem esperant! —va dir el Suresh sortint per la porta amb un *bidi* encès a la mà, ell que mai no fumava.

—Ah, sí? No ho sabia!

Darrere el Suresh va sortir un home amb un bigoti negre, vestit amb una camisa de color blau clar i uns pantalons que cap home del poble portava. I també la Sonali, amb el seu fill agafat a coll.

—Aquesta és la meva neboda. Ja li he dit que és obedient i treballadora. Aquí ens ajuda en tot.

L' home del bigoti se la va mirar de dalt a baix mentre la Muna feia veure que apilava la llenya.

—No li puc donar més de mil rupies. És el màxim que podem oferir. Mil rupies i m' emporto la nena a Bombai.

La Muna va aturar-se de cop.

—Bombai? A fer què?

—Muna! Fes el favor de no interrompre la conversa dels grans!

—Però si haig de marxar haig de saber on vaig, no? Amb qui em voleu casar per mil rupies?

—Amb ningú —va dir el Suresh seriós—. No tenim diners per al teu dot, no et trobem cap família que et vulgui casar amb un dels seus fills. Ets massa jove i no tens un dot interessant. El senyor Patil està visitant totes les famílies del poble per proposar-nos un crèdit... Necessitem poder tornar a comprar búfales de llet, hem d'arreglar aquesta casa, que s'està enfonsant... Ho sento, Muna, però és la nostra única solució.

—I per què haig de marxar amb ell a Bombai? No pot deixar-vos els diners i ja els tornareu quan pugueu? *Mausi*, per què haig de marxar? —va preguntar adreçant-se a la Sonali, que mirava cap a un altre costat.

—Ja està decidit —va contestar amb veu ferma el Suresh—. El tracte és que ens deixa els diners i tu te'n vas a la ciutat a treballar a casa d'una família. Segurament podràs anar a escola...

—A escola?

El senyor Patil no deia res. Només observava.

—I quan marxaré?

—Ara mateix —va dir per fi l'home de Bombai tocant-se el bigoti—. Hem d'arribar-hi avui i el trajecte és llarg.

La Muna no tenia res més que el *salwar kameez* que un dia havia estat rosa i que duia posat, les sandàlies de plàstic ja gastades i els braçalets de vidre de color vermell que encara no se li havien trencat des del casament d'aquella nena amb cara de por. El *sari* que s'havia posat per a aquella festa li havien deixat unes veïnes amigues de la Sonali. No hi havia res ni ningú que la retingués a Kolpewadi. Va acomiadar-se de pressa de la Sonali i del Suresh, que ja s'havia embutxacat el gran feix de mil rupies després de comptar tots els bitllets assegut sobre l'únic llit que hi havia a la casa, i va pujar al cotxe per la porta del darrere com si ho hagués fet sempre. Era el primer cotxe al qual entrava. Un cotxe que se l'emportava lluny. No va plorar. Per què havia de plorar?

El senyor Patil no tenia una cara especialment simpàtica. A la Muna els grans no li semblaven gens simpàtics. La Nadira i el Pratap també van deixar de ser-ho el dia que la van separar de la seva germana, encara no entenia com ho havien pogut fer. A la sortida del poble van aturar-se al davant d'una casa amb una búfala lligada a l'entrada, sota una teulada de branques seques. El senyor Patil va sortir del cotxe sense dir res i va entrar a la casa. La Muna va quedar-se al seient del darrere, quieta. Molt a prop, un esmolet afilava ganivets en una pedra d'esmolar que girava lligada a la seva bicicleta. Uns minuts després, una nena igual que ella, potser un any més petita, va asseure's al seu costat. Tenia els ulls plorosos i mirava a terra. No es van dir res. El cotxe es va posar en marxa i es va sentir un crit esgarrifós d'una dona:

—Nalini! Nalini! La meva Nalini!!

La nena es va girar i es va posar de genolls al seient per mirar pel vidre del darrere, però el camí era ple de pols i no es veia res. Va quedar-se molta estona de genolls al seient, amb les mans contra el vidre mentre s'allunyaven de Kolpewadi, després d'haver creuat el pont sobre el riu Godavari. El senyor Patil conduïa seriosament, esquivant ara una vaca, ara una bicicleta, ara un camió que venia massa de pressa en direcció contrària, un sot que podia deixar el cotxe clavat, o la roba que unes dones estaven estenent just al mig d'un tros ben asfaltat de la carretera, el millor lloc que semblaven haver trobat. El paisatge era molt pla. Les dues nenes observaven tots els detalls, una per cada finestra, en silenci. La Muna havia sentit parlar de Bombai. Sabia que era una ciutat gran, molt gran. Mirava per la finestra i pensava en aquells nens que es tiraven a l'aigua des de l'illot de les dues palmeres mentre ella rentava la roba. Segurament devien sentir alguna cosa semblant al que estava sentint ella. Un buit a l'estómac abans de caure i esquitxar els altres. Tenia gana. Ja era migdia i no havia menjat res més que un *xapati* i una mica de *dhal* quan clarejava. Van desviar-se de sobte per una carretera de terra resseca estreta que semblava que no duia enlloc. El cotxe seguia i seguia avançant esquivant els sots i passant a sotragrades per sobre de les pedres fins que al lluny van veure un grup de cases petites de fang i sostre de palma trenada com les de Shaha. El senyor Patil va aturar el cotxe i, abans de baixar-ne, va girar-se i va mirar fixament les dues nenes.

—No us mogueu o us en penedireu.

No va trigar a tornar acompanyat d'un nen d'uns vuit o nou anys, de cabells curts molt foscos i mirada encara més fosca, que es va asseure amb elles al seient del darrere tímidament. El cotxe es va tornar a posar en marxa per la mateixa carretera de terra estreta plena de sotracs per on havien arribat al petit poble.

—Ja hi som tots, ara cap a Bombai —va dir el senyor Patil amb un mig somriure que li torçava el bigoti. Cap dels tres nens no va dir res. Van continuar mirant per les finestres en un silenci estrany. Del mirall retrovisor hi penjava un collaret de flors de gessamí ja una mica marcit que s'anava movent amb els sotracs. Van passar pel costat d'un ramat de vaques famèliques de llargues banyes. El nen que feia de pastor, amb una camisa esparracada i un bastó, els va saludar amb la mà.

Després de més de dues hores de trajecte de paisatge monòton i en silenci, el senyor Patil va aturar el cotxe en una benzinera a un costat de la carretera on també servien begudes i menjar. Va deixar baixar els tres nens a fer les seves necessitats al darrere d'una petita construcció on hi havia una latrina, mentre ell comprava uns quants plàtans, *xapatis* i una panotxa de blat de moro bullida per a cada un. S'ho van menjar allà mateix, a peu dret, no gaire allunyats del cotxe. Un noi jove els va portar uns gots de llautó plens d'aigua en una safata. Només es veien homes i ningú no els feia ni cas, entretinguts en les seves tasques i les seves converses. Hi havia alguns camions aparcats i els camioners devien ser els homes que fumaven i bevien te asseguts als *sarpois*, uns somiers de fusta sense matalàs.

—Em dic Vikram, i vosaltres? —va preguntar amb veu baixa el nen en un moment que es van quedar tots tres sols.

—Muna.

—Jo em dic Nalini. I vull tornar a casa meva, no vull anar a Bombai...

La Muna va despertar-se quan ja estaven entrant a la ciutat. El Vikram i la Nalini dormien profundament. Encara hi havia claror però no trigaria a fer-se fosc. Devien ser gairebé les sis de la tarda. El senyor Patil tenia la finestra abaixada i fumava un *bidi* mentre conduïa entre un trànsit immens, amb soroll de clàxons estridents de tota mena... No podia creure el que estava veient. Gent i més gent que anava i venia en totes les direccions. Cotxes petits i grans, camions tapats amb plàstics negres o blaus lligats amb cordes i d'altres amb la càrrega a la vista: sacs, bidons, caixes de cartró... Autobusos plens de gent dreta i asseguda, alguns mirant per les finestres mig entelades, *autorickshaws* negres de motor sorollós, bicicletes, motos amb dues i tres persones a sobre que zigzaguejaven entre els cotxes, els camions... Homes carregant sacs a l'esquena, portant cistells al cap amb gallines vives que s'ho miraven tot inquietes... La Muna va tenir la sensació que a cada cantonada hi havia gent fregint, bullint, pelant o tallant a trossos verdures, fent sucs de tota mena de fruites. Mai no havia vist tanta presència de menjar com en aquells carrers plens de persones de totes les edats i vestides de maneres tan diferents de les que ella estava acostumada a veure. Les cases eren altes i amb moltes finestres. Tampoc no havia vist mai una casa amb més d'un pis i les que ara tenia al davant en tenien cinc, sis o més! Amb roba estesa o sense, amb fils elèctrics que passaven per davant fins a trobar un altíssim pal de fusta on s'entortolligaven més i més fils elèctrics. Hi havia alguna vaca pel carrer, pasturant al seu ritme lent, com si de l'asfalt n'haguessin de treure alguna cosa per rumiar. Els cotxes, les motos, les bicicletes i tots els vehicles que passaven les esquivaven com si res.

A les façanes hi havia rètols de colors diferents amb lletres de totes les mides i formes que la Muna no sabia què deien. I també anuncis amb imatges de persones rialleres.

Després de recórrer carrers i més carrers plens de moviment, quilòmetres de ciutat, van aturar-se en un carreró estret il·luminat per un petit fanal. Ja s'havia fet fosc i el Vikram i la Nalini s'havien despertat, i també feien cara de no entendre com podia existir una població tan gran com aquella on els havia portat aquell home que ara els feia baixar del cotxe. Van entrar en un edifici que feia una olor forta, com de pintura i d'herba humida. Hi havia poca llum i els va costar acostumar la vista i descobrir que allà a dins hi havia nens i nenes pertot arreu, asseguts o estirats a terra, alguns menjant arròs amb els dits en un plat d'alumini. De reüll, la Muna va veure com el senyor Patil rebia un feix enorme de bitllets d'un home que també duia bigoti. Allà hi havia com a mínim cinc o sis mil rupies. Una dona grassa de cabells grisos recollits en un monyo es va acostar als nens.

—Vosaltres tres, veniu amb mi. Adéu, Patil, fins la setmana que ve!

Els va portar fins a una cuina on gairebé no hi havia res més que unes olles i cassoles d'alumini molt grosses i tapades damunt d'uns fogons. Asseguts a terra, dos nens menjaven en silenci i un altre ja s'havia estirat i dormia allà mateix, sense ni una estora que el protegís de la humitat del terra de rajola. Uns escarabats sortien de la pica de marbre i baixaven per la paret. La dona grassa, vestida amb un *sari* i descalça, els va servir un plat d'arròs amb una salsa espessa i un *xapati* al damunt per a cadascun. Portava anells als dits dels peus que feien un soroll metàl·lic quan trepitjava les rajoles.

—Busqueu qualsevol racó per menjar i estireu-vos on pugueu per dormir. Si heu de fer alguna cosa, aneu fins aquella porta de la bombeta encesa, allà al fons. Demà al matí ja us explicaran què heu de fer. I res de xivarri o us en penedireu!

Els tres nens, igual d'esporuguits que tres ocells acabats de tancar en una gàbia, van agafar cadascun el seu plat i van asseure's a terra, a prop de la cuina, tots tres junts. La Nalini tremolava i unes llàgrimes grosses i brillants li baixaven per la cara mentre mastegava.

Els seus dits s'havien acostumat a la seva nova feina més de pressa que ella mateixa. La Muna observava com es bellugaven per entre els fils blancs de cotó clavats al teler i els fils de llana vermella que havia de teixir, com si aquells dits no tinguessin res a veure amb ella. Estava asseguda en un tauló de fusta, al tercer pis d'una bastida que s'enfilava fins a arribar dalt de tot d'un teler enorme. La bastida tenia cinc pisos. Cinc taulons de fusta on s'asseien uns deu nens i nenes a cada un, els uns arran de terra, els altres uns metres més amunt. Teixint sense parar. Ja no sabia si era de dia o era de nit. Quan era de dia, hi havia una mica més de llum que quan era de nit. Una llum feble que es filtrava per unes escletxes del sostre. De nit, hi havia moltes més bombetes enceses que quan era de dia, que s'apagaven gairebé totes. L'espai era molt gran, una nau industrial amb les parets folrades de tapissos i catifes encara a mig teixir i una bastida al davant de cada peça, amb tres, quatre o cinc pisos de taulons on s'asseien aquells nens i nenes de mans menudes i ulls esporuguits i cansats. Més de dos-cents nens i nenes que teixien gairebé en silenci. Parlaven amb veu molt baixa, com un murmuri, com si recitessin una pregària desordenada. La Muna i la Nalini estaven assegudes al mateix tauló, i entre elles hi havia una nena que en sabia molt i a qui havien encarregat que s'ocupés d'ensenyar-les. Tenia un dibuix en un paper molt arrugat que anava mirant de tant en tant.

—Aquí, Muna, fes el nus aquí. I ara passa la baga per sota. No, per sota. Així. Ara compta cinc fils blancs i passa la llana per sobre.

—I ara per on passo aquest fil blau?

—Oh, no, Nalini! T'has tornat a descomptar! Ja ho pots desfer. Primer són dos fils per sobre tres vegades i després cinc fils per sobre quatre vegades, però amb la llana de l'altre color! Quan acabes la filera, has de fer un nus. Però no has de fer un nus quan canvies de color, ho entens?

—És que és molt difícil!

—Doncs esforça't una mica! Si no ho fem bé ens castigaran!

La Nalini mirava les mans dels altres nens i nenes preguntant-se com s'ho feien per entendre aquell trencaclosques de llanes i fils de colors.

—Quant temps fa que ets aquí? —va preguntar-li la Muna amb veu baixa.

—No ho sé. Em sembla que molt. Tant que ni me'n recordo! He vist acabar i despenjar tres catifes com aquestes, de les grosses.

—Saps on som?

—A Bombai.

—Això ja ho sé, però on?

—És una fàbrica de catifes. Fem còpies de catifes perses antigues, ho vaig sentir dir a un dels encarregats.

—Quan vas arribar ja hi havia tants nens?

—Sí. Però no tots eren els mateixos. En van arribant de nous, com vosaltres, i a d'altres se'ls emporten de cop i volta i ja no tornen més. Als que es posen molt malalts també se'ls emporten. Un dia es van endur una nena morta. La vaig veure! Estava molt pàl·lida.

La Nalini es va posar a plorar i els seus sanglots cada vegada eren més forts, tan forts que li tallaven la respiració. La nena que els ensenyava a teixir li va tapar la boca amb una mà.

—Vols callar? Vols que ens peguin amb la corretja? Als que s'equivoquen o no treballen prou els peguen davant de tots! —li va dir amb veu ferma i agafant-li un braç amb força, però sense fer-li mal i sense cridar, perquè només la sentís ella. Li va destapar la boca.

—Vull anar a casa... Vull tornar amb la meva mare...

—Doncs el millor que pots fer és aprendre a teixir bé i teixir sense parar i potser ho aconseguiràs.

Hi havia moltes mosques. Mosques pesades i empipadores que se'ls passejaven per la cara. I puces que els picaven pertot arreu i els feien gratar amb ràbia.

La rutina d'aquell lloc sinistre i la duresa dels seus responsables feien impossible qualsevol escapatòria. Era una presó on s'havien tancat nens i nenes innocents sense cap explicació. La por es podia respirar. Per què aquells adults que portaven carregaments de llanes de tots colors no deien res? Per què feien com si no els veiessin? Potser tots aquells nens s'havien tornat invisibles? Quina mena de persones decidien abusar dels més indefensos d'aquella manera?

Van continuar fent i desfent, un dia i un altre, passant les llanes amb els seus petits dits per sobre i per sota dels fils de cotó blanc que anaven de dalt a baix, seguint les instruccions que els donava aquella nena, assegudes en aquell tauló amb tots els altres que feien el mateix. A un costat hi havia una petita escala de cordes i fustes per on baixaven i pujaven quan acabaven la feina. Treballaven hores i hores, moltes hores. A la Muna, que estava acostumada a caminar molt, li feien mal les cames d'estar tantes hores asseguda. Se li adormien, i quan s'havia d'aixecar, ho passava molt malament. Quan aconseguia teixir de forma mecànica i amb seguretat, es distreia pensant en el paisatge pla dels voltants de Kolpewadi i com el travessava caminant amb pas decidit, de casa al riu, del riu als camps, dels camps al pou... Recordava les hores que passava caminant, com si pel sol fet de recordar-ho les seves cames poguessin reaccionar.

A vegades es creuaven amb el Vikram, que teixia en una altra bastida una catifa igual de gran que la que teixien la Muna i la Nalini. El Vikram sempre tenia la cara suada i les saludava amb un moviment de cap, sense dir res. Allà dins feia calor. Els nens anaven mig despullats, amb samarretes de cotó de tirants i pantalons curts; les nenes, amb *salwar kameez*. Tots anaven descalços i molt bruts, amb els cabells plens de polls, que els feien gratar-se el cap constantment. Tenien entre sis i catorze anys i la mirada extraviada.

Els crits dels capatassos enfadats eren molt desagradables. N'hi havia un que sempre escridassava el mateix nen.

—A tu què et passa, eh? Que no entens el que et diuen?

I mentre un dels homes l'aguantava fort, el capatàs enfadat li picava les cames per darrere amb una vara de fusta. El nen tancava els ulls i feia ganyotes de dolor, però no deixava anar ni un gemec. Això semblava irritar encara més el capatàs, que picava i picava amb ràbia contra les cames del nen.

—Va, vés a treballar! I si et tornes a queixar, la propera vegada no seran aquestes pessigolles. Prepara't!

Tota la sala estava en silenci. Les mans dels nens i nenes esporuguits asseguts a les bastides es movien tremoloses entre els fils i les llanes. Era una tortura. Era insuportable, però ho suportaven. Quan una catifa s'acabava, es despenjava, s'enrotllava i es preparava el teler per començar-ne una de nova.

Un matí com un altre, la Muna estava asseguda al tercer tauló d'una bastida, acabant de teixir un quadrat petit amb llana vermella amb la sensació de buidor a l'estómac i de gana que feia setmanes i setmanes que tenia.

—Tu, la de Kolpewadi!

—Jo?

—Sí, tu, ja m'has sentit! Baixa!

Les nenes que seien al mateix tauló la van mirar i ella va fer un gest encongint-se d'espatlles volent dir que no sabia per què la cridaven. Va baixar per l'escaleta tan de pressa com va poder. Tenia les cames adormides i s'havia de ser àgil per moure's per aquella bastida sense caure. Des de dalt, la nena que li havia ensenyat a teixir la mirava. Ella li va fer adéu amb una mà. Va seguir la dona grassa de cabells grisos per un passadís fosc per on no havia passat mai. Només se sentia el soroll dels anells dels dits dels peus de la dona fregant la rajola. Al final del passadís va obrir una porta. La llum que entrava per una finestra li va fer mal als ulls i se'ls va tapar amb les dues mans. Era un despatx petit, amb una taula i alguns prestatges plens de carpetes i arxivadors. Un ventilador girava al sostre. Feia dies que no sentia l'aire corrent al seu voltant. Li va costar anar-se acostumant a la llum. Va entrar un home i de seguida va tancar la porta amb un cop sec. L'havia vist una vegada. Era el que havia donat el feix de bitllets al senyor Patil el dia que van arribar. Els dos homes s'assemblaven: prims i amb un gran bigoti negre.

—Te'n vas ara mateix. Serviràs a casa de la família d'un enginyer. T'hauràs d'ocupar de la neteja de la casa, de la roba, la compra, el menjar, de tot el que et demanin, ho has entès? No vull ni mitja queixa.

—El senyor Patil va dir que podria anar a escola —es va atrevir a dir la Muna, com si la claror del dia l'hagués despertat de sobte d'un malson.

—A escola? El senyor Patil es va equivocar. I a fer el que et diguin o et buscarem una feina menys agradable, m'entens? Atul!

Un noi jove, baix, de pell molt fosca, vestit amb pantaló llarg i camisa com l'home del bigoti va entrar de seguida que va sentir el crit per una altra porta que hi havia al costat de la finestra i des d'on es veia un pati sense ningú. Devia estar assegut a fora, esperant que el cridessin. Tenia la boca totalment vermella d'haver estat mastegant un *paan*.

—Atul, porta aquesta a l'adreça que hi ha en aquest paper. Ara mateix. I dónes aquest sobre a qui et rebi. Us estan esperant. I torna cap aquí de seguida!

—Sí, senyor.

—I tu, nena, ja m'has sentit: no vull ni mitja queixa!

L'Atul va creuar el pati desert amb la Muna seguint-lo a dues passes, descalça. Feia molts dies que no sentia l'escalfor de la terra als peus. A l'altra banda d'aquell espai pla on el sol queia amb força l'Atul va obrir una petita reixa de ferro i van baixar per unes escales de pedra que arribaven a un carrer ple d'activitat. Ja des de la reixa, la Muna havia sentit la remor dels cotxes, les motos, les veus de la gent... i es va sentir salvada. A peu d'escala, l'Atul hi tenia aparcat un *autorickshaw* de color negre. La Muna va pujar al seient de la petita cabina sense portes mentre l'Atul posava en marxa el motor, amb el soroll estrident que caracteritzava aquells vehicles. De seguida es van perdre entre el trànsit de la ciutat. Gairebé dos mesos tancada en aquella fàbrica inhumana l'havien deixat molt feble. Travessar el pati i baixar les escales de pedra amb la calor del migdia li havia semblat un trajecte llarguíssim i esgotador. Asseguda a la part de darrere d'un *autorickshaw* per primera vegada, l'aire càlid que entrava per les obertures sense portes dels costats del minúscul vehicle negre la retornava a la realitat. S'imaginava la Nalini i la nena que li havia ensenyat a teixir, i el Vikram i tots els altres allà a dins, tancats, obligats a fer catifes a la llum feble de les bombetes, a crits i amb cops per als qui es queixessin, menjant molt poc i dormint malament. Quanta vida hi havia pels carrers, quanta gent, quant moviment. Les imatges tenebroses de la fàbrica de catifes anaven quedant enrere, volia deixar-les enrere per més que les sentia clavades dintre seu. Ara només veia venedors ambulants de fruita, roba, diaris, collarets de flors, dones ben vestides amb *saris* de colors vius, camions i bicicletes competint per l'espai atapeït dels carrers, rètols, edificis alts de finestres quadrades, roba estesa a tot arreu, roba penjant d'alguns balcons de fusta... Un policia intentava dirigir el trànsit en una cruïlla mentre tota mena de vehicles que tocaven el clàxon insistentment, carros estirats per bous, bicicletes, *rickshaws*, motos i vaques mandroses seguien circulant com podien, sense fer ni cas dels moviments enèrgics dels seus braços. Uns homes retocaven un anunci de sabó enfilats en una bastida altíssima amb els seus pots de pintura i els pinzells.

L'Atul va haver de demanar fins a quatre vegades com s'anava a l'adreça que duia escrita en un paper. Després de donar unes quantes voltes i de passar dues vegades seguides per davant del mateix temple de Krishna amb parades de garlandes de flors fresques a l'entrada, van tombar per fi per un carrer on només hi havia cases baixes i molts arbres, i l'Atul va reduir la velocitat fins que va entrar en un jardí de la casa més gran que havia vist la Muna fins aleshores. Dos homes amb l'esquena totalment encorbada tallaven l'herba d'uns parterres amb una dalla cadascun. Hi havia unes petites piles d'herba al seu voltant. Van aixecar el cap del terra per mirar l'*autorickshaw* entrant al jardí i van continuar la seva feina. L'Atul va aturar el motor al davant d'un porxo on hi havia quatre gandules de fusta, un balancí i una taula baixa amb una espelma molt grossa dins d'un fanal i un gerro amb un ram de roses vermelles. La remor del trànsit de la ciutat quedava lluny. Hi havia silenci. Se sentien ocells i l'ombra que feien els arbres d'aquell jardí tan verd i ple de flors era agradable. De seguida va sortir una dona ja gran, o potser no ho era tant, vestida amb un *sari* verd i eixugant-se les mans amb un drap. Duia els cabells grisos recollits i una arracada d'or al nas.

—Ets l'Atul?

—Sí, porto aquesta nena i aquest sobre.

La dona va obrir el sobre i va llegir la nota que hi havia dins allargant els braços cap endavant.

—Puc marxar, senyora?

—Cada dia escriuen amb la lletra més petita. Marxa, marxa... Quina pressa que té tothom!

—Adéu! —va dir l'Atul abans d'engegar el motor del *rickshaw* i sortir sorollosament per la porta del jardí.

La Muna va quedar-se allà al mig, callada. La dona se la va mirar de dalt a baix amb el sobre a la mà.

—O sigui que tu ets la que m'has d'ajudar a partir d'ara. Doncs sí que anem bé! —i va dir alguna cosa més en una llengua que la Muna no va entendre—. Au, vine amb mi, que t'ensenyaré la casa. Em dic Chamki i jo m'ocupo que tot funcioni. I tu també hauràs de fer que tot funcioni, ho entens, oi?

La Muna va moure el cap de dreta a esquerra en petits moviments, volent dir que sí, que ho entenia.

—D'on ets?

—De les terres del Godavari.

—D'on?

—El Godavari és un riu —va dir la Muna amb un fil de veu.

—El que ens faltava! Sí, sí, el Godavari és un riu, això ja ho sé... Au, vine, que em sembla que el que necessites és un bon plat de menjar calent i un bon got de llet, que no t'aguantes dreta!

Ara sí que estava fent el que li havia dit el Suresh que faria a Bombai segons el tracte pactat amb el senyor Patil: treballar a casa d'una família. També li havia dit que potser podria anar a escola i això era el que li havia fet seguir les decisions del germà del seu pare sense queixar-se. Tot i que queixar-se no hauria servit de res. Però ja feia unes quantes setmanes que servia a casa de la família dels Raghavan i encara no havia tingut cap notícia de l'escola. Vivia pràcticament a la cuina. Es despertava quan clarejava i s'estirava quan ja era ben fosc, sense haver parat quieta en tot el dia. Dormia damunt d'una estora en un racó de l'habitació on guardaven la roba neta i la que s'havia de planxar i cosir, al costat de la cuina. En un prestatge hi tenia el seu vell *salwar kameez* que un dia havia estat rosa. Ara en tenia dos més de totalment nous: un de color rosa de veritat i un de color blau cel. Una mica més enllà del seu racó, en un llit a prop de la finestra, hi dormia la Chamkibai, com li deia ella en senyal de respecte. A la nit, la Chamki corria una cortina de roba entre totes dues, i així tenien una mica d'intimitat.

La Chamki feia molts anys que treballava a casa dels Raghavan, s'hi sentia com una peça indispensable, i això l'omplia. Era de Kerala, al sud del país, i s'havia quedat vídua molt jove, tan jove que no havia tingut temps ni d'intentar tenir fills. El seu marit havia mort en un accident de cotxe. En quedar vídua, havia volgut anar-se'n lluny dels records de la seva curta vida de casada i, a través d'uns familiars que vivien a Bombai, havia aconseguit la feina a casa dels Raghavan. La vida de les vídues joves no era fàcil. Moltes encara seguien suïcidant-se practicant el *sati*, cremant-se a les pires enceses dels seus marits encara que estigués prohibit. La Chamki havia deixat els *saris* blancs de dol a Kerala i havia volgut començar una nova vida a Bombai. Venia d'una bona família, havia anat a l'escola des de petita i havia seguit estudiant fins poc abans de casar-se. Els seus pares ja havien mort, eren molt grans quan ella va néixer. A més del malayalam, la seva llengua materna i la llengua en què rondinava i deia tot allò que no volia que li entenguessin si s'enfadava, parlava perfectament el marathi i el hindi i podia llegir, i fins i tot parlar, una mica d'anglès. A vegades rebia visites i tenia la llibertat per convidar-los a prendre el te o a menjar les restes que rondessin per la cuina, que sempre n'hi havia. Només se n'anava molt de tant en tant a dormir a casa dels seus parents als afores de Bombai si la convidaven a alguna festa i els Raghavan no la necessitaven per a res especial.

Ja el primer dia, la Chamki li havia explicat a la Muna com funcionava la casa i qui hi vivia. El senyor i la senyora Raghavan tenien cinc fills. El més gran es deia Sanjay i ara estava estudiant medicina a Anglaterra, al King's College de Cambridge. Tenia vint-i-quatre anys i ja en feia dos que no tornava a l'Índia. La Chamki havia sentit dir que potser tornaria per a la propera celebració del *Diwali*, i també que ja havien rebut unes quantes propostes de famílies de renom de la ciutat per casar-hi alguna filla. El Sanjay era l'hereu de la família i totes les expectatives estaven posades en ell perquè arribés a ser un gran cirurgià o fins i tot ministre de Sanitat del país. Després venien tres noies: la Bani, la Parvati i la Indira. La Bani tenia vint-i-un anys i estudiava secretariat i piano, però aviat ho deixaria tot perquè ja estaven a punt de trobar-li un bon marit. De fet, segons la Chamki, la Bani només estudiava i tocava el piano perquè així tindria més valor de cara a la família del seu futur marit, que ella creia que seria el fill d'un jutge que feia poc havia vingut a sopar a la casa amb la seva dona. La Parvati i la Indira anaven a l'escola tot el dia i portaven un uniforme molt semblant al de les nenes de Kolpewadi. La Parvati tenia catorze anys i sempre estava de mal humor. La Indira era com la Muna: tenia onze anys. El més petit era el Rajiv. Tenia sis anys i també anava a l'escola. I quan no, es dedicava a anar amunt i avall amb el seu cotxe de pedals, un cotxe vermell de plàstic amb el qual no parava de donar voltes als parterres del jardí i a fer enfadar els jardiners quan es desviava i trepitjava les flors, una llarga renglera d'arbustos d'hibiscs grocs i de rosers amb roses de totes les tonalitats.

Amb ells també vivia la mare del senyor Raghavan, una dona ja molt gran, de cabells molt blancs, que es passava pràcticament tot el dia asseguda al porxo de l'entrada o bé mig estirada a la seva habitació amb les cortines dels finestrals ben corregudes per evitar que hi entressin la calor i la claror, mirant el retrat emmarcat del seu difunt marit, sempre cobert de garlandes de flors fresques i amb una llàntia d'oli encesa a sota. A vegades parlava en veu baixa de cara al quadre. L'àvia Raghavan també passava hores a la cambra on adoraven les divinitats de la família. En un petit altar a terra, voltat de coixins de colors, hi havia figuretes de bronze de Ganesh, Lakshmi, Krishna i Shiva. Sempre hi havia llànties d'oli enceses i ofrenes de flors fresques i oloroses. A més de treure la pols a les figuretes i mantenir la cambra sempre neta, a la Muna li tocava preparar els blens de cotó i els bastonets d'encens per a les *puges*. Tot sovint es reunien en aquella estança i recitaven les pregàries mentre el senyor Raghavan feia repicar la petita campana de llautó.

Els dos jardiners vivien amb les seves famílies en dues petites cases que hi havia entre el jardí dels Raghavan i el jardí dels seus veïns. També feien de guardes a la nit i ajudaven a fer les compres de la casa. Anaven una o dues vegades a la setmana al mercat acompanyant la Chamki, i ells s'ocupaven de portar els paquets, els farcells i els cistells, o de fer-los transportar fins a la casa per un *culi* o per un *rickshaw-wallah*. La dona d'un dels dos jardiners cosia molt bé, i a vegades la Muna li portava alguna peça de roba que calia arreglar. A la casa també hi treballaven altres persones que venien a fer feines esporàdiques com ajudar a cuinar i a servir la taula quan s'organitzaven sopars o festes importants. Sempre hi havia moviment de gent anant i venint.

La Chamki era la cuinera, la que decidia com es preparava i com es cuinava cada cosa. En sabia molt i la Muna només havia de seguir les seves ordres perquè tot sortís bo. Era una especialista en la cuina de Kerala, que ella deia que era la millor de l'Índia. Havia aconseguit que els Raghavan li donessin la raó i sempre li demanessin els plats de la seva terra del sud, que ja formaven part dels àpats habituals de la família. Així doncs, la Muna es feia un tip de ratllar cocos perquè a les receptes de Kerala sempre s'hi afegia coco ratllat, ja fos per fer les salses de *curry* o de *sambar*, la salsa més típica del sud per menjar amb l'arròs. I també per preparar el *chutney* de coco, una mena de confitura espessa que se servia amb els *massala dosas*, i les *crêpes* d'arròs fregides i amb puré de patata per sobre. Tallar, trinxar, ratllar i fregir *pappadams* de farina de llenties... A la cuina se sentia el repic enèrgic dels braçalets de la Chamki, que no parava quieta. I la Muna tampoc. La casa sempre feia una agradable olor de coco i cebes fregides.

El senyor Raghavan era un home important, d'això la Muna n'estava segura. I no semblava mala persona. Cridava poc i de moment no l'havia vist pegant a ningú. A la casa tot girava al voltant de les seves activitats i dels seus horaris, de les seves entrades i sortides. Gairebé sempre anava amb una cartera de pell a la mà i sovint el venien a buscar amb un cotxe negre imponent i lluent. Cada matí esmorzava al porxo, llegint el *Times of India* que portava el repartidor de diaris del barri, un nen esquifit que anava de casa en casa amb una bicicleta massa grossa i una bossa en bandolera plena de diaris. La Muna sentia l'olor forta de la tinta del diari quan s'hi acostava portant una safata de plata amb els *xapatis* i el pot de melmelada de mango. Li servia el *mas-*

sala chai, te negre amb grans de cardamom i de pebre negre, com a ell li agradava, i ni aixecava la vista del que llegia. Ella semblava invisible als ulls del senyor Raghavan. No li preguntava si el te estava bé de sucre i de llet perquè sabia que estava tal com el volia. També li portava el correu que havia deixat el carter de bon matí. Ho feia en una altra safata, que ella procurava que estigués sempre ben lluent, igual que l'obrecartes, que també era de plata. Després havia de servir l'esmorzar de tots els altres i assegurar que hi hauria prou te i *xapatis* per a tothom. La senyora Raghavan només prenia te amb gingebre, les noies te amb llet amb molt sucre, i el petit Rajiv un got de llet calenta però sense ni rastre del tel que queda en bullir-la. Si en trobava una mica, rondinava i plorava.

—Chamki, no queden més *idlis*? La Bani i la Indira se'ls han menjat tots!

—Com vols que no quedin *idlis* per a tu, Rajiv? Sempre hi ha *idlis* per a tu. —I la Chamki demanava a la Muna que li portés el plat amb *idlis* que havia guardat a la cuina, aquells pastissos d'arròs cuits al vapor, les petites boles tan típiques del sud.

I quan els uns i els altres havien marxat, la Muna pelava patates i pastanagues, pelava i trinxava cebes, moltes cebes, tallava fulles de coriandre, triava llenties per cuinar el *dhal*, tot i que tenien moltes menys pedres que les llenties de Kolpewadi: es notava que algú les havia triat una mica abans de vendre-les. També havia de triar l'arròs perquè tampoc no hi hagués cap pedreta amagada. I netejar les rajoles del terra de la sala gran, de genolls, amb un drap i una palangana d'aigua sabonosa. Rentava els *saris* de totes les dones de la casa, els uniformes escolars de les nenes, els *salwar kameez* i les camises al gran safareig, i ho estenia tot als fils que penjaven al fons del jardí. Planxar era el que menys li agradava. La planxa pesava i aconseguir la quantitat de carbó adequada no era fàcil. Sempre li feia por cremar alguna roba si li queia un tros de carbó al damunt. Procurava llevar-se una mica més d'hora o anar a dormir una mica més tard per planxar quan no feia tanta calor. La Chamki li havia ensenyat a planxar els *saris* de seda, el més perillós de tot. I els plegaven entre totes dues amb molta cura. De bon matí, era la Muna qui rebia el venedor de la llet just després d'haver-se pentinat els seus cabells negres i d'haver-se fet la llarga trena que li arribava fins a la cintura. Tocava una campaneta molt peculiar i entrava al jardí arrossegant el seu carro amb la llet acabada de munyir fins a les escales del porxo. La Muna sortia a rebre'l de seguida amb el pot on cabien tres litres de llet i el venedor l'omplia, quan encara estava tèbia, amb un cullerot de mànec molt llarg mentre li explicava cada dia les mateixes històries: per què ara ja no anava amb una vaca de casa en casa, munyint-la per als seus clients com havien fet sempre el seu pare i el seu avi abans que ell, i com el pou del seu poble s'havia assecat totalment. Després calia bullir la llet de seguida perquè estigués a punt per als esmorzars. L'olor de la llet mentre bullia li recordava la seva vida a Kolpewadi però sense cap mena d'enyor. La nata que es feia en bullir la llet sempre se la menjava la Parvati amb una mica de sucre per sobre. I era un dels pocs moments en què se la veia de bon humor. La Muna també havia de rentar plats, cassoles, olles, tasses de porcellana xinesa i copes de vidre a la gran pica de marbre, de cara a la finestra des d'on es veien els arbres del jardí. I netejar els vidres de totes les finestres, escombrar les fulles seques del porxo de l'entrada... Fer el que li havia dit la Chamki: que la casa funcionés.

De tant en tant la Muna acompanyava la Chamki a comprar al mercat. Aleshores es posava unes sandàlies que li havia donat perquè no anés descalça pels carrers de la ciutat. Només se les posava quan anaven a fer les compres amb un taxi que les venia a buscar. El taxista les acompanyava a tot arreu i les ajudava a portar totes les bosses. La Muna mirava per la finestra oberta, l'aire que entrava era càlid però no era una de les èpoques de més calor. També hi entrava un fum negre, espès i pudent que sortia dels cotxes i camions del voltant. Un embús va fer que un dia el taxi s'aturés just quan passaven per davant de la façana gòtica de Victoria Terminus. Desenes de persones de totes les edats entraven i sortien de l'estació de tren carregades amb maletes i farcells; venedors ambulants aturaven els seus carros als voltants de la porta principal oferint tota mena de menjars, refrescos, fruites i dolços. La Muna no es perdia cap detall i observava tot aquell moviment de formiguer. Amb la mirada tan bon punt seguia el recorregut d'una safata de *samoses*, de *golguppes* o de gots petits plens de te amb llet que fumejaven, com el destí d'un dels mangos de la cistella d'una dona ja molt vella; observava com els *culis* portaven al cap les maletes dels viatgers acabats d'arribar, com una cabra rosegava la fusta d'un carretó ple de fruita d'un venedor ambulant, o com un home comprava un *paan* en una de les paradetes del carrer i se'l posava sencer a la boca: uns minuts més tard escupia un líquid vermell com la sang. La Muna va continuar mirant per la finestra fins que el cotxe es va tornar a posar en marxa i van deixar l'estació enrere.

El mercat era ple de gent i de parades de totes les fruites i verdures imaginables, col·locades en piles perfectes, ben ordenades per colors. La Chamki i la Muna també s'aturaven a les parades de carn, sempre plenes de mosques. Desprenien una olor forta però a la Muna no li desagradava del tot, la feia sentir viva. Viva al mig de tanta vida. La Chamki tenia llargues discussions amb el venedor d'arròs sobre els diferents tipus de gra; sobretot discutia el preu del quilo de basmati de l'Himàlaia o d'una varietat més rodona i no tan perfumada.

—A la meva terra, Muna, l'arròs és el símbol de la prosperitat, és la vida!

A vegades acabaven el recorregut de les compres passant per una petita botiga de *saris* d'un vell conegut i el taxista les esperava a fora fumant *bidis* i parlant amb altres conductors sense allunyar-se del seu vehicle, carregat amb les bosses de les compres. Els oferien un te amb llet calent en gots de vidre i la Chamki i ella s'asseien amb les cames encreuades mentre el botiguer i els seus ajudants desplegaven els *saris* que tenia ben plegats i ordenats en prestatges seguint les ordres de la Chamki. La Muna observava les robes de colors que es desplegaven com si fossin rius al seu voltant. Taronges, blaus intensos, verds... La Chamki els tocava delicadament amb els dits i comentava les qualitats del cotó o de la seda amb el botiguer.

—Aquest és per a mi. I ara en necessito un per a un bon regal que ha de fer la senyora a una cosina seva. Quin t'agrada més, Muna? El blau o el groc? Toca, toca! Mira quina seda més suau! És seda de Kanchipuram!

I la Muna acaronava aquelles sedes dubtant quin d'aquells colors li agradava més, somrient.

—Per cert, Kumar, recorda que quan es casi la filla dels senyors Raghavan necessitarem molts *saris* de Kanchipuram, jo de tu els aniria encarregant!

—Descuidi, Chamkibai, per a vostè li buscarem les millors sedes del país!

Cada set dies, la senyora Raghavan i la Chamki s'asseien a la llarga taula del menjador, una taula de fusta rectangular d'estil anglès amb deu cadires sempre a punt, a passar comptes de les compres de la setmana, que anotaven en una llibreta escolar, i a fer llistes d'encàrrecs diversos i de menús, tenint en compte si hi havia algun sopar amb convidats. Hi havia convidats molt sovint, els senyors Raghavan tenien una vida social intensa. A casa seva hi venien secretaris de ministeris, propietaris d'empreses importants, jutges i advocats, amb les seves esposes o sols, professors universitaris... Les dues dones passaven hores amb les seves ulleres de llegir posades, perquè després de passar comptes i fer llistes de tota mena, ho aprofitaven per repassar els retalls del *Times of India* que la senyora Raghavan guardava en una antiga capsa de fusta de sàndal treballada: retallava alguns anuncis que proposaven joves nois i noies com a futurs marits o esposes i s'entretenien llegint en veu alta les descripcions de les qualitats d'aquelles possibles futures nores, d'aquells possibles futurs gendres. Fins i tot hi havia algun anunci posat per famílies que vivien a Anglaterra i buscaven una dona índia per als seus fills, una índia de veritat perquè no es perdessin els costums i les tradicions. A la senyora Raghavan i a la Chamki els agradava rellegir aquells anuncis i revisar els més recents i comentar els uns i els altres, comparar els dots que oferien... Les dues dones s'entenien molt bé i per més que era clar que la Chamki era una treballadora i prou, tenia els privilegis de ser considerada com una més de la família, i estava al cas de tot el que passava i la seva opinió era tinguda en compte.

Quan plovia molt se n'anava l'electricitat de seguida a tot el barri. Els ventiladors del sostre es paraven i la xafogor ocupava la casa. La Muna havia d'ajudar a encendre totes les espelmes que trobava i assegurar que tothom s'hi veuria a les seves habitacions. Si l'electricitat se n'anava d'hora, abans de sopar, tota la família es quedava a la sala d'estar, on hi havia més canelobres, acabant de fer els deures de l'escola, llegint i cosint. La Muna havia après a apedaçar mosquiteres i això era el que feia quan només podia estar-se quieta al costat d'un canelobre d'espelmes. Sempre hi havia goteres en un racó o altre i calia posar galledes d'alumini a sota i anar eixugant l'aigua amb draps.

Durant els mesos de les pluges monsòniques, els carrers podien acabar sent veritables rius i els embussos habituals es convertien en una broma al costat del caos que s'imposava per tota la ciutat. L'aigua podia arribar fins als genolls, i la gent havia de treure's les sabates per no perdre-les i posar-se al cap tot el que duguessin a les mans. Els motors de les motos quedaven inservibles, totalment negats, i els d'alguns cotxes també. I els nens es divertien esquitxant-se els uns als altres mig despullats i estirant-se al mig dels enormes bassals on es barrejaven l'aigua de la pluja amb les aigües fecals, que desprenien una fortor espantosa.

A la cuina calia tapar bé tots els aliments. Amb la humitat es feien malbé els cereals, les llenties, les patates i les espècies.

La Chamki s'ocupava de cuidar els cabells de tots les dones de la casa. Escalfava oli de coco en un pot i després les feia seure a les escales del porxo, entre les seves cames, una després de l'altra. Anava escampant l'oli tebi fent un massatge suau mentre cantava o explicava històries de la seva joventut a Kerala, que ella deia que era un altre país. Els parlava dels paisatges plens d'aigua i de camps d'arròs, de palmeres amb cocos, de les més de quaranta hores en tren que separaven Bombai de Kerala... I quan sobrava oli, que era gairebé sempre, també n'hi posava a la Muna, que l'havia estat ajudant. Amb els ulls tancats, asseguda a terra, la Muna gaudia d'aquells moments sense pensar en res més que en els seus cabells.

—Chamkibai, tu saps per què em van portar aquí?

A la Muna li va costar molt fer aquesta pregunta però un dia que estaven totes dues soles a la cuina es va atrevir. Necessitava saber-ho. La Chamki remenava una salsa de *sambar* que tenia al foc. Tenia una manera molt especial de remenar els guisats i de tastar-los, posant-se'n una mica al palmell de la mà i acostant-se-la a la boca. No va aixecar la vista mentre feia girar la cullera de fusta.

—Ho saps, oi? —va insistir la Muna.

—Sí. Sé que estaves treballant en una fàbrica de catifes. Un conegut del senyor Raghavan tenia un deute amb ell i quan la noia que abans feia el que fas tu va rebre una proposta de matrimoni inesperadament i se'n va anar, no sé com aquell conegut del senyor Raghavan es va assabentar que necessitaven substituir-la i li va proposar saldar el deute trobant-li algú per servir a casa seva. I així va ser com en pocs dies vas aparèixer tu.

La Muna encara tenia malsons relacionats amb aquells dies tenebrosos que havia passat a la fàbrica de catifes. Es despertava al mig de la nit, amb el cos tot suat i tremolant en recordar les cares dels nens i nenes esclaus. D'ella mateixa teixint esporuguida sense entendre res de res, asseguda hores i hores en aquella bastida, amb les cames adormides, dels crits d'un nen mentre el pegaven amb una corretja... A casa dels Raghavan no li donaven diners. Només menjar, roba nova, un lloc per dormir... Treballava molt, però no gaire més que a casa del Suresh i la Sonali a Kolpewadi. I en canvi ara menjava com no havia menjat mai a la seva vida, tenia els millors *salwar kameez* i es distreia més que mai. No anava a escola, però aprenia moltes coses. Aprenia i se sentia valorada.

Feia moltes setmanes que la Muna no sortia de la casa i trobar-se asseguda allà, al mig de tanta gent, li semblava estrany.

La sala era plena de gom a gom i el xivarri era total. La Indira li agafava la mà somrient i li deia que no tingués por. El fill gran dels Raghavan havia tornat de Londres per passar les festes del *Diwali* i un dia havia decidit portar les seves tres germanes al cine. Després de dinar, la Indira havia demanat que també hi deixessin anar la Muna, però el senyor Raghavan no ho volia permetre.

—Una criada és una criada!

—Però, pare, també és una nena com jo i no ha anat mai al cine!

—M'ho vols fer tornar a repetir? Una criada és una criada!

Desafiant, vestit com un jove anglès, el Sanjay observava el seu pare assegut a l'altre extrem de la taula.

—Que jo sàpiga, una criada cobraria unes quantes rupies per la seva feina, i aquesta nena no en rep ni una i treballa de sol a sol.

—Tu no t'hi fiquis, Sanjay!

—Que no m'hi fiqui? Em fa vergonya pertànyer a una família on hi ha una nena esclava!

—T'he dit que no t'hi fiquis, Sanjay! Qui et penses que ets? Quan siguis metge ja en parlarem, però mentrestant a mi no m'aixequis la veu!

—No cal ser metge per reconèixer les injustícies!

Les veus van anar pujant de to i se sentien per tota la casa. La Muna seguia la conversa des de la cuina, al costat de la Chamki. El cor li bategava de pressa.

—Veig que a Anglaterra has après a desautoritzar el teu pare i a faltar-li el respecte!

—Sí, a Anglaterra estic aprenent moltes coses, no només medicina! Què et costa deixar-la anar al cine ja que no li pagues res?

—Aquests anglesos no van tenir prou colonitzant-nos! Ara ens han de canviar les idees!

—No són els anglesos, pare, és el sentit comú!

La resta de la família assistia a la discussió però sense intervenir.

—Si una criada va al cine, què demanarà després? Una criada és una criada, ja ho he dit! I què vols, que es riguin de nosaltres els veïns? Quina família coneixes que porti una criada al cine?

—Aquest és el teu problema! L'únic que t'importa és què diran! Hipòcrites! Això és el que sou tots!

Hi va haver uns moments de silenci tens. La senyora Raghavan no deia res. Només gesticulava acompanyant les paraules del seu marit i del seu fill. Pels seus gestos, era impossible saber a favor de qui estava.

—Chamki! —va cridar el senyor Raghavan. La Chamki va sortir disparada de la cuina cap al menjador.

—Digui, senyor.

—Chamki, a tu què et sembla tot això?

—S'ho mereix, senyor Raghavan. Fa mesos que treballa molt, ho fa tot molt bé, no en tinc cap queixa. La Muna és la millor ajudant que he tingut mai, la més eficient i la més intel·ligent. I a més, el sopar d'aquesta nit ja està fet. No crec que demani res més, senyor. Anirà al cine i continuarà treballant.

I al final la Muna va anar al cine.

Veient aquell moviment de persones amunt i avall, aquell xivarri total, semblava impossible que tothom acabés asseient-se a la seva butaca i s' hi estigués quiet i callat durant les tres hores que duraria la pel·lícula. Però van apagar-se els llums i ja ningú no es va tornar a aixecar fins a la mitja part. Callar ja era una altra cosa, perquè de tant en tant tot el públic reia o cridava els protagonistes per avisar-los d'algun perill, com si els actors i les actrius poguessin reaccionar als seus crits i xiscles des de l'altre costat de la pantalla! La Indira li havia explicat què era una pel·lícula però a la Muna li costava molt imaginar-s'ho, però quan per fi va començar la sessió, la Muna va entrar en el món més màgic que mai hauria pogut somiar. Aquelles dones tan ben vestides, aquells *saris* que no havia vist mai enlloc, i com ballaven! La música, el ritme de les percussions, la història d'amor... Cada vegada que la parella protagonista estava a punt de fer-se un petó, la càmera s'allunyava d'ells i tot el públic es posava a cridar histèricament. I a cada cançó, tothom es posava a cantar i a picar de mans entusiasmats. Alguns s'aixecaven i ballaven fins que els de les fileres del darrere aconseguien que tornessin a asseure's. La Muna va riure, va plorar, va patir, va divertir-se... A la mitja part, el Sanjay va sortir a comprar cacauets i dolços en una de les nombroses parades que hi havia davant del cine. S'ho van menjar tot comentant les escenes i imaginant com acabaria la història.

—Ei! Que comença una altra vegada! —cridaven els uns i els altres, tornant a seure a les seves butaques.

L'hora i mitja següent va passar molt de pressa. Quan van tornar a encendre's els llums i els espectadors s'anaven aixecant per marxar, la Muna va sentir-se diferent. Mai no hauria pensat que dins de la realitat hi podia haver una altra realitat, la que havia vist a la pantalla gegant. Aquella pel·lícula va ser el seu primer contacte amb el món de la ficció, i va pensar que no li importaria gens viure en aquella altra realitat per sempre. El que no sabia la Muna era que aquella excursió a un cine marcaria el rumb de la seva vida. Van tornar a casa tots cinc en un taxi, asseguts ben estrets. La Parvati a la falda de la Bani, el Sanjay al costat del conductor, comentant el que els havia agradat més de la pel·lícula, les cançons i els balls tan vistosos, els *saris* de les dones... La Muna observava els carrers de la ciutat com si també fossin escenes d'una pel·lícula.

S'havia fet fosc però hi havia gent caminant pertot arreu, en bicicleta, asseguda a les entrades de les cases... Els venedors ambulants havien encès un fanal de querosè a les seves parades de fruita, de suc de canya de sucre o de menjars fregits. Aquells llums pertot arreu encara donaven un aire més màgic a tot el que la Muna veia per la finestra del taxi que avançava per aquell caos organitzat de la ciutat, mentre el taxista tocava el clàxon contínuament per no atropellar cap vaca, dona gran o home despistat en bicicleta que passava per on volia sense mirar.

La Indira admirava molt el seu germà gran i sempre deia que volia ser com ell. L'última vegada que va marxar cap a Anglaterra li havia demanat un regal especial: que li anotés la seva adreça del King's College de Cambridge en una llibreta i li omplís una capsa amb molts segells perquè no hagués de demanar-los a ningú. Durant els dos anys que va estar sense tornar, la Indira li havia escrit llargues cartes amb lletra rodona i plenes de dibuixos explicant-li coses de l'escola i de la família, i posant-lo al dia a la seva manera del que ella sentia dir sobre les noies que els seus pares estaven considerant com a futures esposes per a ell. La Indira procurava fer tot allò que signifiqués tenir l'aprovació del seu germà gran, i també la seva complicitat. Així és que per tal de demostrar-li que havia seguit amb atenció la discussió entre ell i el seu pare sobre si la Muna podia o no podia anar al cine, va començar a apropar-se a aquella nena que era com ella però que no havia tingut la sort de néixer en una família com la seva. Entrava a la cuina amb l'excusa de voler agafar un plàtan o un got d'aigua o per preguntar si podia anar a veure què passava amb els ploms, perquè s'havien aturat els ventiladors del sostre, i es quedava allà per parlar amb ella i fer-li companyia mentre pelava patates. Un dia, fins i tot s'havia assegut a terra amb la Muna per ajudar-la a triar llenties i així poder seguir parlant.

—He tingut una idea, Sanjay! —va dir una tarda la Indira mentre el seu germà gran llegia mig estirat en una de les gandules del porxo.

—Ah, sí? Quina idea has tingut avui?

—Doncs que li ensenyaré a llegir i a escriure a la Muna! No pot ser que a la seva edat no sàpiga ni escriure el seu nom!

El Sanjay, que s'esperava una altra mena d'idea molt més infantil i trivial, va deixar el llibre que estava llegint a la taula baixa i va allargar una mà cap a la seva germana.

—Vine cap aquí, germaneta! —i la va abraçar ben fort, emocionat—. Saps que és la idea més bona que ha tingut algú de la família Raghavan en molts anys? Com no se m'havia acudit a mi primer?

—De veritat et sembla una bona idea?

—La millor, de veritat!

—Però creus que el pare em deixarà?

—Jo me n'ocuparé, no pateixis. Ja que no li paguen res i treballa més de dotze hores al dia, com a mínim que aprengui a llegir i a escriure en aquesta casa!

—I a sumar i a restar i a multiplicar també, que tampoc no en sap i jo ho vaig aprendre als set anys!

—D'acord! Parlaré amb el pare aquest vespre.

Bombai, 1974

ELS VENTILADORS DEL SOSTRE NO PARAVEN DE FER voltes. Voltes i més voltes, sempre a la mateixa velocitat. La calor i la humitat eren asfixiants. La Sita no podia dormir. Estava clarejant, però encara no era de dia i ja començaven a sentir-se els primers sorolls del carrer, els primers venedors ambulants, els seus crits per vendre fruita, *samoses* fregides feia un moment, llet acabada de munyir, gots de te calent... Se sentien timbres de bicicleta, un cotxe que passava de pressa, motos... Estirada a terra, damunt de la tovallola prima que li feia de llit, la Sita intentava imaginar què passava a fora d'aquella immensa sala, plena de nenes com ella però que dormien en silenci. Per què les altres no tenien mai por de la foscor ni de les reixes que hi havia a banda i banda d'aquell espai? Tot i estar envoltada de més de cent nenes, estirades totes damunt de tovalloles, molt juntes les unes al costat de les altres, se sentia molt sola.

De mica en mica es va anar fent de dia i amb les primeres ombres a les parets per fi s'acostava l'hora de llevar-se. No trigaria a sentir-se la campaneta de *Sister* Aline ni la seva veu indicant que la nit i els malsons s'havien acabat. La remor de la ciutat era cada vegada més forta. I finalment els passos de la monja que cada matí a la mateixa hora obria les dues portes de fusta de la sala on les nenes dormien sota els ventiladors.

—Bon dia! Au, amunt!

La Sita es va aixecar de cop, va plegar la seva tovallola i va sortir directe cap als lavabos, que sempre feien una olor forta de desinfectant, per rentar-se abans que arribessin totes les altres i es quedés sense aigua. Era dissabte i no hi havia classes.

El centre de les Missioneres de Maria de Bombai es dividia en dos grans edificis. En un hi havia el convent, on vivien les monges i les nenes òrfenes com ella. Només baixant unes escales s'entrava a l'altre, que era un internat amb escola per a nenes que sí que tenien família. Un gran jardí envoltava els dos edificis d'estil colonial, pintats d'un gris fosc i amb grans finestrals. Una de les façanes estava pràcticament tota coberta per una buguenvíl·lia de color fúcsia que s'enfilava, exuberant, per les parets. Destacaven també dues grans palmeres que es veien des del carrer, abans de creuar la reixa de ferro i entrar al recinte pel camí de terra. Les monges més joves feien de jardineres i procuraven que sempre hi hagués flors de tots colors.

Els dissabtes com aquell eren dies emocionants. Després de l'esmorzar amb totes les seves companyes, la Sita corria al jardí i s'enfilava en un pedrís per espiar les nenes de l'internat i observar com es posaven els vestits més bonics que tenien, i com unes quantes monges les ajudaven a fer-se les trenes ben fetes i amb llaços de robes de colors vius ben planxats. Les habitacions de l'internat eren compartides, amb dos llits, dues tauletes de nit i un gran armari a cada una. La Sita s'estava allà enfilada, sense perdre's cap detall de l'arribada de les famílies de les nenes, que venien a buscar-les per passar amb elles el cap de setmana. A algunes les venien a buscar els seus pares. Pares amb bigoti, pares *sikhs* amb turbant taronja o vermell, negre o verd. Mares amb *saris* blau turquesa o morat, cabells negres i llisos, o trenats fins al final de l'esquena, braçalets daurats o de vidres de colors que dringaven a cada moviment. A d'altres nenes les venien a buscar els avis i les àvies, que eren com els pares i les mares però amb els cabells grisos i blancs. I a vegades també apareixien amb nens i nenes més petits o més grans, els germans i les germanes o els cosins. Els diumenges a la tarda, abans no es fes fosc, la Sita repetia l'aventura d'enfilar-se al pedrís però per veure el retorn de les nenes de l'internat, també acompanyades de les seves famílies. I llavors venien les escenes que li agradaven més: una mare que abraçava la seva filla i l'estrenyia contra el seu cos, quedant-se immòbil en aquella posició uns quants segons. Què es devia sentir en una abraçada? A la Sita mai ningú no l'havia abraçat d'aquella manera. Que ella recordés, mai ningú no l'havia abraçat de cap manera.

Aquell dissabte, quan feia poca estona que estava tranquil·lament enfilada al pedrís del jardí disposada a espiar fins que totes les nenes haguessin marxat amb les seves famílies, va sentir que la cridaven.

—Sita! Ja tornes a ser aquí dalt? Va, baixa, que tinc una cosa per a tu!

—Per a mi?

Sister Valentina era la mare superiora del convent i la directora de l'internat. Sempre anava vestida amb els hàbits blancs, els cabells també coberts del mateix color. Una gran creu de plata li penjava al mig del pit. Tenia una forma de parlar i de mirar diferents de totes les altres monges. A la Sita li agradava estar a prop d'ella. *Sister* Valentina li va donar la mà i van entrar juntes a l'edifici.

—Saps que avui és el teu aniversari, Sita? —va preguntar-li mentre pujaven la gran escala de cargol fins al despatx de la mare superiora. Els graons eren de fusta i les sandàlies de *Sister* Valentina repicaven a cada passa. La Sita anava descalça, mai no havia portat sabates de cap mena ni en tenia.

—El meu aniversari? De veritat? I com ho saps?

—Seu aquí, a la butaca petita —li va dir mentre agafava un paquet embolicat amb un paper de color blau fosc—. Avui fa tres anys que vas arribar aquí, Sita. I com que devies tenir uns tres anys quan vas arribar, podríem dir que avui fas sis anys, què et sembla? Té, aquest és el teu regal d'aniversari!

Amb un gran somriure, la Sita va començar a desembolicar el regal amb cara de sorpresa. Era el seu primer regal! De dins del paper va sortir-ne un vestit estampat amb flors petites de color groc. S'assemblava a algun dels vestits que portaven les nenes de l'internat. Elles els duien amb mitjons blancs i sabates cordades amb sivella.

—Vine, t'ajudaré a posar-te'l!

—M'agrada molt —va dir la Sita amb el vestit de flors posat i el seu vestit vell arrugat a terra—. Però quan m'enfilo al pedrís no espio les nenes perquè porten vestits nous i sabates que brillen!

—Ah, no? Vine, acosta't que et cordaré per darrere. Et queda molt bé i és prou ample perquè el puguis portar força temps!

La Sita era molt baixa per a la seva edat i tot i estar molt prima sempre tenia l'aspecte d'estar forta i sana.

—*Sister* Valentina...

—Digues, filla meva.

—Jo podria tenir uns pares com les nenes de l'internat?

Sister Valentina va acabar de cordar l'últim botó del vestit. En silenci. Tenia la Sita al davant, d'esquena, el seu cos tan menut i els cabells llisos ben negres i curts, i no sabia què dir-li. Va girar-la de cara a ella agafant-li les espatlles amb les dues mans.

—Ja està! Ja tens un vestit nou! Per molts anys!

—*Sister* Valentina... no em podries regalar uns pares si et torno el vestit?

La monja se la va quedar mirant fixament, com si volgués trobar la millor resposta en el fons dels ulls foscos d'aquella nena que tenia al davant.

—Ai, Sita! Com si fos tan fàcil! Això és el que vols, uns pares? No estàs bé aquí amb nosaltres? Amb mi, amb *Sister* Niharica, *Sister* Juliette, *Sister* Urvashi, *Sister* Aline.... Amb totes les altres nenes...

—Sí... però jo vull una mare que sigui meva!

Sister Valentina va respirar fondo. Aquelles paraules dites en un perfecte marathi eren dures de sentir. Però d'on havia tret aquella nena tanta iniciativa? Sí, ja havien passat tres anys des del dia que la Sita havia arribat al centre de les Missioneres de Maria de Bombai des del convent de Nasik, on l'havien cuidat la *Sister* Kamala i les altres monges. Ara recordava aquella trucada telefònica de la Kamala demanant-li si li podia portar una nena de tres anys, espavilada i desperta i amb unes ganes immenses d'aprendre-ho tot. El convent de Nasik era petit i hi havia molt poques monges per atendre totes les persones que hi arribaven per morir en pau i acompanyats. Elles no eren metgesses, ni tan sols infermeres. Però havia anat corrent la veu que allà les dones hi podien morir tranquil·les i acompanyades. A vegades arribaven dones moribundes amb nens petits també molt malalts. I tots els esforços per salvar-los eren inútils. Les monges els atenien, els deixaven un lloc per estirar-se a terra, procuraven que estiguessin tan nets com fos possible, mantenir un mínim de dignitat fins a l'últim moment; donar-los la mà en els moments de més dolor, consolar-los. Altres vegades arribaven dones amb nens sans que semblava que fossin ells els que portaven de la mà les seves mares fins al convent perquè hi morissin. Les monges els cuidaven fins que quedaven orfes i aleshores no paraven fins que aconseguien que un parent, un veí o una família coneguda pogués ocupar-se'n. La veritat era que de nens i nenes preferien no tenir-ne, perquè no donaven l'abast i perquè sovint s'acabaven posant malalts allà mateix després d'haver-hi arribat sans i d'estar en contacte amb tanta malaltia infecciosa i tanta mort.

La Kamala ja havia fet prou quan, havent acabat d'arribar de Goa per dirigir el convent de Nasik, havia acceptat aquella nena que li van portar des d'un poble no gaire llunyà perquè la família era molt pobra i semblava que ningú no podia ocupar-se'n... Ja havia fet prou batejant-la a la capella de Santa Anna que hi havia a prop del convent. Aquella nena havia sobreviscut al mig de tanta dificultat. Però la Kamala va pensar que la Sita tindria moltes més possibilitats de tirar endavant a Bombai, on el convent tenia els recursos per donar classes a una centena de nenes òrfenes, ja que la majoria de les monges eren alhora les mestres de l'escola de l'internat que regentava la mateixa institució. S'asseguraven que les nenes com a mínim tindrien l'educació bàsica i podrien tenir un futur més digne.

Sister Valentina va asseure's en una cadira.

—O sigui que vols uns pares...

La mirada d'ulls negres profunds de la Sita va clavar-se en la de la mare superiora. La pell bruna de la nena ressaltava amb la roba clara del vestit nou, que era de màniga curta i li tapava els genolls. *Sister* Valentina, que ja sobrepassava els seixanta anys, sentia que començava a tenir una edat en què situacions com aquella l'entendrien més del compte. Ja no era la dona forta i sovint titllada d'insensible per les monges, ni la dona autoritària temuda per totes les nenes, fossin òrfenes o no, pobres o no tan pobres.

—Està bé, està bé. Saps què has de fer a partir d'ara? Resar molt, Sita. Pregar a Déu perquè et trobi uns pares!

—Però i si ell no els troba, me'ls trobaràs tu? És que si tothom li demana coses segur que no pot fer-ho tot!

—Tu resa, Sita. I jo veuré què puc fer, d'acord? Au, vés a fora a jugar!

—Em quedo el vestit, però si em trobes uns pares m'ho dius de seguida i si vols te'l torno, eh?!

La Sita va sortir amb un somriure per la porta del despatx i va baixar l'escala de cargol descalça, recorrent la barana de fusta amb la mà esquerra. Al jardí, les nenes jugaven a fer voltes amb bicicleta. Només tenien dues bicicletes, ja bastant rovellades, per compartir entre totes. Mentre dues nenes feien una volta sencera a la part pavimentada del jardí, entre arbustos d'un verd intens més alts que elles, les altres s'esperaven saltant a corda o només parlant. La Sita era una nena solitària i no formava part de cap dels grups d'amigues que existien a l'orfenat. A ella li agradava més empaitar papallones o buscar unes pedres blanques i rodones que s'amagaven entre la grava del camí de l'entrada i que col·leccionava en un racó secret del jardí.

Sister Valentina va quedar-se asseguda a la cadira, les paraules de la Sita ressonaven encara dintre seu. Feia molts anys que dirigia convents i orfenats i mai cap nena tan petita li havia demanat que li trobés uns pares. Buscar un futur per a les nenes òrfenes era una de les seves missions prioritàries, i no era fàcil. A mesura que anaven fent-se grans, calia observar-les bé i decidir per elles. Les que tenien més vocació religiosa, sentien atracció per cantar i cosir, i eren serioses i aplicades, es convertirien en monges allà mateix o en algun altre convent de les Missioneres de Maria de l'Índia o d'un altre país. Per a aquelles que de seguida mostraven actituds maternals, i sempre convertien algun objecte en una nina, o tenien la sort de trobar-ne una de veritat mig trencada i abandonada per una de les nenes de l'internat i passaven hores jugant a ser mares, pensava que calia trobar-los uns marits que acceptessin un dot reduït. *Sister* Valentina fins i tot emparaulava matrimonis amb els pares de nois adolescents que buscaven una bona esposa per als seus fills i als quals semblava bé que estigués educada en principis religiosos, encara que no fossin els seus, però sobretot educada en l'austeritat i l'obediència. En el fons, feia el mateix que totes les mares índies amb les seves filles: buscar el millor marit per a elles.

Va aixecar-se per asseure's a la cadira del seu escriptori, el seu refugi. Darrere d'aquella gran taula de fusta tropical plena de llibres i piles de papers se sentia bé i les hores allà se li feien sempre massa curtes. Va agafar el full que havia deixat a mig escriure el dia abans. Era una carta per a una parella espanyola que estava fent tràmits per adoptar una nena petita... Més sovint del que ella voldria les monges trobaven nadons abandonats a la porta del convent. Ella sabia que no podia dir-se que fossin nens abandonats. Cap mare al món no abandona un fill. En tot cas procura donar-li un futur millor. Quan eren nens, els portaven a un centre d'uns capellans franciscans. Les nenes se les quedaven. Les adopcions no eren la sortida més normal per a les petites acollides per les Missioneres de Maria. *Sister* Valentina rebia algunes cartes de persones recomanades per capellans o per monges de qualsevol racó d'Europa o dels Estats Units que s'oferien per convertir-se en pares d'una nena òrfena. Però no tenia temps de contestar-les totes, ni de fer tots els tràmits que després això comportava. Anar al jutge per declarar que realment aquella nena en qüestió era òrfena i no tenia ningú al món que la reclamés, anar a l'ambaixada o al consolat del país dels futurs pares adoptius per omplir papers i més papers... I a més no ho acabava de veure del tot clar, això de donar una de les seves nenes a una parella de la qual no sabia gairebé res i que estava tan lluny. Tenia por de fer alguna cosa malament. I a ella li agradava estar segura de que feia les coses ben fetes.

Però aquella parella espanyola de la carta era diferent. D'entrada podia escriure'ls en la seva llengua, el castellà. *Sister* Valentina era de Santo Domingo, de la República Dominicana. La seva vida havia fet moltes voltes i havia viscut a molts països diferents, però la seva llengua, que des de feia anys poques vegades parlava, l'havia acompanyat sempre. A la seva biblioteca hi tenia bíblies i missals en castellà, però també la poesia completa de santa Teresa de Jesús i de sant Joan de la Creu. I entre tots els altres llibres n'hi havia un de molt especial i que guardava des de la seva primera joventut a Santo Domingo: una edició de *Don Quijote de la Mancha* que havia llegit moltes vegades i que l'havia fet somiar, quan encara s'ho permetia.

El Ramon Riba i la Irene Garcia de Barcelona l'havien escrit per primera vegada ja feia un any, recomanats per una monja dominicana amb qui havia estrenat els primers hàbits al seu país i que ara era infermera en un hospital barceloní. Guadalupe, es deia. La recordava perfectament. Una mena d'enyor i nostàlgia de la seva illa caribenya i del so de la seva llengua l'havien decidit a intentar convertir en pares aquells coneguts de la Guadalupe. Ja s'havien intercanviat unes quantes cartes que travessaven el món lentament. Les dels barcelonins sempre arribaven abans, entre d'altres coses perquè contestaven de seguida. En una fins i tot havien enviat una fotografia en blanc i negre d'ells dos. Semblaven bona gent. Preferien adoptar una nena petita, tan petita com fos possible. No podien tenir fills i creien que podien fer molt feliç a una criatura òrfena i donar-li tot el que necessités. Va rellegir el que ja els havia començat a escriure el dia abans. Va agafar la ploma i va acabar la carta d'una tirada. Va escriure l'adreça al sobre. Barcelona.

Un dia havia buscat la ciutat al gran mapa que penjava a la paret quan donava la classe de geografia a les nenes més grans de l'internat. El mar Mediterrani. Des de Barcelona va resseguir amb un dit tota la costa: Marsella, Niça, Gènova, Nàpols... i així fins a Istanbul, per després perdre's entre els noms de les illes gregues. Intuïa que allà una nena podia convertir-se en una dona feliç. I més amb uns pares amb tan bones referències. Ell, metge de l'hospital on treballava la Guadalupe. Ella, mestra en una escola. Ara no hi havia nadons al convent. Això és el que havia escrit a aquella parella de Barcelona. O bé ja havien crescut i eren nenes de tres i quatre anys o bé arribaven sempre massa fràgils i es morien sense poder-hi fer res. Com l'última nena que havien hagut d'enterrar amb poc més de mig any de vida. Era molt difícil criar nenes tan petites. Les alimentaven amb el que tenien, molt arròs, verdures i fruites trinxades i biberons de te amb sucre. Els nadons eren molt fràgils i *Sister* Valentina detestava les escenes desagradables de les malalties de criatures tan febles i indefenses. A vegades unes quantes nenes agafaven un virus i es posaven totes malaltes, amb diarrees imparables i febres. A la sala que servia de dormitori col·lectiu hi havia una petita habitació sense porta, amb un sol llit que estava destinat a la nena que ho necessités més en un moment donat pel fet de trobar-se malament. Però quan eren moltes les que estaven malaltes era un problema que calia resoldre. Algunes monges tenien nocions d'infermeria i preparaven un gran perol amb un líquid de color indescriptible i de gust espantós i les nenes havien de passar en fila a prendre'n dues cullerades cada una. Molt excepcionalment venia un metge a posar injeccions o a examinar l'estat d'una nena que estigués molt malament. Encara que cregués que tot el que passava era la voluntat de

Déu, *Sister* Valentina preferia intervenir tant com fos possible perquè les coses anessin com ella volia.

Va plegar la carta i, quan es disposava a posar-la dins del sobre, va tenir una idea. Va aixecar-se fins al prestatge on hi havia una col·lecció de capses de llauna de totes les mides etiquetades amb noms femenins. Va agafar la capsa que tenia l'etiqueta amb el nom de la Sita. Va treure'n unes fotografies, les va mirar i va separar-ne una. Va tornar a treure la carta del sobre per escriure-hi unes línies al final. Potser el doctor Riba i la seva dona coneixien una altra parella que com ells volguessin adoptar una nena índia i a qui no importés que ja tingués sis anys, un passat, una personalitat forta i que només parlés el marathi. Va tornar a plegar la carta i va posar-la definitivament dins del sobre amb el retrat en blanc i negre d'una Sita somrient. Dilluns al matí, ella mateixa l'aniria a portar a l'oficina de correus per assegurar-se que hi posaven tots els segells necessaris perquè aquella carta arribés a la seva destinació al més aviat possible.

Des de la seva arribada al convent de les Missioneres de Maria de Bombai, la Sita s'havia convertit en la nena mimada de *Sister* Valentina, la seva preferida. Potser per la força que desprenia la seva mirada i per la seva forma de riure. *Sister* Kamala havia volgut que la Sita marxés del convent de Nasik perquè pogués anar a l'escola, però la veritat és que encara era hora que assistís a tota una classe sencera, de fet no en seguia cap. Però a *Sister* Valentina això no semblava importar-li gaire. Era ella qui havia decidit que la Sita l'acompanyaria a fer els seus encàrrecs per la ciutat. Un taxi les esperava aparcat davant de la reixa de ferro al final del camí de terra. Quasi sempre era el mateix taxista, un home menut i de pell molt fosca que es deia Layam. La Sita i la mare superiora pujaven al darrere del cotxe, i el Layam arrencava pràcticament sense dir res i sense deixar de fumar el seu *bidi* amb la finestra oberta. Com si fos un ritual particular, *Sister* Valentina treia una poma, un ganivet i un mocador blanc de cotó de la seva bossa. Després començava a pelar la poma lentament, traient la pell d'una sola tira, i la tallava a trossos petits, que col·locava de forma ordenada damunt del mocador estès a la seva falda. La Sita anava menjant els trossos de poma tot mirant per la finestra, ben oberta, per no perdre's cap detall de tot el que passava pels carrers. Bicicletes, *rickshaws*, cotxes, traginers de tota mena de paquets, una vaca a la parada de l'autobús entre un grup de persones que ni se la miraven, motos amb tres persones a sobre, un camió carregat de pneumàtics, parades de fruita arrenglerades a la vorera, piles de pinyes i mangos, parades de menjars preparats, parades de robes de tots els colors, piles de sabates i sandàlies. Quan hi havia embussos, se'ls acostaven a les finestres venedors ambulants oferint papaies i plàtans, un got d'aigua o diaris, amb l'eixordador escàndol dels clàxons com a música de fons. O una dona leprosa demanant caritat amb els seus munyons, o una nena amb sis dits en una mà, o un nen deformat. Com podia ser que hi haguessin tants nens amb aquelles deformacions monstruoses? *Sister* Valentina s'ho preguntava sovint, però no s'immutava. Ja en tenia prou amb tot el que tenia al seu càrrec.

Gairebé cada dia, les monges anaven a fer un recorregut pels hotels més luxosos de Bombai. Entraven per la porta del darrere, la que donava directament a la cuina, i recollien les sobres del dia anterior que els havien preparat en paquets i farcells. *Sister* Valentina només hi anava de tant en tant, per donar les gràcies personalment als encarregats. Les cuines dels grans hotels eren immenses i la Sita sempre es quedava parada davant dels animals desplomats o sense pell que s'amuntegaven damunt dels taulells: pollastres, xais...

No acabava d'entendre què feien aquelles bèsties amb aquell aspecte a la cuina! El taxista les acompanyava per carregar-ho tot al cotxe. I era en aquests moments de tràfec i càrrega de paquets que sempre hi havia algun cuiner que s'acostava a la Sita amb un tros de pastís o alguna llaminadura. L'Hotel Taj Mahal era la millor destinació. No només perquè l'edifici era impressionant, estava al costat del mar, s'hi respirava un ambient diferent i a qualsevol hora del dia era un lloc especial i màgic, sinó perquè d'allà sempre en sortien amb cassoles plenes de menjar de tota mena, xais *biryani* i pollastres *massala* en abundància, que al cap d'uns dies retornaven ben netes i lluents. I d'allà la Sita en sortia amb una *samosa* a cada mà, que feia durar amb queixalades petites per assaborir tots els gustos que hi havia a dintre. El menjar que recollien als hotels era per a les nenes òrfenes i per a les monges. Les nenes de l'internat tenien els seus àpats variats. A l'orfenat, les nenes s'alimentaven amb les sobres dels hotels que les monges cuineres allargaven amb arròs, verdures i fruita. Quan la quantitat de menjar amb tall aconseguida als hotels era abundant, les cuineres barrejaven les salses amb arròs i tallaven els trossos de peix o carn ben petits perquè n'hi hagués per a totes.

Aquell matí, en sortir de missa, la Sita s'entretenia perseguint un dels gats que sovint voltaven pel jardí. Corria darrere seu fins a atrapar-lo, per deixar-lo anar quan el gat començava a posar-se nerviós i després tornar-lo a perseguir. Un grup de nenes que es preparaven per entrar a classe, algunes com ella, d'altres una mica més grans, l'observaven, l'assenyalaven i ho comentaven entre elles des d'una mica més enllà.

—Què, nena mimada? Avui no vas enlloc a passejar? —va dir una de les grans acostant-se cap a la Sita.

—Saps per què vas tan poc a classe? Perquè no serveixes per a res!

—Sí, per això se t'emporten a passejar, nena inútil!

—No saps ni agafar el llapis i nosaltres ja hem après a escriure!

La Sita estava acostumada a defensar-se, a barallar-se. No era fàcil ser una més entre tantes. Les monges no podien estar pendents de totes les nenes, eren poques per a tantes criatures.

—Segur que no saps ni escriure el teu nom! Oi que no?

—És que jo no necessito saber escriure! —va ser el que li va sortir de sobte a la Sita, mirant-les amb tota la seguretat dels seus sis anys. El gat va aprofitar per fugir definitivament.

—Ah, no? Mira que llesta! No necessita saber escriure!

—I per què no?

—Doncs perquè jo aviat tindré uns pares que se m'emportaran d'aquí i vosaltres no!

—I tu què saps?

—Nena tonta! Com vols tenir uns pares si no saps res?

La Sita va anar quedant acorralada per tot el grup i el to de les paraules va anar pujant i fent-se més cruel i violent. Les nenes sabien com fer-se mal les unes a les altres amb paraules. I quan les paraules no eren suficientment punyents, arribaven els cops. Una de les nenes li va donar un cop de peu, la Sita s'hi va tornar, i van acabar totes dues esgarrapant-se i estirant-se els cabells rodolant pel terra. Es deia Sundari. A aquesta nena la recordaria tota la vida perquè mentre estaven esbatussant-se entre els crits de totes les altres, se li va tirar a sobre amb força i quan la va tenir ben agafada amb les dues mans li va clavar una mossegada a la galta que li deixaria una marca per sempre més.

El crit esgarrifós de la Sita va fer aparèixer per fi un parell de monges que van anar corrents a posar ordre.

—Però què passa aquí? Prou!

Ja era massa tard. La galta de la Sita era plena de sang i el seu plor ja no l'aturava ningú.

—Però si n'arribeu a ser, de salvatges! Qui ha començat? És igual, no m'ho direu! Totes cap a dins! Ràpid! —les va escridassar *Sister* Urvashi, repartint algun calbot—. Cal curar aquesta ferida de seguida! Vinga, amunt, vine amb mi, Sita.

La monja no sabia amb qui enfadar-se i l'aspecte de la Sita era tan deplorable que l'últim que li sortia era escridassar-la més. Li va donar la mà i se la va emportar cap a la farmaciola.

Amb la cara mig tapada per la bena que li havia posat *Sister* Urvashi després de netejar-li la mossegada amb un líquid que la va fer xisclar, la Sita va enfilar l'escala de cargol decidida. Si *Sister* Valentina hagués aparegut per anar a fer encàrrecs a la ciutat no hi hagués hagut baralla. Però no sempre hi havia excursió amb taxi, a vegades *Sister* Valentina tenia altres coses a fer. El pany de la porta era massa alt i la Sita no hi arribava per obrir-la. Va picar unes quantes vegades amb la mà, però no hi va haver cap resposta. Així és que es va asseure a l'últim graó de l'escala a esperar la mare superiora. Tenia gana. El te, el plàtan i els dos trossos de pa sec de l'esmorzar ja feia estona que s'havien fos dins del seu estómac i la baralla amb la Sundari li havia fet gastar molta energia. Estava pensant en les *samoses* i els dolços que li donaven els cuiners dels hotels quan de sobte va sentir el cruixit dels graons de l'escala. Va mirar entre els barrots de la barana i va somriure. Era *Sister* Valentina.

—Però Sita! Què t'ha passat a la cara? No em diràs que t'ha tornat a pessigar un corb? És que no hi ha manera de fer fora dels arbres aquestes bèsties negres!

—La Sundari m'ha mossegat.

—Ai, ai, ai... no sé què és pitjor! I què fas aquí asseguda?

—Volia saber si ja m'has trobat uns pares.

Sister Valentina esbufegava tot pujant l'escala. Portava una bossa plena de llibres en una mà i amb l'altra s'agafava a la barana.

—No, Sita, encara no els he trobat però ja els he començat a buscar. Tu ja has fet el que et vaig dir? Ja has pregat força a Déu perquè et trobi uns pares?

—Mmm... només una mica!

—Doncs resa, Sita, resa molt més!

Sister Valentina va entrar al seu despatx amb la Sita al darrere. Sentia devoció per aquella nena tan diferent de les altres, o potser tan igual però que a ella li semblava especial, i veure-la patir li feia mal a l'ànima. No volia ni imaginar l'escena de la baralla al jardí. N'havia vistes massa, de baralles, des de la seva finestra i ja no en feia ni cas. La vida de les nenes en un orfenat com aquell es regia per la llei de la més forta. Esperava que alguna de les monges sentís els crits o les veiés i sortís a aturar-les. Però si hagués vist la Sita al mig de la baralla hauria baixat a rescatar-la immediatament ella mateixa.

—A veure, Sita, explica'm per què t'ha mossegat la Sundari.

—És que totes les nenes em diuen que no sé escriure ni fer res i que per això és impossible que uns pares vulguin tenir-me!

—Segur que hi haurà uns pares que voldran tenir-te! Però potser sí que ja és hora que aprenguis a llegir i a escriure, com les altres nenes. Saps que si n'aprens la teva vida serà millor? Saber-ne és molt important i ara ja comences a fer-te gran!

—Però és que m'avorreixo!

—Sita, a partir d'ara aniràs cada dia a classe. Has d'aprendre per poder ser forta!

—I no podré anar amb tu a la ciutat?

—Sí, però només si a la tarda vas a la classe de *Sister* Juliette i vas ensenyant-me el que has après!

Des de la mossegada, que ja havia cicatritzat i li marcava la galta, els dies de cada setmana i de cada mes eren quasi una còpia els uns dels altres. Cada matí, després de l'esmorzar i la missa diària, la Sita pujava l'escala de cargol i esperava *Sister* Valentina asseguda a dalt de tot. Cada dia li feia la mateixa pregunta i la resposta era pràcticament la mateixa. *Sister* Valentina seguia buscant-li uns pares però ella havia de continuar resant. Després de l'interrogatori, *Sister* Valentina entrava al seu despatx, agafava la seva bossa i potser alguna carta o algun pape, i sortien de l'edifici pel camí de terra fins a la gran porta de ferro. El Layam les esperava recolzat al seu taxi aparcat al davant de l'entrada, fumant un *bidi*, i començaven el recorregut dels encàrrecs. A la tarda, la Sita havia començat a anar més o menys regularment a la classe de *Sister* Juliette i aprenia el significat d'alguns dibuixos, que eren designats amb uns noms que a ella li semblaven impronunciables. La llengua que es parlava més a l'orfenat era el marathi, però les monges també volien ensenyar nocions bàsiques de hindi i d'anglès. A les classes es barrejaven nenes de totes les edats, que es repartien entre unes quantes monges en diferents sales. Les monges que feien de mestres treballaven moltes hores, ja que tant ensenyaven les nenes de l'internat com les òrfenes.

Un matí, *Sister* Valentina va fer aturar el taxi davant de correus. Era un edifici colonial impressionant. La Sita la va acompanyar a dins agafada de la mà. Hi havia moltíssima gent. *Sister* Valentina li havia explicat que aquell lloc immens on entrava i d'on sortia gent sense parar era perillós i que si es deixava anar de la mà i es perdia, segurament no la podria tornar a trobar. Hi havia cues llarguíssimes a cada finestreta. Tant per enviar cartes i paquets com per recollir-ne. I també davant dels locutoris per parlar per telèfon o per enviar telegrames. Feia calor. A la Sita aquell lloc la fascinava. Encara no llegia ni escrivia però intuïa que saber-ne també li podria servir per enviar cartes i paquets grossos com tota aquella gent. Mirava els homes elegants amb corbata enganxant segells a una pila de cartes, o els *culis* que carregaven paquets en un carretó per portar-los al seu destinatari. Què hi devia haver a dins d'aquells paquets tan grossos? Potser peces de roba? O paquets de te? O potser pots de pintura com els que es van fer servir per pintar la capella de l'orfenat? Mentre estaven fent cua per recollir una carta, la Sita s'entretenia bocabadada observant-ho tot, admirant els colors dels *saris* de les dones combinats amb els colors dels braçalets de vidre i la quantitat de ventiladors que hi havia al sostre. Uns giraven, d'altres semblaven adormits. Quan va ser el seu torn, *Sister* Valentina va canviar una carta per un paper que duia i van tornar a sortir a fora esquivant la multitud.

—Saps que hi ha cartes com aquesta que viatgen durant molts dies?

—I aquesta d'on ve?

—De molt lluny! Algun dia t'ensenyaré a viatjar en un mapa!

Sister Valentina va guardar la carta a la bossa que duia i va notar com se li accelerava el cor. Es debatia entre les ganes de llegir-la i la por de fer-ho. En qualsevol cas, va decidir no llegir la carta davant de la Sita, així, doncs, li va agafar la mà i van tornar cap on el Layam havia aparcat el taxi. El Layam acabava d'escopir les restes d'un *paan* i la boca li havia quedat totalment tacada de color vermell, com si hi tingués sang.

Al mig de la nit, el vent movia amb força les palmeres del jardí. El soroll de les palmes picant contra els troncs i entre elles mateixes va despertar la Sita. Era ben fosc. Només passava una escletxa de claror de lluna per sota d'una porta que el vent feia grinyolar. Els ventiladors del sostre giraven removent l'aire de la sala, però a la Sita li faltava aire per viure. Les altres nenes dormien, arrenglerades com sempre a terra, l'una al costat de l'altra. La Sita tenia fred malgrat la xafogor que imperava. Intentava acostar-se més al cos de la nena que tenia més a prop per sentir-ne l'escalfor. Aquell soroll de les palmeres, com si es barallessin, i els cops d'un test o d'una fusta empesos pel vent amb força, rodolant per fora de l'edifici, eren insuportables. La Sita tenia tanta por que no gosava ni bellugar-se per anar al lavabo. Buscava l'escletxa de llum, però la foscor la vencia. Sense adonar-se'n va tornar a adormir-se fins que la campaneta de *Sister* Aline la va despertar al mig de la claror. La seva tovallola estava ben molla. Com tants i tants matins després d'una nit de vent, sorolls i malsons. Totes les nenes havien de portar les tovalloles al pati per airejar-les abans d'anar a esmorzar.

—*Sister* Urvashi... la meva tovallola s'ha mullat...

—Sita! Una altra vegada? Però com és possible?

I dient això la monja li va donar una bufetada seca a la galta marcada.

—Porta la tovallola, que la rentaré i l'estendré. Quin calvari de nena! Va, vés, fora de davant meu!

Sister Valentina se sabia la carta de memòria de tantes vegades com l'havia llegida. Asseguda al seu escriptori la primera vegada, amb la porta tancada, emocionada. La mirada de la Sita en aquella foto en blanc i negre havia capgirat els plans d'aquella parella. Des que la van veure ja no havien pogut deixar de pensar en ella ni un moment, i tot i que els espantava la idea de convertir-se en els pares d'una nena ja gran, pensaven que aquella nena havia arribat a ells i que no podien girar-li l'esquena. Així és que informaven a *Sister* Valentina de la seva decisió de començar els tràmits per adoptar la Sita i deixar estar la idea d'adoptar un nadó. No eren tràmits evidents. Pel que explicava aquella parella a les seves cartes, Espanya era un país estrany comparat amb altres països europeus. I els tràmits a seguir no els coneixia pràcticament ningú. Deien que ja en tenien alguns de fets, però que no s'estalviarien un munt de papers oficials, un plec considerable de documents que haurien de ser autoritzats i segellats tant per les autoritats espanyoles com per les de l'Índia, i això no es faria en una setmana. *Sister* Valentina va pensar que era tot massa prematur per donar-li la notícia a la Sita. Però sí que ho va comunicar a les monges de la seva confiança. No li semblava bé guardar-se aquella decisió de consentir l'adopció de la Sita per a ella sola. Sentia un nus a l'estómac. Una barreja d'alegria i de pena profunda. Definitivament se sentia gran i cansada.

Era dissabte. La Sita estava asseguda al banc de fusta de la capella, com totes les altres nenes, en una petita església que hi havia al mateix recinte del convent. Encara no entenia què era una missa, ni per a què servia. Li agradava cantar, això sí. Se sabia totes les cançons i les cantava afinant cada nota amb una veu modulada. A l'altar hi havia un vitrall de colors vius i la missa mai no era prou llarga per acabar d'observar com la llum reflectia els colors dels vitralls a les parets o al terra del passadís. Si Déu era a tot arreu, potser també era entre aquells colors, així és que se'ls mirava fixament i deia per dintre:

—Si us plau, Déu, troba'm uns pares que se m'emportin d'aquí!

Sortint de l'església va córrer una vegada més a enfilar-se al pedrís del jardí per espiar l'arribada de les famílies de les nenes de l'internat. Durant la setmana anaven vestides amb uniforme: camisa blanca, faldilla blau marí i mitjons blancs, totes iguals, grans i petites. Quan les venien a buscar, anaven totes amb vestits diferents, algunes amb *salwar kameez*, d'altres amb vestits de màniga curta semblants al que li havia regalat *Sister* Valentina. La Sita observava les cares de felicitat de les mares i els pares quan es retrobaven amb les seves filles i no entenia per què les deixaven a l'internat tants dies si se les estimaven tant. Tampoc no entenia per què algunes nenes podien tenir pares i d'altres com ella no. Les monges els havien explicat que totes les nenes de l'orfenat havien tingut una mare i un pare, però que ara no. Alguns perquè havien mort, altres perquè havien pensat que tindrien una vida millor si les deixaven allà. Ella no sabia res del que havia passat amb els seus pares, ningú no li havia explicat res. Els seus primers records eren del convent de Nasik, amb *Sister* Kamala i les altres monges. Encara que s'esforcés no recordava res més, tot començava a Nasik.

Algunes de les nenes de l'internat li resultaven familiars d'haver-les vist jugant a la seva part del jardí o a les misses especials perquè venia un capellà de lluny o se celebrava alguna festa concreta. Llavors totes les nenes del centre de les Missioneres de Maria, tinguessin família o fossin òrfenes, compartien els bancs de fusta de l'església i cantaven juntes totes les cançons. Cap d'aquelles nenes era amiga seva. De fet la Sita no tenia amigues, anava per lliure. Ja feia mesos que havia demanat uns pares a *Sister* Valentina per primera vegada i des de llavors l'espiral ascendent de l'escala de fusta s'havia convertit en el símbol de la seva cerca. La Sita estava obsessionada a tenir una família potser perquè intuïa que la seva existència no acabaria allà, que ella gaudiria d'una vida més plena i més lliure. Ella tenia l'afecte de *Sister* Valentina i d'alguna altra monja que li feia festes, però no en tenia prou. Ella volia algú que la mirés cada dia amb aquella cara de felicitat que feien les mares de les altres nenes.

Els safarejos del convent era un dels llocs preferits de la Sita. Sempre hi havia alguna distracció o altra. Les nenes més grans de l'orfenat ajudaven les monges a rentar els *saris* de tots colors, els llençols i les tovalloles, els *salwar kameez* i tota mena de draps. Quanta roba bruta hi podia arribar a haver! Sobretot quan feia molta calor, era agradable tenir les mans en remull a l'ombra que hi havia en aquell racó del jardí. Un safareig rectangular de pedra grisa estava sempre ple d'aigua sabonosa, i allà hi havia constantment algú fregant la roba amb una pastilla de sabó enorme, amb un raspall, amb un tros de fibra de coco o només amb les mans. I esbandint-la en cubells metàl·lics. O estenent robes a les cordes que feien d'estenedor. Alguns dies, si les robes destenyien, les separaven per colors. Aquells eren els que li agradaven més a la Sita, quan podia jugar a amagar-se entre un bosc de *saris* vermells, o fúcsia, o turquesa...

Mig amagada per la roba estesa, va sentir com dues monges joves que rentaven amb les mànigues dels hàbits blancs arremangades, parlaven d'un llarg viatge a un lloc llunyà que es deia Barcelona. El nom li resultava exòtic i difícil de pronunciar.

—Pobra criatura! Tan petita i fer un viatge tan llarg!

—Ja ho pots ben dir!

—Tu creus que podrà viure lluny d'aquí, en un lloc tan fred?

—Pobra nena, enviar-la a casa d'una gent que vés a saber com són!

—Tens tota la raó! Si per mi fos, no es mouria d'aquí! És que es pensen que aquí no pot créixer bé i ser feliç?

—I a tu t'agradaria anar tan lluny?

—Ai, no! Jo no marxaria d'aquí per res del món!

—Ni per veure com és?

—No, ni per això!

—Doncs a mi sí que m'agradaria anar-hi... M'agradaria saber com és el món més enllà de l'oceà...

La propera vegada que *Sister* Valentina va endur-se la Sita a fer el recorregut per les cuines dels hotels de la ciutat, asseguda al darrere del taxi i menjant els trossos de poma pelada que li preparava la monja, la Sita va fer una de les seves preguntes sorprenents:

—*Sister* Valentina, jo podria anar a Barsilona?

—Ai, Sita! És que no te'n perds ni una! —per uns moments *Sister* Valentina va notar com se li accelerava el cor—. I què saps tu de Barcelona?

—Doncs... res! On és Bar...celona?

—Barcelona és una ciutat que hi ha a milers de quilòmetres d'aquí. També està al costat del mar, però és un altre mar diferent.

—I ens hi podria portar el Layam?

El Layam va somriure, ensenyant els forats de la seva descuidada dentadura, i va mirar la nena pel retrovisor tot conduint. Ell tampoc no sabia on era Barcelona, però suposava que devia ser molt lluny.

—Sí, podríem anar-hi amb cotxe... però trigaríem molts, molts dies!

La Sita va continuar menjant-se els trossos de poma amb les mans, com sempre una mica brutes, però no tant com els seus peus descalços. Portava el vestit de flors grogues posat. No havia crescut gaire i li continuava quedant bé. Pels carrers de la ciutat, la Sita també veia moltes nenes com ella que no anaven a l'escola i que venien coses de tota mena a les parades, com feia la gent gran, o demanaven caritat. Anaven descalces com ella però molt més brutes, despentinades, amb els ulls pintats amb *kohl* i la roba estripada. Però potser tenien pares.

Ja havien passat les festes de Nadal i ja feia bastants dies que havia començat un nou any. Algunes nenes havien ajudat les monges a desfer el pessebre que instal·laven cada any al vestíbul del convent. Una cova feta amb fulles de palmera seques i unes grans figures de ceràmica que algú havia regalat a *Sister* Valentina feia molt temps i que eren un dels seus tresors. Ara el vestíbul tornava a ser el de sempre, amb les dues butaques de pell i la taula baixa per a les visites que esperaven ser rebudes per *Sister* Valentina, i el gran retrat de la fundadora de l'orde de les Missioneres de Maria, una dona francesa de pell molt clara.

La Sita anava a classe gairebé cada dia però no aprenia gaire. Tot just sabia escriure el seu nom i algunes paraules més i reconeixia els números amb dificultat. Li costava concentrar-se, no li interessava res del que explicaven les monges davant de la pissarra negra, ni tenia la paciència per esforçar-se a entendre què era allò de sumar i restar.

Un matí de febrer d'un dia que havia començat com qualsevol altre, amb la mateixa calor de sempre i les corregudes de les nenes als lavabos i al menjador per esmorzar, *Sister* Valentina va anar a buscar la Sita, que encara estava sucant un tros de pa al te amb sucre, mal asseguda en un banc de fusta de la llarga taula plena de nenes a banda i banda.

—Bon dia, Sita! —va dir-li dreta darrere seu—. Quan acabis, puja al meu despatx, que tinc una cosa per a tu!

La Sita va girar-se de cara a la mare superiora i va posar-se tot el tros de pa que li quedava dins de la boca.

—Ja estic! Puc pujar ara?

Van pujar l'escala de cargol juntes, en silenci. La Sita al davant, amb pressa i acabant de rosegar el pa. La monja darrere seu, més lentament. Abans que li digués que segués a la butaca petita del davant de l'escriptori, la Sita ja s'hi havia assegut; els peus no li tocaven a terra. *Sister* Valentina va asseure's a la seva cadira i va buscar amb la mirada un sobre rivetejat amb les tires de color blau i vermell de les cartes que anaven per avió, que no eren totes. La va agafar per treure'n alguna cosa de dins.

—Què tens per a mi? Avui no és el meu aniversari, oi?

—No, Sita, no és el teu aniversari! Per fi t'he trobat uns pares!

—Uns pares de veritat, de veritat?

—Sí, aquí els tens. —I li va donar una fotografia en blanc i negre.

La Sita va quedar-se extasiada mirant les cares d'aquella imatge. Uns pares de veritat que somreien asseguts en dues cadires envoltats de plantes. S'havia quedat sense paraules. Va mirar-los bé. La mare tenia els cabells llargs i molt foscos, i duia uns pantalons blancs molt amples i unes sandàlies. El pare portava ulleres i tenia els cabells arrissats.

—Són de Barcelona, Sita. Viuen molt lluny d'aquí però volen ser els teus pares. Abans, però, calen uns quants tràmits i omplir uns quants papers, saps? Molts papers impresos! I després, d'aquí a pocs mesos, podràs anar a Barcelona amb ells i començar una nova vida...

—Barcelona és allà on no ens pot portar el Layam amb el taxi, oi?

—T'ensenyaré on és. —*Sister* Valentina va aixecar-se i, d'un prestatge de l'altre costat del despatx, va agafar un atles que va obrir per la pàgina del mapamundi—. Mira, nosaltres som aquí —va dir amb el llibre obert damunt d'una cadira al costat de la Sita i assenyalant Bombai amb el dit— i aquí hi ha Barcelona —va fer recorrent el mapa amb el dit de dreta a esquerra.

—I amb tren s'hi pot anar?

—No. Amb cotxe es triga molt i el viatge és molt dur, i amb tren encara és més difícil. Hi aniràs amb avió.

—Amb avió? Com s'hi va amb avió?

—Volant, Sita, ja ho veuràs! És com anar amb un autobús que vola. I hi arribaràs només en unes quantes hores de viatge!

—I seran els meus pares per sempre? Com saps que sí?

—Perquè m'ho han dit en una carta molt llarga.

Sister Valentina va tancar l'atles i el va tornar a posar al prestatge, després es va asseure una altra vegada a la seva cadira, a l'altra banda de l'escriptori, amb la Sita, que mai no s'havia estat tan quieta, asseguda a la butaca del davant.

—I què t'han dit?

Sister Valentina no havia viscut mai uns moments tan emotius com aquells. Dir a una nena de set anys que havia trobat uns pares per a ella no és una cosa que es digués cada dia; de fet era la primera vegada que es trobava en una situació semblant. Malgrat la seva fredor aparent, era una dona molt sensible, i el que sentia per aquella nena que no parava de fer-li preguntes amb aquella mirada tan desperta i incisiva era molt fort. L'estimava molt. Ara que s'adonava que començava el compte enrere perquè la Sita marxés per sempre, intuïa que l'enyoraria molt.

—Què m'han dit? Moltes coses! Quan em vas demanar

uns pares per primer cop, jo ja m'escrivia amb aquests que tens a la foto, que es diuen Irene i Ramon.

—Com?

—Irene és el nom de la que serà la teva mare, el teu pare es dirà Ramon.

La Sita no podia deixar de mirar la foto.

—Un dia els vaig posar una foto teva dins d'una carta perquè m'ajudessin a trobar-te una família, i ara han decidit que ells volen ser els teus pares.

—I tu vindràs amb mi?

—No crec que sigui possible, Sita... Tu ja ets gran i hi pots anar sola. A l'avió hi haurà persones que et cuidaran i et faran companyia tot el viatge.

La Sita seguia asseguda a la cadira, mirant-se la foto. *Sister* Valentina hauria donat qualsevol cosa per saber què estava pensant aquella nena en aquell moment. Un moment que havia desitjat tant.

—Em puc quedar la foto?

—Sí, és clar que sí! —va somriure *Sister* Valentina.

Abans de sortir juntes del despatx, la monja es va aturar davant de la Sita, li va agafar la cara amb les dues mans i la va mirar fixament uns segons, com si volgués retenir aquella mirada d'ulls foscos per sempre.

—Que tinguis sort, filla meva! I ara caldrà que comencem a preparar el teu viatge!

Barcelona, 1974

LA IRENE VA ARRIBAR A L'ESCOLA CAMINANT DES DE CASA i va saludar amb simpatia els pocs nens i nenes que hi havia a l'entrada a aquella hora, bastant abans de les nou d'un matí d'hivern. Els seus pares els deixaven allà camí de la feina. Anaven ben abrigats amb guants i bufandes, preparats per estar una estona a fora. Només feia un any que era mestra d'aquella escola, i s'ocupava del cinquè curs, amb alumnes de deu i onze anys. L'ensenyament era la seva vocació. No podia imaginar-se fent cap altra cosa. També havia treballat durant quatre anys en un parvulari de la zona alta de la ciutat. Una torre recoberta d'una buguenvíl·lia morada des que començava el bon temps a la primavera i fins a la tardor. Per arribar-hi havia de travessar Barcelona d'un costat a l'altre amb el seu Sis-cents de color blanc. L'ambient del parvulari era molt familiar, les classes tenien pocs alumnes i era un luxe poder dedicar-los tota l'atenció d'un en un perquè retallessin una figura amb un punxó resseguint una línia o perquè aprenguessin a escriure les primeres lletres. Però treballar en una escola més gran li feia molta il·lusió i també es tractava d'una escola especial, compromesa amb els seus ideals i defensora de la llibertat que encara no es respirava al país.

Ara podia anar caminant a la feina i el Ramon feia servir el cotxe. Trigava menys de mitja hora caminant a bon ritme, cosa que l'ajudava a sentir-se en forma. Va pujar les escales fins al primer pis, on hi havia la seva classe. Dos grans finestrals donaven al carrer, a la reixa de ferro pintada de gris i al pati de l'entrada, on s'anaven agrupant cada vegada més nens i nenes amb les carteres a l'esquena esperant que fos l'hora per entrar. Just davant de l'escola hi havia l'entrada principal del Parc Güell, i des dels finestrals es veien les dues cases de formes arrodonides, que els nens deien que semblaven de conte. Va penjar l'abric al seu lloc i va començar a treure de la cartera els papers amb exercicis que havia preparat a casa i algunes llibretes. Va seure a la seva cadira, de cara a dues llargues rengleres amb dues taules menudes i individuals a cada una des d'on l'escoltaven els seus trenta-dos alumnes. Li agradava arribar amb el temps suficient per preparar les classes i, sobretot, centrar-se una mica abans de començar la jornada. Últimament tenia el cap a bastants quilòmetres d'aquella aula. Va buscar la seva agenda i de dintre en va treure una fotocòpia d'una fotografia en blanc i negre: una nena la mirava fixament i somrient, una nena de pell bruna i cabells foscos pentinada amb dues trenes amb llaços. Aviat seria la seva filla. Aviat s'acompliria el seu somni de ser mare després de tants intents fracassats.

A la Irene, les vuit hores a l'escola li passaven de pressa. Dels dictats als exercicis de matemàtiques, de la classe d'història a la de ciències, de la classe de francès (que també la feia ella) a la de música (que la feia una companya), amb les pauses d'esbarjo, els jocs i les cançons, el dinar, els treballs manuals... S'ho passava bé i en general els seus alumnes eren pacífics i no l'esgotaven tant com a d'altres mestres, potser més grans que ella, que sovint comentaven que quan arribaven a casa ja no tenien esma per fer res més. Als seus trenta-cinc anys, la Irene sentia que encara li sobrava molta energia, i esperava l'arribada de la Sita per donar el millor d'ella mateixa, com a persona, com a mare, com a pedagoga. El Ramon i ella ja havien preparat l'habitació de la nena. Havien empaperat les parets amb un paper de flors molt grosses i alegres i havien col·locat una llitera de fusta que els havien regalat uns amics, que feia joc amb una taula baixa rodona i quatre cadires petites també de fusta clara. Es preguntava si aquella nena vinguda de l'Índia se sentiria bé en aquella habitació. A vegades també es preguntava si no estava fent alguna cosa massa grossa i complicada. No coneixia ningú que hagués passat pel mateix que ella i això la feia sentir molt insegura, i també molt sola en la seva aventura. Sovint se sentia perduda, molt perduda. Coneixia algunes parelles que no havien pogut tenir fills i s'havien resignat, però ella no estava disposada a resignar-se, volia ser mare. També li havien parlat d'una parella, coneguts d'uns amics seus, que havia adoptat tres nens orfes, tots tres nascuts a Barcelona.

Eren temps estranys. Ja feia anys que se sentien aires de revolta. El règim de la dictadura ja era insuportable i hi havia d'haver una sortida que trigava massa a arribar. Des que havien començat a tramitar el primer paper per adoptar la Sita, la Irene havia deixat d'assistir a les reunions de mestres que debatien sobre la necessitat d'un ensenyament més obert i estimulant, no tan repressiu i doctrinari com el que havia imperat fins aleshores. També havia deixat s'assistir a les reunions del barri, de caire més polític i reivindicatiu. Necessitava centrar-se en ella mateixa, en els preparatius per a l'arribada de la que seria la seva filla. Cada dia eren més els que participaven en la lluita contra la dictadura i això compensava la seva mala consciència per desentendre-se'n una mica.

—És ella? —va preguntar la Pilar, l'amiga d'infància de la Irene que vivia a París i per a qui havien organitzat un sopar familiar, agafant d'un prestatge la foto en blanc i negre de la Sita.

—Sí, és ella. La directora de l'orfenat de Bombai ens va enviar aquesta foto dins d'una de les seves cartes preguntant-nos si sabíem alguna família que volgués adoptar-la —va contestar el Ramon—. Des de fa mesos tenim la foto presidint el menjador, ja ho veus! Gairebé tothom ens diu que som bojos, adoptar una nena tan gran! Però ens és igual, ho volem fer.

—Quants anys deu tenir?

—Uns cinc o sis... en aquesta foto. Quan arribi en tindrà set, o potser més...

—És preciosa! —va sospirar la Pilar amb la foto al davant.

—Sí, preciosa! Però vés a saber tot el que ha viscut! I en quina llengua parla! I què pensa! I com està educada! I quines malalties porta! I quina herència genètica!

La Rosa, la germana del Ramon, no veia gens clara la idea d'adoptar una nena de genètica desconeguda vinguda des d'un orfenat de l'Índia i amb una certa edat. En altres sopars com el d'aquella nit, al voltant d'aquella mateixa taula, havien passat hores discutint sobre la decisió de la Irene i el Ramon. Com a metgessa que era, la Rosa donava molta importància a l'herència genètica, a tot el que es transmetia de pares a fills sense que ningú no se n'adonés. Ella tenia dos fills de quatre i cinc anys, nascuts amb un any just de diferència, i la teoria que des del primer dia s'assemblaven al seu marit i a ella com dues gotes d'aigua. No només físicament sinó en cada un dels gestos, en el caràcter.

—Però no us fa angúnia no saber d'on ve aquesta nena? Qui són els seus pares?

—T'ho hem explicat mil vegades, Rosa! —va dir-li la Irene—. No, no ens fa angúnia. Hi pensem i n'hem parlat molt, però no ens fa angúnia. Tindrà els seus gens i s'assemblarà a uns pares que no coneixerem ni sabrem qui són ni per què la van abandonar o de què van morir. Nosaltres volem ser els seus pares, donar-li el millor que tenim, una vida millor que la que pugui tenir com a nena òrfena a Bombai. Una educació, tot l'amor possible, la nostra presència diària...

—Sí, la vostra acció és molt lloable, però potser no sabeu molt bé què esteu a punt de fer! Un fill és per a tota la vida! Si és teu, l'aguantes, però si no és teu i no et surt bé, què? També l'aguantaràs tota la vida?

—Rosa, sabem perfectament que un fill és per a tota la vida. I la nostra filla, sigui com sigui, ho serà per sempre! —va contestar el Ramon, seriós, fumant la seva pipa. Semblava que no s'immutés per res, però per dins la sang li bullia.

—I ja has pensat com es dirà? —va preguntar el David, el marit de la Rosa.

—Que com es dirà? Què vols dir com es dirà! Ja té un nom! Es diu Sita, ja ho saps!

—Però Ramon, no em diràs que li direu Sita, així tal qual, i que sigui l'única Sita de Barcelona!

—És el seu nom, és una de les poques coses que té! Forma part de la seva història, algú el va triar un dia per a ella i qui som nosaltres per esborrar-lo? A més, Sita és un nom preciós de la mitologia índia —va replicar el Ramon, agafat a la pipa.

La Pilar, la Rosa i el David van marxar per fi. La Irene ja estava cansada de donar tantes explicacions a la família i als amics. Tenia la sensació d'estar donant explicacions constantment. Entenia que la gent que els estimava estiguessin preocupats. El que estaven a punt de fer, convertir-se en pares d'una nena desconeguda que arribaria tota sola en avió de tan lluny, que hauria viscut uns set anys o més de la seva vida en un país que desconeixien, no era habitual. Sobretot no era habitual en un país tan tancat com el seu. Un amic del Ramon li havia retallat un article d'un diari americà que parlava de l'adopció de nens coreans als Estats Units, i aquell tros de paper els havia fet sentir una mica més normals. Als Estats Units ja hi havia milers de nens i nenes adoptats des de feia gairebé vint anys. Estaven cansats de sentir-se qüestionats i fins i tot criticats per la gent més propera. Després de desparar la taula i rentar els plats tots dos junts, un a cada pica, com els agradava fer, tot comentant la discussió del sopar, van anar a dormir. Ja feia deu anys que s'havien conegut i tots dos es deien cada dia que estar junts era el millor que els havia pogut passar i que aquesta harmonia volien compartir-la amb fills.

Al damunt de la taula del menjador només hi van quedar els regals que els havia portat la Pilar de París: un disc de Ravi Shankar que els havia dit que era imprescindible escoltar per acostar-se a l'Índia, i un llibre molt gros i de tapes dures de retrats de nens i nenes indis en color i en blanc i negre. Escoltarien el sitar de Ravi Shankar i mirarien les fotografies del llibre amb calma una vegada i una altra.

La cafeteria de l'hospital de Bellvitge era a la planta baixa. Allà s'ajuntaven els familiars i coneguts que visitaven els malalts amb els metges, infermeres i personal divers. L'aglomeració i el xivarri contrastava amb la calma de la resta de l'edifici, de vint pisos, aïllat del món als afores de la ciutat, a prop de l'aeroport. El soroll de plats, tasses i culleres i de la cafetera es barrejava amb els crits dels cambrers i les converses de molta gent amb ganes de parlar. I de fumar. El Ramon va baixar des de la planta on treballava amb la idea de fer-li la pregunta que feia dies que li rondava pel cap al seu amic Gabriel, amb qui havia quedat per esmorzar, com gairebé cada dia a la mateixa hora. A l'ascensor va creuar-se amb una parella i una nena que tenien agafada de les dues mans. Se la va quedar mirant fixament, pensant quina edat devia tenir. Cinc anys? Potser sis?

El Gabriel l'esperava fent cua a la barra, mig barallat amb totes les persones del voltant després d'haver passat pel self-service a agafar quatre *croissants* i una ampolla d'aigua. L'ambient estava carregat de fum i de la pudor de béicon a la planxa.

—És que això és un escàndol! Vols veure que ja fa deu minuts que el cambrer em veu i ja ha servit a tothom menys a mi? Espero que vulguis un cafè amb llet com sempre, perquè l'acabo de demanar!

Van aconseguir seure en una taula d'un racó on hi havia menys soroll, al costat de la finestra, per poder parlar sense cridar-se. A través del vidre es veia com arribava una ambulància en aquell mateix moment.

—Quin lloc més espantós! És que això no hi ha qui ho aguanti!

El Ramon va encendre la pipa. La cafeteria era tot un núvol de fum. En aquell hospital pràcticament no hi havia ni un sol metge que no fumés.

—Gabriel —va preguntar per fi aprofitant que el seu amic s'estava menjant un dels *croissants*—, quan va néixer la Clara tu vas sentir des del primer moment que era la teva filla?

—Què vols dir?

—Doncs això, si des del primer moment vas saber que era la teva filla, si te la vas estimar des del primer dia, així que la vas veure.

—Mira que estàs estrany, últimament, eh? Ara què et passa?

—Res, només vull saber això, si quan estaves al quiròfan i vas veure la Clara que naixia, o després a l'habitació quan començava a mamar i tu t'ho miraves fascinat, si ja senties que era teva, que havia sortit de dintre teu...

—Home, tant com de dintre meu, de dintre meu... de dins de la Lluïsa t'ho asseguro!

—Però que era cosa teva, teva de veritat, tu ho senties?

—Uff! Doncs no ho sé!

—I ara que ja té dos anys? Sents que només pot ser teva?

—Doncs suposo que sí, no ho sé, la veritat és que mai no he parat a pensar-hi... Per què? Per on vas, ara, Ramon?

—És que he estat pensant que, d'alguna manera, tots els homes adopten els seus fills. Neixen de dins de la dona després d'un procés físic de mesos que no han viscut a la seva pell i quan surten els adopten, han d'acceptar-los i creure's que són seus, fer-se'ls seus, m'entens?

—Sí, suposo que sí... Em véns a dir que per a un home pot ser el mateix esperar a fora d'un quiròfan que neixi un fill que esperar que arribi de l'Índia amb avió, no?

—Més o menys!

—Ben bé el mateix no ho és, francament! Però el que dius té gràcia... no ho havia pensat mai!

El Ramon mirava per la finestra. L'ambulància ja havia descarregat el malalt i ja no hi havia tant moviment a l'entrada d'urgències.

—Però saps el que em preocupa més, últimament?

—Venint de tu, qualsevol cosa! —va exclamar el Gabriel.

—Em preocupa el temps que la Sita haurà passat en un convent de monges catòliques... tot el que li hauran inculcat...

—Home, no n'hi ha per tant!

—Que no n'hi ha per tant? No n'has tingut prou, de repressió catòlica en aquest cony de país? Jo n'estic tip, de capellans i de ximpleries! No puc més, t'ho asseguro!

—Però bé que te'n vas esborrar, no?

—Sí, apostatar és una de les coses que m'han fet sentir millor els últims anys...

—I per què ho vas fer?

—Perquè els meus sogres pretenien fer-nos casar per l'església, ja saps com són de creients i catòlics radicals i les traves que ens han posat a la Irene i a mi per poder viure feliços. Mai he sigut el gendre que havien somiat per a la seva filla gran! Si no ens casàvem, amenaçaven la Irene de no parlar-li mai més... Evidentment, només podia evitar casar-me per l'església apostatant... Si ja no figurava com a catòlic, ja no em podia casar per l'església, només podia ser pel civil... No va ser una experiència gaire agradable... Encara recordo la cara d'aquell capellà, que ja em veia entre les flames del seu infern...

El Gabriel escoltava el seu company amb un posat divertit mentre buscava un encenedor a les butxaques de la bata blanca.

—Les monges que es deuen haver ocupat de la Sita aquests anys segur que no tenen res a veure amb el que t'imagines, amb l'ambient d'aquí...

—Espero que tinguis raó...

—No saps res de la seva història.

—Tu ho has dit. No sé res de la seva història i tinc molta por!

El Ramon va agafar-se a la pipa amb les dues mans tot mirant el seu amic. Cap dels dos no va dir res més fins que es van acabar el cafè amb llet i el Gabriel va haver apagat la cigarreta al cendrer de vidre abans de tornar a agafar a l'ascensor per pujar a la planta on treballaven.

Bombai, 1975

DURANT ELS MESOS QUE VA DURAR LA PREPARACIÓ DEL viatge de la Sita, de tant en tant les rutes per les cuines dels hotels de Bombai amb taxi s'ampliaven amb les rutes per botigues i mercats. *Sister* Valentina es feia acompanyar pràcticament sempre per la Sita, i a les botigues, moltes de roba de segona mà, buscava roba d'hivern de nena, cosa que a Bombai no era fàcil d'aconseguir. Quan en trobaven, possiblement vinguda d'Anglaterra, la Sita s'emprovava jerseis i faldilles de llana, i abrics o gavardines i impermeables de tots colors que se li enganxaven a la pell i li picaven. Se li feia estrany pensar que en algun lloc es poguessin posar aquelles robes tan gruixudes. *Sister* Valentina la guiava i feia la primera tria, però al final demanava a la Sita que decidís ella mateixa què es volia emportar. De mica en mica van anar col·leccionant un petit mostrari de peces de roba que viatjarien amb la Sita fins a Europa, on *Sister* Valentina li havia explicat que feia molt fred i on la pluja no era com la de l'Índia, que queia amb força els dies més càlids durant uns mesos a l'any. A Europa, li havia explicat amb l'atles il·lustrat ben obert damunt de la taula del seu despatx, la pluja era més fina i més freda i podia ploure a qualsevol època de l'any. I també nevava. Per explicar-li què era la neu, *Sister* Valentina va haver de recórrer a un antic calendari que li havia enviat una amiga seva des d'Àustria on hi havia fotos del Tirol i dels carrers d'Innsbruck ben blancs.

Un dia, la Sita es va posar unes sabates per primera vegada. *Sister* Valentina va entrar decidida a una sabateria disposada a trobar unes sabates fortes i resistents per a aquella nena que marxaria lluny. La dependenta, una dona grassa vestida amb un *sari* de color vermell i amb els canells plens de braçalets d'or que no paraven de fer un soroll de cascabells, va posar-li uns mitjons, també els primers de la seva vida. I després va començar l'aventura d'intentar posar-li unes sabates, després unes altres. Amb cordons, amb sivella, sense cordons ni sivella... era impossible. La Sita tenia els peus acostumats a anar descalços i ben lliures i la pressió de les sabates no l'entenia i deia que totes li feien un mal insuportable. Van sortir de la botiga després de moltes proves amb unes sandàlies tancades i de sola gruixuda, de color blau fosc i cordades al costat amb una sivella. Però dins d'una bossa. La Sita volia seguir caminant descalça.

Mentrestant, anava prenent consciència que la seva vida estava a punt de canviar. Cada setmana que passava, cada hora de classe, cada nit estirada sobre la tovallola amb els ventiladors del sostre donant voltes, s'acostava més al seu somni de tenir un pare i una mare. Un somni borrós, un somni infantil que prenia forma quan espiava les nenes internes els dies de festa. La foto que li havia donat *Sister* Valentina anava sempre amb ella, cada vegada més arrugada dins de la butxaca del seu vestit o dels únics pantalons que tenia. En les seves hores d'esbarjo solitàries ja no empaitava tantes papallones com abans i es quedava en un racó observant tots els detalls que trobava a la imatge en blanc i negre d'aquelles dues persones que eren la seva família i que, això sí que ho sabia i ho entenia bé, l'estaven esperant amb molta il·lusió.

Les altres nenes de l'orfenat van intentar prendre-li la foto una vegada. Però només una vegada. La Sita va treure forces de tot el seu cos petit i esquifit per evitar-ho a cops de peu i esgarrapades, i per cridar tan i tan fort, com si hagués embogit, que abans que arribessin un parell de monges esverades per veure què passava el grup de nenes ja havia fugit deixant-la tranquil·la amb la seva foto arrugada per sempre més.

Un altre dia, *Sister* Valentina va decidir que calia que la Sita portés algun regal a la seva família. Gastar rupies quan normalment no en tenien per comprar llet o carn no era fàcil, però els Riba havien enviat diners per a les despeses dels preparatius del viatge de la Sita, el bitllet d'avió i els últims documents que calien per aconseguir-li un passaport indi i després enviar-lo a l'ambaixada espanyola de Nova Delhi perquè li posessin el visat i tot el que fes falta; i en una carta havien especificat que enviaven més diners del compte com a donatiu per a l'orfenat. *Sister* Valentina ja havia decidit que els faria servir per fer algunes reparacions serioses a l'edifici on vivien les monges i les nenes òrfenes, que a l'última època dels monsons s'havia deteriorat molt. Així és que li semblava correcte comprar-los un detall. En una botiga d'un vell conegut ple d'objectes d'artesania de tot el país, la Sita va triar unes ballarines de fusta del Rajasthan que amb un sol cop movien tot el cos: serien per als seus pares.

Feia vent i les palmeres del jardí no paraven de moure's. Un vent càlid. A la ciutat, el dia havia començat com un dia qualsevol, els venedors ambulants s'instal·laven a les voreres dels carrers, els nens i nenes anaven a l'escola uniformats, cotxes, camions, motos, bicicletes, autobusos anglesos de dos pisos carregats de gent que es dirigia a la seva feina, *rickshaws* i tota mena de vehicles seguien les seves pròpies normes de circulació, tocant el clàxon sense parar i esquivant els vianants que caminaven per on volien procurant no ser atropellats, esquivant alguna vaca de tant en tant. Però no era un dia qualsevol. Era un dels dies més importants de la vida de la Sita. Havia arribat el dia del gran viatge.

Després de l'esmorzar, *Sister* Valentina havia convocat totes les monges i nenes del centre de les Missioneres de Maria a la capella. Quan totes van estar ben assegudes als bancs de fusta, la mare superiora va pujar a l'altar i va fer un petit discurs de comiat per a la Sita. Va explicar que se n'anava molt lluny d'allà i va demanar que totes resessin un parenostre i preguessin perquè tingués molta sort. La Sita, asseguda al primer banc, tenia la mirada fixa en el vitrall de la paret del davant, concentrada en els seus colors i formes, incapaç de pensar en res ni de concentrar-se en cap pregària de cap mena. A la sortida, algunes monges van esperar que sortís la Sita per fer-li un petó a la galta i dir-li que es cuidés, emocionades.

Quan la Irene i el Ramon van treure's del cap la idea que era millor adoptar una nena tan petita com fos possible i van decidir adoptar aquella que els havia estat observant des d'una fotografia damunt d'un prestatge, a *Sister* Valentina no li va ser fàcil convèncer les altres monges dels beneficis de l'adopció de la Sita. No hi estaven avesades, no ho veien clar, no era una opció que entrés en els seus plantejaments educatius. Les nenes de l'orfenat eren com filles seves, a la seva manera se les estimaven, i deixar-ne marxar una els dolia, encara que sabien que li estaven oferint una vida millor. A la porta de l'església, també van acostar-se a la Sita nenes de totes les edats per dirli adéu. No podia dir-se que fossin les seves amigues, però amb elles havia compartit els torns de bicicleta i altres jocs al jardí, el pupitre a les classes, el banc de fusta a l'església o al menjador, i el terra de la sala que els feia de dormitori.

—Ei, espera! Sita, espera!

La Sita es va girar. Caminava cap a l'edifici del convent al costat de *Sister* Valentina, que aquell dia estava diferent, nerviosa, i va veure la Sundari, que s'acostava corrent.

—Sita... tornaràs algun dia? —va preguntar esbufegant.

—No ho sé, me'n vaig molt lluny.

—Sita, i em perdones?

—De què?

—De la mossegada que et vaig fer, encara se't veu tant el senyal!

Sister Valentina, que s'havia aturat amb la Sita, va continuar caminant cap a l'edifici.

—No triguis, Sita! Hem de marxar aviat cap a l'aeroport! —i va haver de fer esforços per aturar una llàgrima que estava a punt de caure-li quan va estar d'esquena a les dues nenes, que es van quedar dretes al mig de l'exuberància de les plantes tropicals del jardí.

—És clar que et perdono, Sundari. I el senyal a la galta m'ajudarà a no oblidar-te!

—Ja saps on vas?

—No gaire.... Vols veure la foto dels que seran els meus pares? —I la va treure de la butxaca—. Mira, són aquests.

La Sundari mirava la fotografia en blanc i negre sense saber què dir. I la Sita mirava aquella nena que sempre l'havia molestat tant, que tenia tantes amigues i manava tant. Tampoc no deia res.

—Tornaràs algun dia?

—No ho sé.

—Espero tornar-te a veure.

—Jo també.

La Sita es va tornar a posar la foto a la butxaca i va dir adéu a la Sundari, que va arrencar a córrer en direcció contrària mentre ella s'afanyava a entrar a l'edifici. Al vestíbul ja hi havia la seva petita maleta. L'havien comprat amb *Sister* Valentina en una de les seves rutes per la ciutat. El vestit de flors grogues, que ja li anava una mica petit, i alguna peça més de roba que tenia al calaix del vestidor comú a totes es van quedar allà. Ho farien servir les nenes més petites quan anessin creixent o una nena nova que entrés a l'orfenat, que potser també faria servir la seva tovallola per dormir.

—Sita, vine, que t'has de posar els mitjons i les sabates abans de marxar! No pots anar a l'aeroport descalça!

Des del dia que les van comprar no se les havia tornat a emprovar. *Sister* Juliette la va fer seure en una de les butaques del vestíbul i la va ajudar a posar-se els llargs mitjons blancs fins als genolls i les sabates. La Sita no va fer cap ganyota. Aquell matí, *Sister* Juliette l'havia ajudat a vestir-se amb roba nova. Li havia fet posar un conjunt de vestit sense mànigues de color vermell i a sota un jersei de cotó de màniga llarga de color verd fosc. Al damunt de l'altra butaca hi havia un abric de color marró i una cartera escolar preparats per a ella.

Va arribar el moment d'anar cap a l'aeroport. L'acompanyarien *Sister* Valentina i *Sister* Juliette. Les altres monges van quedar-se als graons de l'escala de l'entrada, sota el porxo, per veure com la Sita se n'anava pel camí de terra del jardí cap a la porta de ferro i marxava per sempre. Era com si anés a fer la ruta de les cuines dels hotels i hagués de tornar al cap d'unes hores, però sabien que no. Un dels guardes va portar la maleta fins al cotxe del Layam, que s'estava esperant davant de la porta, i entre els dos homes van lligar-la a la baca. Al maleter hi havien posat les olles i cassoles netes per tornar als hotels, i com que quedava mig obert, també l'havien lligat amb una corda. Les dues dones i la nena van pujar al darrere i el taxi es va allunyar del centre de les Missioneres de Maria. La Sita va fer tot el trajecte en silenci mirant per la finestra, sabia que aviat deixaria enrere tot el que li era conegut.

L'aeroport era un espai immens, desangelat i ple de gent pertot arreu, famílies senceres que anaven a acomiadar o a rebre algú. Els fluorescents del sostre gairebé no feien llum. La Sita anava agafada de la mà de *Sister* Valentina i *Sister* Juliette portava l'abric i la cartera, i es dirigien al taulell d'Air India seguides del Layam amb la maleta. Quan van arribar, la cua era curta. *Sister* Valentina no volia posar-se més nerviosa del que estava i havia fet els possibles per arribar ben d'hora. El Layam va deixar la maleta i va acomiadar-se de la Sita:

—Bon viatge, petita! Serà millor que vagi a aparcar bé el cotxe. Les estaré esperant a fora, senyores.

Quan va ser el seu torn, una hostessa vestida amb el *sari* d'uniforme de la companyia, les va rebre amb un somriure en veure el passaport de la Sita i el bitllet d'avió cap a Londres amb l'enllaç a Barcelona.

—Ves per on que ets tu la que viatges!

La Sita quedava amagada darrere del taulell i l'hostessa va aixecar-se per mirar-la.

—Et posarem al costat de la finestra perquè vegis bé tot el paisatge, què et sembla?

La maleta va allunyar-se per la cinta corredissa amb la gran etiqueta que li havien enganxat. El cor de *Sister* Valentina bategava més de pressa que mai. La Sita mirava la maleta amb una expressió radiant després que l'hostessa li expliqués que la cinta la duia tota sola cap a l'avió perquè la carreguessin amb els altres equipatges dels passatgers.

—No pateixi, senyora, la nena estarà acompanyada per una de les meves companyes en tot moment. —*Sister* Valentina volia assegurar-se que tot estava sota control i no parava de fer preguntes a l'hostessa. La cua de passatgers darrere seu havia crescut considerablement—. Sí, en arribar a Londres també l'acompanyarem fins al control de passaports i després fins a la porta d'embarcament del vol a Barcelona, i també ens ocuparem de la seva maleta, que cal recuperar-la a Londres i facturar-la al taulell d'Iberia cap a Barcelona.

Amb totes les qüestions, que els semblaven complicadíssimes, resoltes, encara quedava una bona estona abans que arribés l'hora d'embarcar. Les dues dones i la Sita van asseure's en un racó d'una sala d'espera. Hi havia gent pertot arreu i no va ser fàcil trobar tres seients buits.

—Sita, m'has de prometre que m'enviaràs dibuixos i m'escriuràs quan n'aprenguis. Els teus nous pares tenen la meva adreça, d'acord?

—Sí, *Sister* Valentina.

Al seu voltant, famílies senceres per la sala menjant i bevent, uns nens corrien i s'empaitaven, un *sikh* de turbant granatós amb les sabates tretes roncava estirat, tot ocupant quatre seients; i un grup d'homes de negocis encorbatats discutien gesticulant. Bastant abans de l'hora acordada es van presentar altra vegada al taulell d'Air India on havien quedat amb l'hostessa que acompanyaria la Sita fins a l'avió. No era gens habitual que una nena d'aquella edat viatgés sola cap a Europa, i aquell dia la Sita era el tema de conversa entre els treballadors de la companyia. Van caminar juntes fins a una porta de vidre que separava les sales d'espera de la zona exclusiva per a passatgers, el control de passaports i les sales d'embarcament. *Sister* Valentina i *Sister* Juliette no podien passar d'allà. Van abraçar-la com mai no l'havia abraçat cap monja i li van omplir les galtes de petons.

—*¡Ay, mi niña! ¡Que Dios te bendiga!*

La Sita no entenia res del que li estava dient *Sister* Valentina en el seu castellà de Santo Domingo i li feia gràcia. Una hostessa va agafar-la amb la mà dreta i amb l'altra va prendre l'abric i la cartera que li va donar *Sister* Juliette. Van creuar la porta de vidre i les dues monges van quedar-se allà, dretes, fent adéu amb la mà per si la nena es girava una última vegada. Però no ho va fer. Agafada ben fort de la mà de l'hostessa, la Sita sentia un pessigolleig estrany a dintre. Estava tan il·lusionada que no sentia ni por ni pena. Mirava al fons del passadís, el que l'havia de dur a Barcelona; aquell passadís marcava el seu camí i ni va pensar a girar-se. Als set anys, la Sita sabia que per a ella començava una nova vida.

Durant el trajecte cap a Londres, la Sita no va parar quieta en el seient turquesa d'un avió d'Air India. Va fer gargots en una llibreta amb tres llapis de colors que li va donar una hostessa, va menjar-se tot el que li van portar i va abocar un got de suc de taronja entre el seu seient i els pantalons de l'home que seia resignat al seu costat; va passejar per tot l'avió, amunt i avall, amb una hostessa o sola, va visitar la cabina del pilot... El trajecte de Londres a Barcelona se'l va passar dormint, esgotada. Quan la van despertar, poc abans d'aterrar, va mirar per la finestra i va veure la immensitat del mar com mai no l'havia vist. Tot el que es veia des de la finestra era mar d'un blau intens, i alguns vaixells de càrrega i molts de més petits; també algunes veles blanques. Feia molt sol i els rajos li anaven directament a la cara. Era una escalfor agradable. Va recolzar el front al vidre, bocabadada. L'avió va girar i va poder veure una platja llarguíssima de sorra clara, sense ningú. A l'horitzó tot eren muntanyes. Una línia de corbes suaus que omplia el paisatge. No havia tingut temps d'imaginar-se com seria aquella Barcelona de què li havien parlat, però segur que no era tan lluminosa com la primera imatge que en va veure.

Addis Abeba, 1978

El Solomon va recórrer la casa per última vegada, com si no volgués deixar cap metre quadrat sense trepitjar. La maleta estava a punt des de la nit anterior, al davant de la porta. L'Aster li havia comprat una petita maleta per posar-hi tota la seva roba, sabó, oli per als cabells i algunes llibretes perquè pogués dibuixar durant el viatge. No sabien què necessitaria i havia estat difícil decidir com omplir-la. Entre la roba plegada, el Solomon havia col·locat una branca amb fulles d'eucaliptus i un tros de fusta de sàndal que havia agafat de l'església. I també el fòssil d'os de bisó i el llibre que li havia regalat el Peter Howard. Va asseure's a l'ampit de la finestra. Havia crescut molt, ja tenia dotze anys, però encara hi cabia amb les cames ben encongides. Va observar tots els detalls de l'església d'Entoto Mariam pintada de verd per retenir-los bé a la memòria. Al lluny es veia la ciutat entre la boira del matí, més enllà dels boscos d'eucaliptus. Va veure passar un nen amb un ramat de cabres i tres vaques i va pensar en el seu amic Biniam. Un dia havia desaparegut i no n'havia sabut mai més res. Havia estat abans de la mort del seu pare a Somàlia. Per què havia hagut d'anar al front a treballar de cuiner per als soldats? Per què no havia seguit buscant una altra feina als hotels de la ciutat en lloc d'acceptar anar-se'n a la guerra contra Somàlia? Les forces de l'exèrcit somali, ben armades gràcies a l'ajuda dels països àrabs, havien aconseguit entrar fins a prop de les ciutats de Harar i Dire Dawa. El pare va morir en una emboscada, poc abans que arribessin els soldats cubans que van unir-se als etíops i finalment van aconseguir que l'exèrcit somali es retirés. L'Aster i ell van rebre la notícia junts i encara no s'ho creien. Van enviar un telegrama a la Maskarem a Londres. El cos del pare no va arribar mai a Addis Abeba. Encara gràcies que els van avisar de la seva mort perquè el més freqüent era haver de deduir que els homes que havien marxat a la guerra havien mort quan la família deixava de rebre'n notícies o cartes a través dels conductors dels camions que portaven les provisions a l'exèrcit.

L'Aster havia acabat els estudis secundaris i amb això ja sentia que havia acomplert els desitjos dels seus pares, però ara no tenia més remei que treballar. Per sort havia trobat feina a la biblioteca de la Facultat d'Història. Els havia costat acostumar-se a viure ells dos sols a la casa d'Entoto però havien hagut de continuar tirant endavant. El Solomon va aturar-se un moment davant del retrat de la seva mare i va observar una vegada més la seva mirada, el tatuatge del front, la força que desprenia. La seva mare sempre aniria amb ell.

Ho havien sentit a la ràdio un capvespre: el govern cubà es solidaritzava amb els etíops i oferia beques als més joves per estudiar a Cuba, i el govern de Mengistu havia decidit que aquelles beques fossin per als fills dels qui haguessin perdut la vida servint la revolució i el país. L'Aster havia corregut a informar-se l'endemà al matí i havia presentat la sol·licitud perquè el Solomon pogués anar a Cuba a estudiar.

—Cuba no sembla un nom de país... —va dir el Solomon amb un atles obert damunt la taula que li havia portat l'Aster de la biblioteca.

—Doncs a mi em sembla un bon nom per a un país. I sobretot per a una illa on no fa mai fred!

El Solomon va seguir mirant el mapa de l'atles i repassant amb el dit tota la taca blava que separava el continent africà de les illes del Carib.

Quan es van fer públics els noms dels que havien obtingut la beca, Solomon Teferra era a la llista. Abans de marxar cap a Cuba, tots els nens i nenes orfes de pares morts en combat que havien estat escollits haurien d'anar a Tatek, a trenta-cinc quilòmetres d'Addis Abeba, per formar-se i preparar-se. Allà hi havia un antic camp d'entrenament militar d'on havien sortit milers de soldats un any abans per anar a lluitar contra els somalis a l'Ogaden.

Un veí d'Entoto s'havia ofert per acompanyar en Salomon i l'Aster fins a Jan Meda, un gran descampat del barri de Sedest Kilo, d'on marxarien tots els nens i nenes en autobusos militars cap a Tatek. I des d'allà, no sabien exactament quan, cap al port d'Assab, on embarcarien en el vaixell que els portaria a Cuba. Van posar l'equipatge al maleter del cotxe i van baixar per la carretera, plena de sotracs i corbes, fins a la ciutat.

—Tant presumir de línia de tren entre Addis Abeba i Djibouti i ja està tancada! Aquesta guerra amb Somàlia només porta desgràcies —remugava el veí mentre conduïa, com si parlés per a ell mateix—. I ara a aquests militars espavilats no se'ls acut res millor que enviar més de mil nens en autocars per territori eritreu... On anirem a parar!

El camp de Jan Meda, on es deia que havia aterrat el primer avió a Etiòpia, era ple d'autocars i camions militars aparcats un al costat de l'altre. N'hi havia molts més que a l'estació d'autobusos. Faltava molta estona perquè tots aquells vehicles posessin en marxa els motors, però tant l'Aster com el Solomon estaven nerviosos i havien volgut anar-hi amb molt de temps. Els venedors ambulants s'havien acostat fins allà de pressa. Un home venia canya de sucre. Era una de les coses que més li agradaven al Solomon, i l'Aster n'hi va comprar un bon tros. Es van asseure tots dos a terra, damunt de la maleta. El Solomon pelava la canya amb les dents, escupint els trossos que arrencava, i en mastegava i xuclava amb força la polpa dolça. Tenia un nus a l'estómac i no volia ni imaginar el que devia estar sentint la seva germana, que es quedaria sola a casa, sola, ben sola.

—Espero que trobis un bon marit aviat. Busca'n un, Aster, no et quedis gaire sola, que em fa molta pena deixar-te...

—No pateixis —va somriure l'Aster—, tot anirà bé.

De mica en mica van anar arribant més nens, nenes i adolescents amb cara desorientada, acompanyats per les mares i familiars. El grup va anar creixent fins que van ser unes quantes centenes, més i més nens amb maletes, més i més familiars que els acompanyaven, fins que el nombre de persones que esperaven sobrepassava el miler. Un home vestit d'uniforme militar es va enfilar en una pila de pneumàtics amb un megàfon a la mà i va començar a donar instruccions. Els nens i nenes anirien pujant als vehicles tan de pressa com fos possible així que sentissin els seus noms. Donarien la seva maleta abans de pujar. El militar demanava a les famílies que comencessin a acomiadar-se ara perquè l'operació fos ràpida. Les escenes de mares i fills abraçats i plorant van multiplicar-se les unes al costat de les altres en qüestió de minuts. L'Aster i el Solomon no van moure's d'on estaven, agafats de la mà entre aquell comiat massiu. A l'Aster li queien llàgrimes però no deia res. Ja no li sortien les paraules. Algunes noies no gaire més joves que ella també marxaven cap a Cuba. Però l'Aster estava assumint el paper de mare sense ser-ho, hauria pogut ser una filla, però no ho era. Els més petits tenien vuit anys, els més grans, disset o divuit.

—Solomon Teferra!

L'Aster el va estrènyer amb força contra el seu pit, amb tanta força que el Solomon va pensar que s'ofegaria. La seva germana li deia alguna cosa però no la sentia perquè amb els braços li tapava les orelles.

—Va, vés!

Van ser les últimes paraules que li va sentir dir abans d'anar cap a l'autocar que li tocava amb la maleta a la mà. Va girar-se un moment cap a l'Aster així que va haver donat la maleta als homes que col·locaven l'equipatge a la baca de l'autocar pujant i baixant per una escaleta de ferro rovellat. La seva germana plorava i li deia adéu amb la mà. Ell va dir-li adéu i va pujar a l'autocar.

Els vehicles van engegar els motors i van sortir de l'estació un darrere l'altre tocant el clàxon entre una multitud de mares, germanes, germans i parents que veien com els més joves de les famílies se n'anaven a un lloc que els era impossible d'imaginar. Assegut al costat de la finestra i voltat de nens i nenes en un silenci estrany, el Solomon va dir adéu una vegada més a l'Aster i tots dos es van esforçar per somriure's.

—Tu! Els homes no ploren, o és que no ho saps? —va cridar un soldat des del mig del passadís de l'autocar a un nen que no va poder-se contenir més i va esclatar en sanglots quan van deixar de veure's els seus familiars.

A Tatek van acabar coincidint mil dos-cents estudiants. Hi van estar dos mesos sencers. Dos mesos molt estranys en un terreny envoltat de tanques que protegien unes cases construïdes amb planxes de ferro i uralita, tant les parets com el sostre. Barracons militars. En els que feien servir de dormitoris hi havien fabricat unes fileres de somiers llarguíssimes amb troncs prims d'eucaliptus, d'extrem a extrem, i a sobre hi havien col·locat un matalàs al costat de l'altre.

A Tatek s'hi havien format les milícies i d'allà havien sortit milers d'homes que s'havien entrenat per anar a la guerra de Somàlia. D'allà havia sortit el seu pare. Ara, al campament només hi havia nens i nenes. Tots els homes estaven a la guerra o ja havien mort.

Els feien llevar a les cinc de la matinada, quan encara era fosc, i els obligaven a córrer com si fossin petits soldats. L'absurditat continuava quan els ensenyaven a desfilar al ritme de marxes militars, tant als nens com a les nenes. Aquells estranys entrenaments no els deixaven temps per a pràcticament res més que no fossin els àpats i una mica d'esbarjo. *Injera* i *shiro wat* i te amb sucre i *dabo*, un pa gruixut i tou. Sempre menjaven el mateix. Ni pollastre, ni xai, ni ous, ni llenties... Només una vegada van matar unes vedelles que pasturaven dins del recinte i van menjar *injera* amb un bon estofat de carn. Van fer molt poques hores de classe.

El dia abans de començar la ruta cap al port d'Assab els van donar l'uniforme que s'haurien de posar per al llarg viatge. Els nens portaven pantalons curts de color blau i les nenes faldilles del mateix color. Un jersei vermell i mitjons blancs, tant per als nens com per a les nenes. Els van fer desfer les maletes i deixar-les sobre el llit. Van haver de posar totes les seves coses en unes petites maletes de plàstic de color vermell, totes iguals, que formaven part de l'uniforme. Després van arribar els dotze professors que els acompanyarien fins a Cuba per donar-los classes d'amarinya, història i geografia d'Etiòpia. També aniria amb ells un coronel etíop que seria el director de l'expedició. Tretze homes etíops a càrrec de mil dos-cents nens i nenes.

Els van despertar més d'hora que mai, quan encara era negra nit. A fora feia fred. Uns quants soldats acabaven de recol·locar la càrrega d'uns camions que portaven el menjar per al trajecte fins a Assab. Pollastre cuit, *dabo*, taronges i molt *kolo* (una barreja de grans de cereals, cacauets i cigrons torrats). Poca cosa més.

Amb la petita maleta de plàstic vermell a la mà i mig adormits, els nens i nenes van travessar en fila i en silenci els camps del davant del recinte envoltat de tanques, fins on hi havia aparcats els més de vint autocars que els portarien cap a la costa d'Eritrea, al mar Roig. Els vehicles estaven en marxa, amb els fars encesos, que il·luminaven fantasmagòricament aquella filera llarguíssima de nens i adolescents pujant als autocars, seguint les instruccions dels militars, que cridaven des dels megàfons.

—De pressa, espavileu-vos! A cada autocar hi caben seixanta persones, hi ha lloc per a tots!

El Solomon va aconseguir asseure's a la finestra. Al seu costat hi va seure un noi més gran que ell i de pell molt fosca. Tots dos amb la maleta vermella a la falda, en silenci. Ningú no parlava. Un militar va pujar a l'autocar per comprovar que no quedava cap seient buit.

—No baixareu per res si no us ho ordenem, entesos? Encara que s'aturi l'autocar. Quan baixeu, haureu d'anar de seguida a fer cua als camions del menjar i als camions cisterna de l'aigua. L'aigua només és per beure, no hi haurà aigua ni per rentar-se la cara.

Pocs minuts després, els autocars es van posar en marxa i van començar a sortir del recinte militar de Tatek. Encara era molt fosc però el Solomon va veure que al davant de tot del comboi hi anaven jeeps amb militars armats. També n'hi havia al mig i al final de tot. A Eritrea la guerrilla estava activa i havien d'anar escortats.

De mica en mica es van anar adormint tots una altra vegada. El Solomon, amb el cap recolzat a la finestra i picant contra el vidre amb cada sotrac. Els havien explicat que el viatge duraria com a mínim tres dies llargs i que dormirien les tres nits als autocars.

Ja feia unes quantes hores que havia sortit el sol i havien deixat enrere Addis Abeba, Nazaret, Awash i Mile.

—Aquesta carretera va a Kombolcha... —va dir en veu molt fluixa el noi que seia al seu costat, assenyalant una pista que trencava a l'esquerra i que passaven de llarg.

—Com ho saps?

—Ho sé, va a Kombolcha, jo sóc d'allà.

Cada un dels passatgers d'aquells autocars tenia una història llarga que s'amagava darrere del nom d'una ciutat o d'un poble desconegut per als altres.

Sense parlar gaire entre ells i sense cap música ni ganes de cantar, van anar passant les hores travessant quilòmetres i veient com el paisatge cada vegada era més àrid. De tant en tant paraven a carregar gasoil amb les mànegues dels camions cisterna. Els nens aprofitaven aquestes parades per baixar a fer les seves necessitats darrere d'uns arbustos o d'unes pedres. La caravana que conduïa aquells nens i nenes orfes era molt llarga. La carretera estava en molt mal estat, una pista de terra i pedres, els vehicles anaven sobrecarregats i cada pocs quilòmetres s'aturaven tots per una incidència o una altra. Les més freqüents eren rodes punxades. Els jeeps s'avançaven fins als primers autocars per fer-los aturar. I passaven les hores sota el sol. Hi havia moltes mosques i feia molta calor.

Per fi van aturar-se per sopar i dormir. Després de les llargues cues davant dels camions per aconseguir una mica de pollastre, *dabo* i una taronja, i davant dels camions cisterna per poder beure una mica d'aigua, els nens van menjar-s'ho tot asseguts al terra polsegós i van tornar a pujar als autocars per passar-hi la nit. Els soldats i els conductors van encendre focs al voltant dels autocars i els camions aparcats. Mastegaven *txat* i bevien *tella*, s'emborratxaven i reien. Eren molts homes, i hi havia molts focs que donaven a aquell campament improvisat al mig de la foscor un aire tribal.

A l'autocar del Solomon ploraven tres nenes, les més petites. Havia començat una i havia encomanat les altres. Feia una estona que havien sentit com un soldat escridassava un nen de l'autocar que hi havia aparcat al costat del seu perquè havia demanat baixar.

—A pixar i cagar quan toca, no quan vosaltres voleu! Au, vine! Però que sigui l'última vegada!

I se l'havien endut entre dos soldats armats una mica més enllà del foc. Armats per si apareixien hienes famèliques, que atacaven qualsevol possible presa.

El conductor del seu autocar no havia baixat a beure *tella* i mastegar *txat* com la majoria. Havia tirat el seu seient enrere i es disposava a dormir com els passatgers que transportava. Es deia Derriba i era un *oromo* corpulent, de pell fosca i mirada profunda de Ghimbi, a la província de Wellega, a l'oest. Com a la resta dels conductors d'aquell comboi, l'havien obligat a fer el trajecte fins a Assab a canvi de dos sacs de farina de *teff* i llegums secs per a la seva família. El govern militar donava ordres i prou. Les tres nenes seguien plorant i ara se n'hi havien afegit uns quants més. Se sentien gemecs i plors a tot l'autocar, però era difícil saber qui plorava perquè estava fosc. El Derriba es va aixecar i va encendre el ble d'un fanal d'oli. El soroll del llumí i la flama inesperada van fer callar de cop els nens i nenes.

—Què passa aquí? —va preguntar amb veu forta aixecant el fanal en direcció al passadís que dividia els seients de l'autocar. Gairebé tots van tancar els ulls a l'acte, fent veure que dormien. Però una de les nenes va seguir plorant, encara més espantada.

—Però què passa?

—No em peguis, si us plau!

—Com vols que et pegui si no has fet res!

Va acostar-se a la nena i li va passar la mà pel cap ple de trenetes gruixudes en rengles paral·lels.

—Qui t'ha fet aquest pentinat tan bonic?

—La meva mare... —i la nena es va posar a plorar desconsoladament una altra vegada.

—Vine aquí, petita, plora —i el Derriba la va abraçar com si abracés la seva filla, que ja tenia cinc anys.

Després va penjar el fanal d'una anella que hi havia al sostre, al mig de l'autocar. No il·luminava gaire, però trencava la foscor. I va començar a explicar històries de la seva terra, de com va aprendre a muntar a cavall des de ben petit com els bons *oromos*, dels tornejos a cavall que s'organitzaven al seu poble, amb llances i escuts per protegir-se, fins que es van anar adormint tots.

Acostumat a les vistes dels boscos d'eucaliptus i a les carreteres que pujaven i baixaven dels turons del nord d'Addis Abeba, al Solomon li costava assimilar aquell paisatge tan monòton, monocolor i pla. Van passar per pocs pobles i van veure molt poca gent. Algun home caminant per la vora de la carretera al costat d'un ruc carregat de llenya els havia saludat amb la mà, totalment sorprès de veure aquella comitiva inacabable d'autocars, camions i jeeps militars amb tants nens. Menjaven molt poc i tenien molta set. Van passar per davant d'un camp de refugiats. Hi havia camions militars. Els voltors sobrevolaven el paisatge desèrtic dibuixant formes indescriptibles al cel blau, sense cap núvol. Un grup de gent feia cua davant d'un camió per omplir un recipient d'aigua. Cada vegada que s'aturaven, el Derriba es raspallava les sabates i la roba per treure's la pols, i també passava el raspall per tots els seients de l'autocar i escombrava el passadís amb una escombra de palla.

L'última part del trajecte va ser la més dura. Un desert de sorra i pedres que no s'acabava mai. Estaven tots molt cansats. Els sotracs imprevisibles s'encadenaven i no paraven de moure's dels seients, per més que el Derriba feia tots els possibles per esquivar els rocs que hi havia al mig de la pista, per evitar els forats més pronunciats. Entre Mile i Assab pràcticament només hi havia desert. Algunes acàcies feien una mica d'ombra de tant en tant i es veien des de molt lluny. Les poques plantes que hi havia devien viure amb l'aire. Pedres i pedres, terra seca, terra de bandolers i de separatistes eritreus. Terra de camells. Alguns pasturaven sols, al mig del paisatge desert. D'altres passaven per la carretera carregats amb sacs. S'havien trobat amb caravanes de només dos o tres camells, cadascun muntat per un home. I caravanes molt més llargues. Fins a deu camells lligats amb cordes, carregats i avançant lentament, un darrere l'altre, i un parell d'homes caminant al seu davant o muntant el primer de tots. El Derriba els havia explicat que havia fet aquell mateix trajecte unes quantes vegades. També havia anat fins a Djibouti. L'havien atacat quan menys s'ho esperava. Homes armats es plantaven al mig de la pista de terra seca i s'emportaven tot el que volien: diners, la càrrega, les rodes de recanvi... «Sou hienes, però no us matarem», els havien dit a ell i al seu ajudant. Però ara, amb tants soldats armats, no s'atrevirien.

Les parades seguien sent constants. El sobrepès i la calor feien punxar les rodes, ara les d'un vehicle, ara les d'un altre. A tots els havien sortit butllofes a la cara i a les mans de la calor, la suor i la falta d'higiene.

—És meva! La taronja és meva! —cridava un nen pegant cops de peu a un altre amb força.

—És mentida! És meva! Me l'has presa! —es defensava l'altre amb ràbia.

—Prou! —va cridar un soldat separant-los agressivament i clavant-los un parell de bufetades a cada un—. Ara la taronja me la quedo jo!

Totes les baralles acabaven igual. Els que hi participaven rebien sempre algun cop dels soldats. El Solomon, per si de cas, s'ho menjava tot sempre de pressa.

El Derriba va treure un sac de la seva bossa de viatge i va començar a repartir un grapat de *kolo* a cadascú, des del primer fins al darrer rengle de seients.

—Mengeu-lo a poc a poc, mastegueu-lo bé. Després us donaré aigua, n'he agafat per a tots. Això us farà passar una mica la gana. El *kolo* que prepara la meva dona és molt bo, ja ho veureu.

El conductor s'havia convertit en el cuidador dels nens i nenes que duia a l'autocar. Conduïa totes les hores que calia i estava pendent del motor i del funcionament de l'autocar com si fos seu. Quan s'aturaven, es desvivia perquè almenys aquells seixanta viatgers que li havien tocat arribessin en les millors condicions possibles al port d'Assab. Parlava el mínim amb els altres conductors, com si anés per lliure.

—Jo també vaig tenir una infància molt dura —els va explicar el Derriba en la que seria l'última nit del viatge, quan ja començaven a preparar-se per adormir-se escoltant les seves històries—. El meu pare va morir quan jo tenia sis anys i des d'aquell moment vaig haver d'ajudar la meva mare i la meva germana a tirar endavant. La meva família vivia del camp. Als catorze anys me'n vaig anar del poble a treballar a

Addis Abeba d'ajudant de conductor de camions. Jo només parlava orominya i al principi no entenia res! Em va costar força aprendre l'amarinya. Als divuit anys ja conduïa camions amb remolc d'un costat a l'altre d'Etiòpia.

—I ara quants anys tens? —va preguntar un nen d'entre la foscor lleument il·luminada pel fanal penjat al sostre.

—Vint-i-nou.

—I estàs casat? —va preguntar-li una nena.

—Sí, estic casat amb la Birhani i tenim dues filles... La meva mare es va encarregar de trobar-me una bona esposa i va arreglar el nostre matrimoni amb la seva família, que era del nostre poble. La Birhani tenia onze anys i jo en tenia disset. Ella tenia la pell molt clara i em va agradar de seguida. Els primers tres anys de casats ens vam veure molt poc, perquè jo treballava molt i ella es va quedar al poble, a casa de la meva mare. Després va venir amb mi a la ciutat.

—I a ella li agradaves? —va preguntar una veu adolescent mig adormida.

—I tant! Des del primer moment que em va veure! Per a ella jo era un heroi: me l'emportaria a la ciutat! El nostre poble és molt pobre i la vida al camp és molt difícil, tant per als homes com per a les dones.

Els passatgers s'havien anat adomint amb la història del Derriba. El fanal es quedaria tota la nit penjat al mig de l'autocar i s'apagaria sol, abans que el comboi es posés en marxa una altra vegada.

Finalment van arribar al port d'Assab, al mar Roig, després de passar per un carrer que semblava important encara que no estigués asfaltat, amb cases baixes a banda i banda, pintades de blau i blanc i amb les teulades de zenc. Els autocars van aturar-se els uns al costat dels altres en una esplanada plena de grues que servien per carregar i descarregar cafè, sal i tots els productes que Etiòpia exportava mar enllà. Els jeeps militars també van aparcar al mateix lloc i els soldats en van baixar, armats i amb gest d'alerta. Qui podria atacar un grup indefens de mil dos-cents nens orfes i per què? Se sentia la veu amplificada del muetzí d'una mesquita propera. *Al·lahu akbar!* Una vegada més, dos militars de veu potent van enfilar-se al lloc més alt que van trobar, en aquest cas un contenidor de ferro, i van començar a donar ordres. Anirien baixant quan els ho diguessin, agafarien la seva maleta i en filera i de dos en dos caminarien cap el vaixell que els esperava al moll. Aquell que no seguís les instruccions al peu de la lletra, seria castigat.

—Adéu, petits! Que tingueu un bon viatge i molta sort! —els va dir el Derriba abans de baixar de l'autocar. Es va quedar al peu de l'escala i els va anar donant la mà d'un en un. Feia esforços per no plorar.

Es deia *Àfrica-Cuba* i era un vaixell molt gran, immensament gran. El Solomon no l'havia pogut imaginar de cap manera perquè mai no havia estat a cap port, ni havia vist mai cap barca. Era de color blanc i al mig hi tenia una enorme xemeneia de color negre que fumejava. A Tatek els havien explicat que el vaixell feia gairebé cent setanta metres d'eslora, però no havia pogut fer-se una idea de què significaven aquells metres. Ara veia que volia dir que era molt gran. Com podia ser que no s'enfonsés si era tan gran i pesava tant? La llarguíssima filera de nens i nenes uniformats pujant de dos en dos per la passarel·la era un espectacle insòlit, i tots els treballadors del port i altres persones que passaven per allà o que no tenien res a fer es van convertir en un comitè de comiat improvisat. No hi havia lliteres per a tots i entre els mariners cubans i els soldats etíops van començar a instal·lar matalassos als passadissos fins que no va quedar ni un espai buit.

—Al terra dels passadissos hi dormiran els més grans! Els que tingueu més de catorze anys ja us podeu anar asseient als matalassos que estem col·locant i no us mogueu fins que us ho diguem! Els més petits dormiran de dos en dos a les lliteres dels camarots, entesos?

Un soldat anava recorrent tot el vaixell laberíntic donant instruccions a crits. L'assignació de camarots, lliteres i matalassos va ser complicada. Els nens i nenes uniformats i amb una maleta vermella a la mà anaven seguint les ordres com podien, totalment desorientats i esgotats. Ara cap aquí, ara cap allà. Als que es van anar instal·lant als camarots, els feien posar la maleta al damunt d'un dels llits de les dues lliteres. Al Solomon li va tocar a baix, al costat d'una petita finestra rodona. El vidre era molt gruixut i no estava gaire net, però encara que una mica borrós, veia el moll i tot el moviment d'homes traginant paquets i pujant-los a bord.

—Que ningú es mogui del lloc que se li ha assignat! —va ordenar una veu ferma pels altaveus.

Va anar passant l'estona i el Solomon no es perdia cap detall del que podia veure per aquella finestra.

—Deixa'm mirar a mi també, que la finestra no és teva! —va dir-li un dels altres tres nens que compartirien el camarot amb ell. Es deia Siyoum i no l'havia vist mai.

—I a mi també! —va dir un altre, el Werret, que tampoc era de l'autocar del Derriba.

El Solomon va enretirar-se per deixar-li la vista. El quart passatger d'aquell camarot, que es deia Habtamu, tossia estirat al llit, de cara a la paret. Dels mil dos-cents nens i nenes, uns quants havien arribat malalts al port d'Assab i ningú no els atenia.

Pels altaveus del vaixell els van cridar perquè sortissin a coberta a formar, com si fossin soldats. I els van fer cantar l'himne a la bandera mentre hissaven la bandera etíop al costat de la bandera cubana. Va sonar una sirena eixordadora i el Solomon va notar com el cor li bategava amb força. El vaixell començava a moure's i de la xemeneia en sortia un fum espès i negre. Malgrat el cansament del viatge des de Tatek, els nens i nenes van saludar els desconeguts que hi havia al moll. Ells salpaven mentre l'activitat del port es concentrava en un altre vaixell que havia arribat feia poc i que estaven descarregant. Una grua descarregava un gran contenidor i, al moll, als homes que transportaven embalums de tota mena els costava fer-se pas entre els carros i la gentada.

Marxaven de l'Àfrica, marxaven del seu món i se n'anaven molt lluny. Per més que el Solomon s'havia après el mapa de l'atles de memòria, no acabava d'entendre què significava aquella distància que separava el port d'Assab del port de l'Havana. La costa d'Eritrea va anar quedant enrere i l'*África-Cuba* va posar rumb al nord del mar Roig, cap el canal de Suez. Van passar a prop de la refineria de petroli d'Assab i els treballadors els van saludar divertits.

—El mar és com el llac Tana, em pensava que seria diferent! —va dir-li el Siyoum, un dels seus companys de camarot agafat a la barana de coberta.

—L'has vist?

—Que si he vist el Tana? Jo hi vivia!

—I havies anat amb barca?

—Gairebé cada dia! El meu pare es construïa les seves barques de papir i anàvem des de la península fins a les illes per vendre cereals i tot el que ens demanaven els monjos dels monestirs i les seves famílies. Abans que el meu pare marxés a la guerra, sortia a pescar amb ell.

A mesura que s'anaven allunyant de la costa, al Solomon aquella extensió de color blau se li feia més incomprensible. El vaixell no es movia de forma brusca, com els autocars, però es movia molt. Eren uns moviments lents i constants que marejaven.

Els primers dies es van fer molt llargs. A coberta, molts nens i nenes asseguts a terra ploraven desconsoladament. Molts no havien deixat caure ni una llàgrima des que s'havien acomiadat de les seves famílies per anar a Tatek, però ara, la sensació d'estar en aquell vaixell imponent de xemeneia fumejant, aquella mena d'edifici flotant que s'allunyava de terra cap a un món totalment desconegut, els sobrepassava. Ja no hi havia ningú que els escridassés i els digués que els homes no ploraven. Semblava com si de sobte tots els adults haguessin desaparegut i els haguessin deixat al mig de l'aigua, a la deriva. El vaixell era ple de nens i nenes, no havia quedat ni un racó buit. Tenien por. Els més grans consolaven els més petits. Algunes noies ja adolescents els feien de mare, cantaven cançons i explicaven històries tan alegres com podien. Però les llegendes i els contes d'Etiòpia no eren gaire alegres si no les canviaven una mica. Després de menjar, els vòmits es convertien en l'activitat més freqüent sense que ho poguessin evitar. Baixaven als lavabos o vomitaven per la borda, agafats a la barana de ferro. La sal els havia assecat la pell de la cara.

—Heu sentit? S'han tornat a aturar els motors! —va cridar un nen.

El Solomon estava assegut contra una paret d'un racó de la coberta. A dins es marejava. Copiava un ocell del llibre de flora i fauna que li havia regalat el Peter Howard en una de les tres llibretes que li havia comprat l'Aster. Era veritat. La vibració que notava a l'esquena havia desaparegut per segona vegada aquella tarda. Els motors no estaven en marxa. Els mariners anaven d'un costat a l'altre del vaixell nerviosos i suats. Estaven aturats al mig del mar Roig, envoltats d'aigua. Fins que no va fer-se fosc i van entrar tots a dins per sopar no es van tornar a engegar els motors. Alguna cosa passava, perquè l'*Àfrica-Cuba* va canviar de rumb. Ningú no va dir res i la vida a bord va seguir igual.

—Estem en un port! —va exclamar el Solomon així que es va despertar i va mirar per la finestra.

—Deixa'm mirar!

—A mi també!

El Solomon, el Siyoum i el Werret van posar-se de genolls amb els fronts contra el vidre de l'ull de bou. Era el port d'Al-Hudaidah, al Iemen. Se sentien els crits dels pescadors que tornaven de mar endins i els dels muetzins recordant l'hora de l'oració des dels minarets de les mesquites. A l'hora d'esmorzar, un professor els va explicar que el motor tenia una avaria que calia reparar.

—Com a mínim estarem cinc dies ancorats i no baixarem del vaixell. Us podeu entretenir mirant l'activitat del port des de coberta. Els horaris dels àpats seran els mateixos.

El cel era grisós i feia molta calor. A banda i banda del vaixell hi havia una infinitat de barques de fusta pintades de blanc amb ratlles de colors vius i les proes més altes que les popes. Quan arribava una barca amb la pesca, un grup d'homes de cabells negres i llisos s'hi acostava i els pescadors venien la mercaderia a crits abans de descarregar-la. Tant a terra com a les barques hi havia nens i adolescents que treballaven ajudant els adults. Eren com els que hi havia a bord de l'*Àfrica-Cuba*.

—Has vist com van vestits? Els homes van amb faldilles llargues! —va dir el Solomon al Siyoum.

—Podries dibuixar aquestes barques? Quan torni a casa les vull ensenyar al meu germà gran!

—Tens un germà? Per què no ha vingut?

—És molt gran, té vint-i-tres anys, però està malalt. Té les cames deformades, no pot caminar bé. Sempre està assegut.

—I què fa?

—Teixeix *neteles* i altres robes de cotó. Sempre està assegut al teler, s'hi passa hores, ho fa molt bé.

—D'acord. Li faré uns quants dibuixos de barques.

El Solomon es va fixar en dos homes que devien ser molt grans, amb la pell arrugada i enfosquida pel sol, que duien turbants blancs al cap, un *sarong* de cotó de quadres enrotllat a la cintura i una camisa també blanca per fora. Estaven asseguts descalços damunt d'una estora de palma trenada, xerrant tranquil·lament entre xarxes, galledes de zenc, bidons de plàstic i capses de fusta, mentre els homes més joves que ells netejaven el peix, llençaven el que estava malmès a l'aigua i feinejaven d'una barca a l'altra. L'olor d'aquell port era molt diferent de l'olor del port d'Assab. A Al-Hudaidah feia una olor forta de peix, una olor molt desconeguda pel Solomon i els seus companys de viatge.

Un dia va arribar una barca amb un tauró ple de sang i encara mig viu que anava donant forts cops de cua. El van descarregar a pes entre sis homes i el van acabar de rematar al moll abans de començar a vendre'l a crits allà mateix, sense ni temps per portar-lo al mercat de peix. No se'n van perdre ni un detall des de la barana de la coberta de l'*Àfrica-Cuba*.

El Solomon dibuixava tot el que veia des de la coberta: les barques dels pescadors, els minarets de color verd, els carros estirats per mules que transportaven el peix... I sobretot els camells. N'hi havia per tot el port. Asseguts elegantment esperant que els posessin la càrrega a sobre, carregats amb sacs i caminant en filera... No es cansava mai d'observar-los. També va dibuixar la xemeneia de l'*Àfrica-Cuba* des de diferents punts de vista i retrats dels nens i nenes que seien pertot arreu... Ja li havia passat la primera impressió de veure aquella cosa enorme i amb tant ferro flotant a l'aigua. S'havia acostumat al so estrident de la sirena eixordadora, al soroll del motor, als crits de les gavines i les aus marines que els sobrevolaven, i a l'olor del petroli i del fum negre i espès, que quan el vent girava de cop els envoltava com si fos la boira dels turons d'Entoto tenyida.

Amb el motor reparat, van tornar a posar rumb al nord i van arribar per fi al canal de Suez. A banda i banda de gairebé més de dos-cents quilòmetres de canal, la vista es perdia en un desert de tots els tons d'ocre possibles. La franja d'aigua del canal, de cent cinquanta metres d'ample s'anava fent pas entre la sorra i el cel d'un blau intens sense ni un núvol. De tant en tant, passaven davant de petits pobles costaners amb dones vestides de negre de cap a peus i nens jugant a pilota descalços sobre la sorra gairebé blanca que arribava a tocar de l'aigua. A Port Saïd van aturar-se unes hores a carregar combustible, aigua potable i provisions. Les grues descarregaven i carregaven contenidors de totes les mides als vaixells immensos que hi havia atracats i que havien arribat fins allà per estalviar-se de donar la volta a l'Àfrica. Van endinsar-se al mar Mediterrani, un mar sense tants tons de blau com el mar Roig, ni illes coralines que creaven atolons voltats d'aigües turquesa que es veien des de lluny.

—Mireu! —va cridar una nena pentinada amb trenetes molt fines.

—Allà, allà! Quins peixos més grossos! Mireu com salten!

—Són dofins! Surten al meu llibre! —va dir el Solomon.

Repenjats a la barana, centenars de nens i nenes cridaven i assenyalaven exaltats aquells animals que saltaven juganers entre les ones que aixecava el vaixell. El Solomon va girar-se i va veure que la llibreta dels dibuixos que havia deixat a terra havia desaparegut. Només hi havia el llapis i la goma. Devia haver volat? Si hagués estat un cop de vent, el llapis i la goma també haurien desaparegut. Algú l'havia agafada. El Solomon va començar a buscar pertot arreu. Ningú l'havia vist. No era enlloc.

—L'ha agafat un noi... —va dir-li finalment en veu fluixa una nena.

—Qui ha sigut? L'has vist?

—Era un dels grans...

—Doncs anem-lo a buscar! —va cridar el Siyoum decidit.

—No cal, de veritat... L'únic que volen és baralles, ja ho saps! —va contestar el Solomon—. Ja has vist que sempre estan buscant brega. Jo no puc enfrontar-me a ells.

—Si tu no vols enfrontar-t'hi, ja ho faré jo!

—Ets boig? Et faran mal!

—I a mi què se me'n dóna! Ja m'han fet mal altres vegades! T'han pres els meus dibuixos de les barques del port d'Al-Hudaidah!

El Siyoum va reclutar tot un grup de nens una mica més grans que ells però que no passaven dels quinze anys. Un d'ells sabia on eren els grans, sempre asseguts a popa. El lloc més lluny de tot en què podien estar.

—Torneu-nos la llibreta! —va cridar el Siyoum en to desafiant des dels seus dotze anys esquifits.

—Aquí tenim els artistes!

—Torneu-nos la llibreta o tindreu guerra!

—Ui, quina por!

El Siyoum es va acostar als nois i va donar un cop al pit al que havia parlat primer.

—Que ens doneu la llibreta, no és vostra!

—Farem el que ens doni la gana, banda de micos!

De cop i volta, com si li hagués agafat un atac, el Siyoum va començar a pegar cops de puny al noi que era gairebé el doble d'alt i fort que ell, a estirar-li els cabells i a donar-li cops de peu. La resta dels que havia reclutat també es van tirar contra el noi gran. I van acabar pegant-se i cridant-se els uns als altres amb totes les seves forces.

—*¡Pero qué pasa aquí, carajo!* —va cridar un dels mariners cubans—. *¡Basta! ¡He dicho que basta!* —posant-se al mig de la baralla i repartint algun cop fort als grans per demostrar-los que no eren els més forçuts.

Dos mariners més havien corregut fins allà avisats pels nens. I també un dels professors. Entre els quatre adults van aconseguir aturar els cops. Alguns dels contendents tenien sang als llavis i a les celles i respiraven acceleradament.

—A partir d'avui mateix tots vosaltres, els més grans, netejareu la coberta. Ho fareu cada matí. I després ajudareu a la cuina, a rentar plats i pelar patates i tot el que us demanin que feu! Si hi torna a haver una baralla com la d'avui, prendrem mesures, entesos?

El Solomon va recuperar la seva llibreta i va acompanyar el Siyoum a la infermeria perquè li curessin les ferides. Tenia el llavi partit i havia rebut un cop molt fort a l'ull, que se li estava començant a inflar.

—Gràcies, ja t'he dit que no calia...

—Volia recuperar els meus dibuixos! I els hem guanyat nosaltres, ja ho has vist!

Van passar per l'estret de Gibraltar, i moltes milles més enllà per fi van aturar-se al port de Santa Cruz de Tenerife, però tampoc no els van deixar desembarcar. Va ser l'última parada abans de travessar l'Atlàntic. Els dies continuaven fent-se molt llargs. De tant en tant els feien formar a coberta per cantar himnes o fer una mica d'exercici, però sense cap rutina ni lògica. L'única rutina eren els àpats al gran menjador amb llargues taules i bancs de fusta a cada banda que s'anunciaven amb el so d'una sirena. Tots tenien els llavis ressecs i tallats, i els cabells plens de polls. Alguns eren tan grossos que es veien, fent equilibris entre els rínxols i les trenetes de les nenes.

—Tu creus que no menjarem *injera* mai més fins que tornem a Etiòpia? —va preguntar el Solomon al Siyoum—. A casa meva només menjàvem *injera*!

—I a la meva! —va dir el Siyoum.

—El menjar d'aquí és dolentíssim— va dir un altre nen de la taula.

—I a més ens ho fan menjar amb aquests estris estranys. No entenc per què no ens deixen menjar amb els dits, com hem fet sempre!

—Perquè aquest menjar sempre té suc i no hi ha ni pa ni res, i perquè ens donen els trossos de carn massa grossos...

—Jo vull tornar —va dir el Habtamu, el nen silenciós que també dormia al seu camarot i que, com sempre, no havia menjat res i tenia el plat intacte.

—Doncs encara no hem arribat! —va dir-li el Solomon.

Van creuar-se amb un vaixell de càrrega. Les dues naus van fer sonar les sirenes com a salutació, i alguns nens i nenes van córrer a la coberta a dir adéu els mariners estranyats de veure aquella quantitat de nens africans vestits tots iguals al mig de l'Atlàntic. Les onades eren molt fortes i el vaixell es movia més que als altres mars que havien deixat enrere. A l'Atlàntic van veure pocs dofins, però en canvi van observar les aletes de taurons que els perseguien seguint el seu deixant, sobretot quan els cuiners tiraven les deixalles per la borda cada capvespre.

—Noi, et trobes bé? —va preguntar-li un mariner.

El Solomon estava assegut al terra d'un racó de la coberta, recolzat en una paret, agafant-se els genolls amb els braços i mirant el mar. Havia entès la pregunta però no sabia contestar-la i tampoc no tenia energia per intentar-ho. De fet, no es va moure, va quedar-se immòbil, mirant el mar i sentint l'aire fresc a la cara. El mariner es va ajupir i li va seguir dient coses fins que el Solomon va girar la cara i el va mirar. Era un home molt alt i robust, de pell fosquíssima. Semblava africà, però parlava en castellà.

—He vomitat molt, estic molt marejat... —va dir en amarinya.

—No sé què dius però m'ho imagino. Esteu deshidratats. S'han tornat bojos fent-vos fer aquest viatge en aquestes condicions!

El mariner li va donar la mà i gairebé el va aixecar del terra com si hagués arrencat una ceba. Era un home corpulent, de braços musculosos. El Solomon es va deixar arrossegar per un passadís fins a la cuina del vaixell, on no havia estat mai.

—Què? Un altre? Els penses anar rescatant un per un? No et paguen per això i encara falten molts dies abans no arribem a Cuba! —va cridar un dels cuiners remenant una enorme cassola d'on sortia aquella olor que al Solomon no li agradava gens. L'olor dels *fríjoles*, dels *cocidos*...

—Que se n'ocupi el de la infermeria, que hi és per a això! Molta bata blanca i ho acabem fent tot nosaltres!

—Deixeu-me en pau! —va dir el mariner preparant un got d'aigua amb sucre i alguna cosa més que el Solomon no va veure—. Té, seu aquí i beu-te això.

El Solomon va seure en un banc de fusta d'un racó de la cuina i el mariner al seu costat, observant-lo mentre es bevia aquella beguda de gust amarg dissimulat pel sucre.

—De seguida et trobaràs millor, ja ho veuràs... M'entens?

El Solomon va fer que sí amb el cap.

—S'han tornat bojos! Es pensen que com que són africans els poden fer viatjar de qualsevol manera, com els meus avantpassats quan van sortir de les costes de Ghana per ser venuts com a esclaus!

—Però què dius, Oswaldo? —va cridar un altre cuiner d'aspecte robust i pell fosca—. Ja els hauria agradat als nostres avantpassats fer el viatge com aquests nens! T'asseguro que no van menjar com ells ni dormien en lliteres de llençols blancs, encara que molts dormin de dos en dos o al terra dels passadissos!

—Aquest vaixell té capacitat per a vuit-centes vint persones! Saps quants som?

—Ni m'importa! Només sé que hi ha molts nens malalts i que el de la bata blanca fa dies que no para, amb prou feines dorm, és que no l'heu vist?

—Ara ens surt el defensor del *doctorcito* blanc! Els nostres avantpassats també van viatjar malalts! D'això em queixo! Quants van morir a mig camí de malària i febre groga, eh? Quants?

—Aneu a la merda!

El Solomon va anar-se trobant cada vegada millor i intentava seguir la conversa, que no acabava d'entendre gaire bé, parlaven en castellà i molt de pressa. Quan parlaven semblava que cantessin. Aquells cuiners eren cubans o africans? Si el vaixell es deia *Àfrica-Cuba* i gairebé tota la tripulació era africana, potser Cuba era com Àfrica?

A partir d'aquell dia, quan el Solomon se sentia marejat anava cap a la cuina a demanar la medecina de l'Oswaldo. I quan veia algun dels seus companys vomitant més del compte, també el portava cap a la cuina o avisava l'Oswaldo perquè l'anés a buscar. A vegades, encara que no hagués vomitat, el Solomon i alguns nens més també anaven a la cuina, s'asseien al banc de fusta i escoltaven les històries dels cuiners, que no paraven de xerrar. Cada dia els entenien una mica millor però encara els costava parlar en aquella llengua nova. El professor d'amarinya que sempre llegia també havia descobert la cuina i hi anava a passar l'estona i a practicar el castellà, que ja parlava bastant bé. El Solomon portava la seva llibreta i seguia fent dibuixos amb bolígraf. Retrats dels mariners.

—Aquest vaixell el van construir el 1957 a la Sociedad Española de Construcción Naval a Sestao, a prop de Bilbao. De fet en van construir dos d'iguals al mateix temps, dos vaixells bessons! Aquest es deia *Cabo San Roque* i el seu germà bessó *Cabo San Vicente*... Durant molts anys feien la línia Gènova-Buenos Aires.

L'Oswaldo havia ofert un got de rom al professor d'amarinya, que li havia preguntat per la història del vaixell i el mariner havia accedit encantat a explicar-li tot el que en sabia.

—Posa'm una mica d'aigua que això és molt fort! —va dir el professor, estossegant després del primer glop.

El Solomon escoltava assegut al banc de fusta bevent el remei amb aigua i sucre que també li havia preparat l'Oswaldo.

—El gener de l'any passat era al port d'El Ferrol i un incendi a bord va estar a punt de destrossar-lo. Li va causar molts danys però uns mesos després una companyia holandesa el va comprar i van decidir remolcar-lo fins a Grècia. Van reparar-lo al port del Pireu i li van canviar el nom per *Golden Moon*.

—*Luna de Oro, chico*. Anglès sí que en sabeu, no? —va dir un dels cuiners.

—A Grècia, un cop reparat, el van vendre al govern cubà, que el va incorporar a l'empresa Naviera Mambisa de l'Havana, que és la que ens contracta a nosaltres.

—I li van tornar a canviar el nom —va dir el professor.

—Exactament.

—No entenc per què canvien els noms dels vaixells —va rondinar un mariner que duia una arracada d'or en una orella—. Un vaixell hauria de morir amb el nom amb què el van batejar!

—Li van dir *Àfrica-Cuba*, ja et deus imaginar per què! —va prosseguir l'altre mariner.

El Solomon no sabia per què i mirava l'Oswaldo esperant que ho expliqués.

—Aquest vaixell va portar els soldats cubans cap a l'Àfrica per combatre del costat dels països afins al règim de Fidel Castro...

Les hores es feien eternes. El Solomon estava acostumat a caminar i córrer molt i ara passava gairebé tot el dia quiet. Li feien mal les cames. Dibuixava en un racó, estones llarguíssimes. Ja havia omplert dues llibretes, només n'hi quedava una. Però ja no sabia què més dibuixar. Havia copiat tots els detalls del vaixell i estava cansat de fer retrats. El paisatge era sempre el mateix. Mar. Una extensió de mar d'un color fosc indefinit entre el blau i el negre. Un mar fort i mogut. Se sentia feble i cansat. Com tots els altres. Ja feia molts dies que no hi havia baralles, no tenien ni forces per discutir. Un dels professors d'amarinya llegia llibres gruixuts i mirant al mar, sempre assegut al mateix lloc de la coberta. Els altres professors havien desaparegut, a vegades passaven dies sense que els veiessin ni a l'hora dels àpats. Segurament menjaven amb el capità i la tripulació. Aquell vaixell era com una presó flotant.

Sempre que podia, el Solomon s'acostava a la cuina a escoltar les aventures d'aquells mariners que havien navegat d'un costat a l'altre del món, de Madagascar al Brasil, de Cuba a Hong Kong. Històries de traficants d'esclaus i de pirates, de tempestes mortals, de nits de vent sacsejant vaixells, d'ones gegants batent amb fúria contra tot i de nàufrags rescatats. Un dels mariners, de pell rosada i els cabells llargs i greixosos recollits en una cua, cantava a totes hores i sovint els altres corejaven les seves cançons.

Als capvespres només se sentia el xipolleig de l'aigua i de tant en tant alguns mariners borratxos de rom que cantaven a la claror de la lluna.

—Silenci a coberta! —cridava el capità quan els mariners feien massa escàndol.

Els mariners borratxos callaven i se n'anaven trontollant cap a les seves lliteres, ensopegant amb qualsevol cosa que trobessin al seu pas.

No parava de tossir. El Habtamu tossia cada nit des que van salpar d'Assab. Parlava molt poc i estava malalt des que havien començat el viatge cap a Cuba. Deia que li feia mal el pit, que no tenia gana. Sempre suava i tenia fred. Però aquella nit, la seva tos era diferent. Li costava respirar, s'ofegava. El Solomon s'havia despertat amb aquells sorolls tan anguniosos que feia el Habtamu a l'ofegar-se amb la tos i no podia dormir. Tots els camarots tenien un petit llum de seguretat que no s'apagava mai i el Solomon observava el seu company estirat de cara ell, des del llit de baix de l'altra llitera.

—Habtamu, estàs bé? —va preguntar-li en veu baixa.

La resposta va ser més tos. El Habtamu va incorporarse i el Solomon va aixecar-se per seure al seu costat. Feia molt mala cara, estava molt prim, suava. Petites gotes de suor que brillaven en la seva pell bruna. Va venir-li un altre atac de tos i, quan semblava que estava a punt d'ofegar-se, va escupir sobre el llençol. El Solomon va veure que era sang i va adonar-se que tot el coixí estava ple de taques fosques.

—Siyoum! Werret! Desperteu-vos! —va cridar el Solomon alarmat—. Ei, Siyoum! Em sents? Desperta't!

—Què et passa? —va contestar una veu adormida des del llit de dalt.

—El Habtamu està molt malalt!

—Que està malalt ja ho sabem des de fa molts dies, Solomon! Tinc son! —va dir el Siyoum.

—Treu sang per la boca i s'ofega! I em sembla que té molta febre, està molt calent!

—Doncs com tots els malalts.

—Hem d'avisar algú, avui està molt malament! —el Solomon es va aixecar i va encendre el llum. El Habtamu tossia i escupia i murmurava frases que no s'entenien.

—Ja és l'hora? —va preguntar el Werret mig adormit.

—Werret, el Habtamu està molt malament. Hem d'avisar algú!

La tos i els crits que va fer el nen ofegant-se van fer baixar el Siyoum i el Werret de les lliteres de cop. El Solomon li va posar el seu coixí a l'esquena perquè estigués més incorporat, però el Habtamu va tornar a tenir un altre atac de tos que l'asfixiava. El Solomon li va picar l'esquena i va aparèixer una altra taca de saliva espessa i sangonosa.

—Vaig a buscar el metge o a qui sigui! Si s'ofega piqueu-li l'esquena!

Els passadissos del vaixell estaven en silenci i molt foscos. Els llums de seguretat il·luminaven molt poc. El Solomon recordava vagament on era la infermeria, però no tenia gaire clar com arribar-hi. Va tombar per un passadís i va baixar unes escales estretes. S'havia equivocat. Va desfer el camí fins a la porta del camarot i va seguir pel passadís, però en la direcció contrària. Va tombar a la dreta, va baixar unes altres escales estretes i va fer unes quantes voltes amunt i avall fins que la va trobar. Va picar a la porta amb insistència, fins que li va obrir un home amb calçotets llargs i samarreta i cara d'adormit. Portava barba.

—Què passa, petit? —va dir en castellà.

—El meu company de camarot està molt malalt, està tossint molt i escupint sang! I està bullint!

—Déu meu, un altre! —va dir el doctor—. Espera un moment, ara vinc de seguida!

El Solomon va quedar-se al passadís mentre el doctor es vestia i agafava el maletí. A la nit, la remor del vaixell avançant pel mar era diferent. Semblava com si cada escota, cada barana, cada tauló de fusta de la coberta cruixís, grinyolés, es queixés del vent que bufava amb força. El vaixell es movia bastant.

—Anem!

Van recórrer els passadissos de pressa, sense dir-se res. El Siyoum va obrir de seguida així que el Solomon va picar a la porta. El Habtamu tenia el cap enrere, contra la paret i els ulls mig oberts. El doctor va acostar-s'hi, li va agafar el canell amb una mà i li va posar l'altra al front. Les taques de sang al llençol eren molt visibles.

—Déu meu! Quantes hores fa que està així?

—No ho sabem..., ens hem despertat en sentir que tossia i s'ofegava...

El doctor va obrir el maletí i va preparar una xeringa. El Solomon, el Siyoum i el Werret s'ho miraven asseguts a la llitera del costat.

El Habtamu va tossir, semblava que volia dir alguna cosa però la tos no el deixava parlar.

—Tranquil, no parlis —va dir el doctor—. Respira fondo. T'injectaré un calmant. Et deu fer molt mal el pit... M'entens?

El Habtamu se'l mirava amb els ulls només mig oberts i el cap inclinat. Com si estigués molt lluny.

—Tu, vine, ajuda'm —va dir el doctor al Solomon—. Agafa-li el braç. Així. L'haig de punxar. Ben estirat, amb el palmell mirant cap amunt.

Va passar-li un cotó amb alcohol pel braç i va posar-li la injecció. Després va donar-li aigua per beure, agafant-li el clatell.

—Està molt malalt?

—Em temo que sí.

El Habtamu va començar a tossir molt, s'ofegava, a vegades semblava que deixava de respirar. El doctor li va doblegar l'esquena. Els crits del nen eren esgarrifosos. S'asfixiava.

—Com et dius?

—Solomon.

—Doncs m'ajudaràs a portar-lo a la infermeria. No pot quedar-se aquí, està molt malament. Vosaltres torneu a ficar-vos al llit. Heu de dormir i descansar o també us posareu malalts! I mengeu tot el que us posin al plat, d'acord?

El doctor estava molt seriós. Va carregar-se el Habtamu a l'esquena. No devia pesar gaire perquè no li va costar gens.

—Agafa una tovallola i posa-la aquí, a la meva espatlla. Si tus pel camí li eixugues la boca, procura que no caigui res a terra. Ja pots obrir la porta —va dir el doctor, amb el Habtamu a sobre suat i respirant feixugament.

Van anar cap la infermeria sense dir-se res. Encara era negra nit i no s'havien trobat ningú. Se sentien els motors del vaixell, les onades batent contra el casc i el vent que ho regirava tot. En arribar davant de la infermeria, el Solomon va obrir la porta seguint les indicacions del doctor, que de seguida va estirar el Habtamu damunt d'un dels dos llits que hi havia al fons, en una petita habitació separada de la resta per una porta. Al costat de l'ull de bou, allunyat de la taula de consultes, de l'armari amb la farmaciola i de tot l'instrumental i pots de medecines, hi havia el racó que li feia de dormitori al doctor. Les nits que podia dormir.

—Gràcies, Solomon. Jo me n'ocuparé.

Quan es van llevar, al llit del Habtamu no hi quedava res. Ni rastre de llençols, ni de sang, ni dels coixins i ni tan sols hi havia el matalàs.

—Heu vist qui s'ho ha endut?

Cap de tots tres no havia sentit res, però algú havia entrat de matinada i s'ho havia endut tot.

El Solomon estava assegut en un dels bancs de la coberta mirant els dibuixos del seu llibre de flora i fauna americana. Ja els havia copiat pràcticament tots. I va aparèixer l'Oswaldo.

—*¡Hola, chico!* T'estava buscant!

El Solomon es va limitar a somriure. Entenia una mica el castellà, però li costava molt dir res.

—El doctor vol parlar amb tu. M'ha demanat que et vingui a buscar. T'espera a la infermeria. Ja no et mareges, eh?

El Solomon va fer que no amb el cap. Estava cansat, la nit havia sigut molt curta. Quan va picar a la porta de la infermeria, el doctor va obrir de seguida, va saludar-lo amablement i va demanar-li que segués en una cadira; ell va asseure's en un tamboret.

—Solomon, t'haig de dir que el Habtamu s'ha mort. Tenia una tuberculosi molt avançada, no he pogut fer res...

No era la primera vegada ni seria l'última que al Solomon li deien que algú proper havia mort. Va quedar-se mirant el doctor en silenci, immòbil.

—On és? —va preguntar.

—Aquí, al mateix llit on el vam deixar —va dir, assenyalant amb el cap la porta del fons, que estava tancada—.

Hem cremat els llençols, els coixins i el matalàs i hem llençat les restes al mar. Fa una estona he demanat que desinfectessin a fons el vostre camarot. La tuberculosi s'encomana per l'aire, al tossir i estornudar... Esteu fluixos de defenses i si esteu infectats amb el bacteri podeu desenvolupar la malaltia fàcilment... —va continuar explicant-li el doctor, barrejant castellà i anglès per fer-se entendre.

El Solomon va recordar la tos del Habtamu, com s'asfixiava, la sang que escopia. Per un moment va pensar que es marejava.

—Et volia dir que aquesta nit li donarem sepultura.

—Sepultura? —va preguntar estranyat.

—Sí, al mar. No podem conservar el cos fins que arribem a Cuba... El mar és el cementiri més gran del món. El capità m'ha donat permís per convidar-vos a la cerimònia a tu i els teus dos companys. Però amb la condició que no ho digueu a ningú.

El Solomon escoltava el doctor sense moure ni una parpella, observant la pell fina de les seves mans, la pulcritud de les seves ungles, tan diferents de les dels mariners del vaixell.

—Us vindrem a buscar al camarot després de sopar. Avisa els teus companys, d'acord? I que no s'escampi la notícia. No es pot crear alarma. Confio en tu.

Darrere de la porta tancada hi havia aquell nen tan silenciós i malalt. Mort. Potser hauria hagut d'avisar el doctor abans?

—Han mort més nens? —va atrevir-se a preguntar.

—Per desgràcia, sí... Per desgràcia, sí...

L'*Àfrica-Cuba* estava en silenci i ja era molt fosc. Una bona estona després d'haver tornat de sopar al menjador van picar a la porta del seu camarot. Era el professor d'amarinya.

Van seguir-lo per passadissos i escales fins a la coberta de popa, al costat de la bandera cubana que onejava davant de l'estela que deixava el vaixell, allà on no havien estat mai perquè un cadenat impedia el pas. El capità anava impecable i elegant amb el seu uniforme, i parlava amb el director de l'expedició i els altres professors etíops. Hi havia gairebé tota la tripulació, a alguns mariners no els havien vist mai. Estaven drets, parlant en veu baixa i fumant en petits grups. Quan van ser a prop, es van girar tots cap a aquells tres nens que avançaven en la foscor. Els blancs dels seus ulls confosos es veien des de lluny com si fossin llanternes. L'Oswaldo va saludar el Solomon amb la mà. A un costat, damunt d'una tarima de fusta, hi havia el cos sense vida del Habtamu cobert amb un llençol blanc.

—Passeu, us estàvem esperant —va dir-los el capità—. Podeu posar-vos aquí al davant. Si us plau, avanceu-vos tots, ara mateix començarem.

Els homes van col·locar-se al voltant de la tarima. El Solomon no podia deixar de mirar la silueta del cos que s'intuïa sota el llençol blanc. Devia estar amortallat amb roba blanca? O potser despullat? Se'l menjarien els taurons? Quant trigarien a menjar-se'l? Des del mar també aniria al cel?

—Som aquí reunits per acomiadar en Habtamu Assefa, que ha mort als onze anys en alta mar... —va començar a dir el capità, amb la gorra a la mà.

Després del seu discurs, un dels professors va llegir un text de la Bíblia en amarinya i va començar a cantar una pregària. Tots els etíops presents van afegir-s'hi. El Solomon, el Siyoum i el Werret també. Feia molts dies que no cantaven. Feia molts dies que no resaven.

—Descansi en pau, amén —va acabar el capità.

Dos mariners van aixecar la fusta on reposava el cos del Habtamu per darrere, inclinant-la de tal manera que el cos va relliscar i va caure a l'aigua. Una ombra blanca que s'enfonsava cap a les profunditats de l'oceà Atlàntic. Un soroll sec. I res més.

Una matinada com una altra van aparèixer gavines sobrevolant la xemeneia del vaixell.

—Terra! Terra! —van cridar els mariners.

Encara no havien esmorzat, alguns nens dormien. Les portes dels camarots es van començar a obrir. Era veritat. A l'horitzó, molt lluny, s'endevinava una fina ratlla fosca. Cuba.

Les hores que van passar fins que van entrar al port de l'Havana tocant la sirena van ser les més llargues de totes. Gairebé tots els nens i nenes que hi havia al vaixell van sortir a coberta i, agafats a les baranes, no es perdien cap detall nou de la costa que veien dibuixar-se davant seu cada vegada amb més precisió i més a prop. Ho observaven tot en silenci, molt cansats i alguns mig malalts. Els vents alisis bufaven en direcció a l'illa que els esperava.

Els van fer formar a coberta amb l'uniforme posat i la seva maleta vermella a la mà. I van baixar per la passarel·la del vaixell de dos en dos.

—*¡Hasta la vista, muchachos valientes!* —cridaven l'Oswaldo i els altres cuiners enfilats en una barana.

El Solomon va mirar l'Oswaldo i li va fer adéu. L'Oswaldo li va somriure i també li va fer adéu amb la mà.

—No notes com es mou el terra? —va preguntar-li el Solomon al Siyoum en caminar pel moll ple de grues.

—T'anava a preguntar al mateix. Sembla que tot es mogui encara més que dalt del vaixell!

Hi havia homes pescant amb canya enfilats en un pedrís i barques petites fondejades a la badia de l'Havana. Es veia roba estesa als balcons de les cases baixes, que contrastaven amb altres edificis de pisos més alts i moderns.

—Mira quins cotxes més estranys! I de quins colors els pinten!

La filera de nens i nenes va fer un recorregut molt curt. Uns metres més enllà d'on havia atracat l'*Àfrica-Cuba*, en una esplanada voltada de palmeres, hi havia molts autocars aparcats. El director de l'expedició els esperava que arribessin amb un megàfon a la mà i enfilat, com sempre, al lloc més alt que va trobar: un carro.

—Heu de pujar als autocars tan de pressa com pugueu per continuar el viatge fins al vostre destí. Us aviso que no hi ha lloc per a tots. Els que no hi càpiguen ara s'hauran d'esperar aquí fins que en vinguin més. No trigaran gaire...

El Solomon, el Siyoum i el Werret van ser dels que van quedar-se a esperar. I asseguts a terra, amb la sensació d'estar encara a bord, van veure tres ambulàncies que s'aturaven al davant de l'*Àfrica-Cuba* i els mariners baixant nens i nenes malalts a coll. No van dir res. Van observar tots els moviments dels mariners i els infermers carregant els nens a les ambulàncies i com aquestes s'allunyaven d'allà tocant la sirena.

Van fer tot el trajecte adormits, estaven esgotats.

—Un altre port! Hem anat a l'altre costat de l'illa! —va dir el Siyoum, despertant els altres.

—Com ho saps?

—Pel sol!

—T'ho estàs inventant!

—Creieu que ja hi som? —va preguntar el Werret trencant la discussió entre el Solomon i el Siyoum.

Estaven al port de Batabanó, un petit poble de pescadors de cases de fusta despintades. Hi havia piles d'esponges assecant-se pertot arreu. En baixar de l'autocar, un home que estava a peu de porta els indicava dos vaixells que hi havia atracats al moll. Eren més petits que l'*Àfrica-Cuba*.

—Un altre vaixell? Per anar on? —va preguntar el Solomon al professor d'amarinya que havia fet el trajecte des de l'Havana assegut davant seu.

—A Isla de la Juventud, una illa que abans es deia Isla de Pinos.

—I ens quedarem allà?

—Sí, allà hi ha les escoles. Fi del viatge!

Els supervivents del llarg viatge des d'Etiòpia van anar pujant resignats als dos vaixells per les passarel·les. Eren vaixells sense camarots.

—Això vol dir que no hi estarem gaire estona... —va dir el Siyoum convençut.

—Vols dir?

Es van anar asseient al terra de la coberta, contra la barana, contra les parets, o a dins, en unes grans sales amb bancs. Els vidres de les finestres estaven tan bruts que no deixaven veure gairebé res del que hi havia a fora.

—No hauria imaginat mai que el primer que faríem en tocar terra seria fer més quilòmetres de carretera i tornar-nos a embarcar immediatament... —va dir el Solomon agafat a la barana, dret, al costat dels seus amics.

—Més mar... no puc més...

El Werret feia dies que tenia tos.

—Ja arribem —va dir-li el Solomon animant-lo.

Parlaven en grups petits, sense fer gens de xivarri. L'esgotament els impedia queixar-se. S'ho continuaven mirant tot amb els seus ulls foscos esporuguits. Anaven bruts. Les nenes molt despentinades.

La costa era molt diferent de les altres costes que havien vist fins aleshores. Es veien palmeres i arbres que arribaven fins a l'aigua, platges plenes de gent feinejant entre barques de fusta, amb xarxes, amb caixes plenes de llagostes o peixos. Era un mar amb tons de blaus i de turquesa semblant al mar Roig.

—Creus que aquelles illes petites estan habitades?

—No ho sé —va dir el Solomon, observant els illots que anaven passant de llarg, desbordants de vegetació i palmeres altes. Havien deixat el port de Batabanó molt enrere, tan enrere que pràcticament ja no es veia.

—Per aquí es van amagar molts pirates i corsaris —els va explicar el professor.

—Quan?

—Fa molt temps, fa més de quatre-cents anys! Al fons d'aquestes aigües hi ha molts vaixells enfonsats. La fragata *Cuba*, per exemple... Darrere de cada nom de vaixell hi ha una batalla, un nom d'un pirata, una venjança... El mar de les Antilles era el refugi dels pirates més temuts...

A l'horitzó s'endevinava més costa. L'illa era rodona i no gaire gran, amb muntanyes al centre. Des de lluny semblava una sola muntanya, un semicercle que sortia del mar.

Tres hores després d'haver salpat, van arribar al port de Nueva Gerona. Una banda de música els estava esperant al moll. Estudiants uniformats que van començar a tocar marxes alegres amb trombons, trompetes i timbals. Tota la ciutat, amb l'alcalde al capdavant, havia sortit als carrers per veure arribar aquells nens que venien de tan lluny. Hi havia molta gent saludant-los efusivament des d'un pont. Els crits i l'eufòria contrastava amb les cares serioses i malaltisses dels passatgers del vaixell, el silenci amb què s'ho miraven tot.

—*¡Bienvenidos a la Isla de la Juventud!* —cridava l'alcalde somrient, amb una banda de roba de color vermell creuada pel pit i que li ressaltava la panxa voluminosa.

Quan els van dir que havien de tornar a pujar als autocars que els esperaven al port no s'ho podien creure. Igual que al port de Batabanó, com que no eren suficients els autocars per a tants passatgers, més de la meitat van haver d'esperar asseguts a terra. Els mateixos autocars tornarien a buscar-los després d'haver deixat els seus companys. Era qüestió de poca estona, l'escola estava a quinze quilòmetres.

—No arribarem mai —sospirava el Werret.

Abans de sortir de la ciutat van creuar una avinguda vorejada d'arbres i palmeres amb una església d'estil colonial. La carretera estreta passava entre camps de tarongers i pomelos, i la llum càlida de la tarda feia que aquell paisatge de colors vius semblés una pintura. A un costat de la carretera hi havia una filera infinita de pals de fusta que portaven la línia telefònica. De tant en tant avançaven un carro estirat per un cavall que transportava gent i paquets, o homes que tornaven dels camps amb bicicleta. Tothom els saludava.

—Aquí teniu l'Escuela Karamara número 16 —va dir el conductor.

Karamara era el nom d'una muntanya etíop. La que es trobava als afores de la ciutat de Jijiga, on els soldats etíops i cubans havien vençut els somalis feia pocs mesos. Aquella escola formava part de l'Esbec, l'Escuela Básica Secundaria en el Campo. Havien preparat sopar per a tots.

—Les taules es mouen i els bancs també! Ho noteu?

S'agafaven a la taula com si haguessin de caure.

—Estic marejada —va dir una nena, amb el cap sobre la taula, recolzat als braços.

Després dels *fríjoles*, mentre es menjaven una taronja, el director de l'expedició i el director de l'Esbec es van enfilar en unes cadires amb el megàfon per donar-los la benvinguda formalment.

—En aquest edifici s'hi quedaran els sis-cents alumnes més petits, els que estudiaran quart, cinquè i sisè grau.

El cubà ho deia en castellà i l'etíop ho anava traduint a l'amarinya.

—Després de sopar, els altres tornaran a pujar a les *guaguas* per anar a l'edifici de l'Escuela Mengistu Haile Mariam número 43.

—Què són *guaguas*? —va preguntar un nen en veu baixa.

Esbec 43. Aquella seria l'escola del Solomon. El govern de Fidel Castro posava dues escoles senceres al mig d'una petita illa de forma rodona al sud de Cuba a disposició d'aquell miler d'estudiants etíops. Els discursos van continuar explicant com seria l'ensenyament que rebrien i què s'esperava d'ells, però estaven massa cansats per entendre res, ni tan sols en amarinya.

Hi havia dos edificis. Al de dues plantes, les aules, i a l'altre, de tres plantes, els dormitoris. Un passadís unia els dos edificis per la segona planta, com si fos un pont cobert. Tres dormitoris eren per a les noies i cinc per als nois.

—Aquí hi caben setanta nens! Vinga, aneu entrant i ocupant les lliteres! —deia un professor aixecant la veu.

El Solomon es va instal·lar en un llit de baix. Al llit de dalt de la seva llitera hi va pujar el Siyoum i al del costat, també a baix, el Werret. No es van ni rentar les mans ni van treure's la roba. Van estirar-se al llit i es van adormir de seguida, sense ni parlar. Necessitaven sentir que estaven en terra ferma. Que havien arribat. El Solomon es va adormir agafat al coixí, pensant que aquella illa es movia igual que el vaixell i amb totes les imatges d'aquell llarg viatge al cap.

Feia calor, molta xafogor. A les aules hi havia ventiladors al sostre, però a certes hores del dia no servien per a gran cosa. El Solomon seguia sent tan bon alumne com havia estat a l'escola d'Addis Abeba. Estava molt atent a la classe, estudiava als vespres i feia tots els exercicis que els manaven. El primer semestre només farien classes de castellà i treballarien als camps de cítrics. Tenien els uniformes d'estudi i la roba del camp, amb botes d'aigua baixes com les que també es feien servir als camps d'Etiòpia. Segons les edats, havien de fer una feina o una altra. Al Solomon li havien donat una falç perquè tallés les herbes que creixien entre els tarongers. Hi havia llargues fileres de tarongers i centenars de nens i nenes tallant les herbes i apilant-les a les vores. Quan s'assequessin, les cremarien.

Pocs dies després d'haver arribat, dos metges van anar a l'Esbec 43 per fer un reconeixement a tots els nens i sobretot per fer-los la prova de la tuberculina. Van fer una fila al menjador per passar un per un pels metges, que els feien una petita punxada entre el canell i el colze.

—Si d'aquí a uns dies se t'ha inflat el braç on t'he punxat, avisa de seguida els professors —repetien cada vegada.

El viatge havia estat un gran trasbals per a tots, alguns encara no l'havien superat. Tenien malsons de vaixells que s'enfonsaven al mar, de taurons que saltaven a la coberta i els atacaven. La majoria enyorava les seves mares i plorava a les nits sense cap vergonya. El Solomon no podia treure's del cap la sang que escupia el Habtamu ni podia deixar de preguntar-se quins peixos se l'haurien menjat. També recordava l'últim somriure de l'Aster al descampat de Jan Meda, quan ell ja havia pujat a l'autocar, les cançons que li cantava la Maskarem, les últimes paraules del seu pare abans de marxar amb l'exèrcit a Somàlia, i la mirada de la seva mare abans de morir i el dibuix del seu tatuatge al front. Però no sentia enyor, era un sentiment molt més fort. Volia aprendre tot el que pogués en aquell lloc tan estrany i llunyà, volia ser un bon estudiant, com era el desig dels seus pares. El tros de fusta de sàndal encara feia olor i si doblegava una fulla de la branca d'eucaliptus també podia sentir l'aroma intens. A vegades s'asseia al llit i, amb els ulls tancats, recordava el seu món dels turons d'Entoto, com si seguint els rastres de sàndal hi pogués tornar.

Al Werret li havia sortit un bony al braç de seguida. Estava infectat de tuberculosi. Havia de prendre medicaments i no podia treballar al camp, com tants altres nens i nenes que també estaven malalts i molt febles.

—Aquí us curareu, no patiu —deien els metges quan anaven a visitar-los—. Tenim bon clima i aigües medicinals.

A les habitacions hi havia altaveus a través dels quals, a les sis del matí, sonava una música per despertar-los. A tres quarts de deu de la nit els avisaven que faltaven quinze minuts per apagar el llum.

—Va, que tanco! —va dir el nen a qui li havia tocat ser l'encarregat de l'habitació.

Passaven els mesos i s'anaven acostumant a la rutina de la nova vida. Als matins, un grup formava al so d'una música etíop abans d'anar a classe, mentre un altre grup se n'anava als camps a treballar. Després de dinar era a l'inrevés. Els que havien treballat formaven per anar a classe. Les aules estaven sempre obertes per a qui volgués anar-hi a estudiar, a escriure o a llegir.

—Tadele Alamnu, Solomon Teferra i Bisrat Meskel. Passeu a recollir les vostres cartes al passadís central, davant del menjador. Repeteixo: Tadele Alamnu, Solomon Teferra i Bisrat Meskel...

La melodia de la megafonia posava tothom en alerta. Sempre podien comunicar una bona notícia com aquella. El Solomon va deixar el llibre que estava llegint i va baixar corrents a buscar la carta de l'Aster. Era molt emocionant rebre una carta amb segell d'Etiòpia, olorar el sobre i el paper buscant rastres d'algun aroma familiar. L'Aster li explicava la seva vida a Addis Abeba, s'havia traslladat al barri de Shiro Meda, a casa d'uns coneguts. No era prudent viure sola als turons d'Entoto. Ell li contestava la carta de seguida, el mateix dia que la rebia, encara que sabia que trigaria molt a rebre una resposta. Els *pesos* mensuals que els donaven només se'ls gastava en segells.

Feia gairebé dos anys que el Solomon vivia a Isla de la Juventud quan un dia el van animar perquè deixés els llibres per unes hores i anés al cine.

—Vinga, Solomon, para d'estudiar, que et sortirà fum del cap! —li va dir el Siyoum, que formava part del grup de nois que sempre s'estaven divertint. Havia arribat un segon grup amb un miler més d'etíops de totes les edats i hi havia molta activitat. Van anar des de l'Esbec 43 fins al centre de Nueva Gerona amb una *guagua* que duia la música amb el volum altíssim. L'Esbec tenia dos autocars petits sempre aparcats al pati de l'entrada. Alguns caps de setmana els portaven a la platja o a Nueva Gerona a passar la tarda.

—On anem?

—Al Cine Caribe!

El Solomon no s'havia atrevit a dir-ho als altres, però no havia anat mai al cine. Aquella seria la seva primera vegada. A Addis Abeba no estava gaire ben vist anar al cine. El seu pare sempre deia que el cine només era per als rics o per als esgarriats. La pel·lícula tenia un títol molt estrany: *La cámara 36 de Shaolin.* I li havien dit que era de kung-fu, que tampoc no sabia què era. Quan es van apagar els llums i van aparèixer les primeres imatges, el Solomon no podia creure el que estava veient. De seguida es va deixar endur per la història de San-Te, un estudiant xinès a qui els manxús havien assassinat la família i que acabava vivint amb els monjos del temple de Shaolin, on l'entrenarien en l'art del kung-fu al llarg de trenta-cinc cambres... El Solomon tenia la sensació que havia d'esquivar els cops i les puntades de peu dels protagonistes o li farien mal a ell, i no parava de moure's a la butaca.

—Que t'estiguis quiet, Solomon! Que només és una pel·lícula! —li va dir el Siyoum rient i en veu baixa.

—Com és que parlen en castellà si són xinesos?

—Que calleu! —va dir un altre.

En sortir del cine, el Solomon tenia tan presents aquelles imatges i totes les claus de les arts marcials que li semblava impossible que res d'allò no hagués estat cert. Aquella impressió li va durar molt i els dies següents li va costar concentrar-se a classe i no pensar en les claus de kung-fu. Encara que no volgués, li venien a la memòria les peripècies del San-Te per superar les proves que li posaven els monjos del temple de Shaolin.

La vida a l'Esbec era dura. Els exigien molt a classe i els exigien molt al camp. També s'havien d'ocupar de la seva roba, posar-la en sacs, portar-la a la bugaderia, estendre-la, recollir-la... Els grans, de setze, disset i divuit anys, abusaven dels petits i els obligaven a portar la seva roba a rentar i tornar-la ben seca i plegada, amb l'amenaça de pegar-los si no ho feien. S'havien format bandes entre els més grans i hi havia moltes baralles. Estava prohibit fumar, però els grans fumaven. I a vegades, com a venjança, els petits els delataven. El Solomon no era ni dels grans ni dels petits. Sempre estava al mig, i això el salvava i el feia força invisible. A Isla de la Juventud hi havia diferents Esbecs amb estudiants d'orígens diversos. D'Angola, de Namíbia, de Moçambic, de Nicaragua... La que estava més a prop de la seva escola era la dels moçambiquesos. La distància no arribava a cinc quilòmetres i com que al Solomon li agradava molt caminar i córrer, hi anava molt sovint, als capvespres, quan estava permès. A vegades sol, a vegades en grup. Sempre hi havia nois i noies caminant d'una Esbec a l'altra. Quan ja era fosc, pels marges de les carreteres es veien les ombres de les parelles abraçades. Parelles d'etíops, amors adolescents acabats d'estrenar entre tarongers i pomelos caribenys.

—Quan acabeu la Secundària anireu a estudiar a l'Havana —va explicar-los un dia el director de l'Esbec 43—. Encara us falten gairebé quatre anys, però cal que hi aneu pensant.

—Jo no tinc ganes d'anar enlloc més —va dir el Solomon en veu baixa al noi que seia al seu costat.

—Quan arribi el moment —va continuar explicant el director— us donarem les llistes amb les carreres que podreu estudiar a la universitat, i haureu d'escollir-ne les tres que us interessin més per ordre de preferència. Aconseguiran les primeres opcions els que tinguin més bones notes i, per tant, més punts.

El professor d'amarinya que llegia a la coberta de l'*Àfrica-Cuba* sempre li deia al Solomon que amb les notes que treia podria arribar a ser el que volgués. Aquell mateix professor va ser qui li va ensenyar com funcionava la biblioteca de l'escola i qui li va recomanar la primera novel·la que va llegir en castellà.

—Té, aquesta t'agradarà —va dir-li un dia, de cop i volta, donant-li un llibre de tapes gruixudes. Si jo l'he pogut llegir en castellà tu també podràs, ja en saps més que jo!

—*L'illa del tresor*, Robert Louis Stevenson... Gràcies. El títol m'agrada.

El Solomon va passar hores i hores llegint, assegut a terra, contra el tronc d'un taronger. Les aventures d'en Jim Hawkins per trobar el tresor del mapa del capità Flint en una illa tan rodona i tan semblant com l'illa on ara vivia el van captivar des del primer capítol. Durant uns quants dies només esperava els moments de lleure per poder submergir-se en la lectura. El protagonista d'aquella novel·la era un adolescent orfe que s'havia embarcat fins a les Antilles, igual que ell. *L'illa del tresor* va canviar moltes coses, sobretot la seva relació amb el mar. Sempre que podia, anava a la platja per contemplar l'horitzó, imaginant la silueta de *La Hispaniola*, la goleta de tres pals amb la qual en Jim Hawkins va arribar a l'illa. *La Hispaniola*, amb les seves veles i incomoditats, no era l'*Àfrica-Cuba*, però el Solomon se sentia totalment identificat amb aquella història.

Arquitectura. Va ser la seva primera opció i la carrera que va començar a estudiar a l'Havana. Amb els anys, havia anat omplint llibretes de dibuixos de cases que copiava a Nueva Gerona o als pobles de l'interior de l'Isla de la Juventud, de cases que recordava haver vist a Etiòpia i d'altres que s'inventava. Quan va arribar el moment, va ser fàcil decidir que volia ser arquitecte. L'Havana era una ciutat amb molta vida, però ell seguia vivint al marge de tot el que no fossin els estudis. Seguia sent el noi reservat de sempre. Els havien instal·lat a la residència universitària. Una petita ciutat dins de la ciutat. Compartia l'habitació amb tres estudiants més: el Siyoum, un altre etíop que es deia Girma i l'António, que era angolès. Tots estudiaven carreres diferents. Rebien seixanta *pesos* i vuit paquets de tabac al mes i podien mirar la tele en una sala comunitària.

—T'interessaria guanyar uns quants *pesos* més? —va preguntar-li el Girma.

El Solomon llegia estirat sobre el seu llit. Va apartar la vista de la pàgina i va mirar el seu company d'habitació amb un somriure.

—Ara de què es tracta? Sí, a tots ens interessaria guanyar uns quants *pesos*, però depèn de com!

—Ei, nois! L'arquitecte ha demostrat una mica d'interès! Festa!

El Girma va asseure's al llit del Solomon i va encendre una cigarreta, encara que no estigués permès fumar a les habitacions.

—T'ho explico, és el negoci més fàcil i divertit que mai t'hagin proposat —va dir després de treure el fum amb gest teatral—. Resulta que hi ha molts cubans que reben dòlars de Miami. Diners il·legals, és clar, dòlars dins de cartes i paquets que els envien els seus familiars. I resulta que els cubans no se'ls poden ni gastar ni canviar, perquè està prohibit. Només els estrangers poden comprar amb dòlars als *duty free shops* de l'Havana...

El Solomon va tancar el llibre i es va asseure recolzant l'esquena a la paret.

—Si nosaltres entrem al *duty free shop* de La Giraldilla o al Siemens Club, per exemple, a comprar pantalons texans, o un aparell de ràdio o samarretes i camises americanes d'aquestes que tenen lletres brillants al davant, i paguem amb dòlars, ningú no ens dirà res, perquè som etíops... Ho vas captant?

—Més o menys, segueix explicant a veure si li trobo la gràcia al teu negoci...

—Uiii! —va dir l'António—, ja has perdut un candidat, Girma!

—Deixeu-me acabar! Mira, Solomon: un cubà ens passa dos-cents dòlars per gastar en un *duty free shop* i ens demana texans, samarretes i aparells electrònics. Per cada dòlar que aconseguim gastar i entregar-li en forma de compra ell ens dóna un *peso*. Un contra un. Què et sembla? Fàcil, no? I ens ho repartim entre els que hem participat en l'operació.

—Facilíssim! Però per què em necessiteu?

—Resulta que últimament la policia sospita que els etíops som *jinetes*, que és com ens anomenen als que es dediquen a aquest negoci. I ens esperen a la porta de les botigues... Necessitem ampliar l'equip, cal que tinguem més aliades entre les dependentes, que algú més vigili que no vingui la *fiana*...

—La *fiana*?

—La policia! Hauries de sortir més, que no saps ni com parlen els cubans del carrer!

—I què passa si la policia us atura?

—Depèn... L'altre dia se'ns va acostar un policia i després de regirar la compra em va preguntar: «Per què necessites vint pantalons de la marca Magnum?» I jo li vaig contestar que era l'encarregat del campus i comprava roba per a tots els estudiants. A canvi de donar-li tres pantalons, em va deixar marxar! Si és divertidíssim, és com una obra de teatre!

Dedicar-se a les activitats del mercat negre de l'Havana no li interessava, però el Solomon començava a pensar en el retorn a Addis Abeba, en els pocs *pesos* que tenia per a qualsevol cosa que volgués fer. Els seus companys d'habitació li explicaven les seves operacions com si fossin els protagonistes d'una pel·lícula d'acció americana de les que podien veure a la tele els dissabtes al vespre. Trucaven a les seves aliades des d'una cabina telefònica del carrer per preguntar com estava el panorama, es repartien la compra entre tots en bosses i sortien en direccions diferents...

—Si em necessiteu algun dia podeu comptar amb mi —va dir el Solomon de cop i volta un matí, deixant totalment sorpresos els seus companys.

La següent operació consistia a gastar cent cinquanta *pesos* en roba de noia i van decidir que hi aniria el Solomon sol, perquè cap dependenta no el coneixia. El Solomon anava vestit molt discret, amb la roba que els donaven a l'Esbec. Roba cubana senzilla, no com el Girma, el Siyoum i l'António, que es vestien amb els pantalons texans de marca que es compraven i samarretes de colors vius i paraules impreses en anglès.

—Has de dir que tornes a Etiòpia i els vols portar un bon regal a les teves germanes i cosines! —va dir rient el Siyoum.

El Solomon va entrar sol al *duty free shop* de l'Havana Vella. Nerviós. Va anar de seguida cap on hi havia la roba de dona i no sabia per on començar.

—Et puc ajudar? —va preguntar-li una dependenta somrient.

—Suposo que sí...

Va aconseguir sortir de la botiga amb samarretes amb lletres platejades, vestits d'estampats vistosos i ulleres de sol modernes. Els seus companys l'esperaven en una gelateria que hi havia dos carrers més enllà. Pels carrers estrets de l'Havana Vella no hi podien passar els cotxes, només carros i bicicletes.

—Bravo! L'arquitecte ho ha aconseguit!

El Solomon va cobrar els *pesos* que li corresponien, molts més dels que podia estalviar en uns quants mesos.

—Em sembla, Girma, que les dependentes de les botigues són més aliades dels policies que nostres —va dir el Siyoum un vespre, després d'haver hagut de donar tota la compra als homes vestits de paisà que els esperaven a la porta de la botiga.

—Com vols que siguin aliades de la *fiana*! No vas veure com ballava amb mi la Graciela? Ha sigut mala sort i prou!

Però a partir d'aleshores, cada vegada els aturaven a la sortida de les botigues i els prenien tota la mercaderia. El Solomon no ho veia clar i va decidir no participar en cap operació més. Finalment, un dia van detenir el Girma, el Siyoum i l'António. I més tard els van expulsar de Cuba. El Girma i el Siyoum van tornar a Addis Abeba en un vol regular pagat pel govern etíop.

Estudiar i gaudir de totes les facilitats. Això era l'únic que feia el Solomon. Els millors estudiants de l'últim curs de cada carrera començaven a rebre propostes perquè es quedessin a Cuba a treballar o a seguir estudiant i investigant, sobretot en el cas dels científics. I alguns, que no tenien un interès especial per tornar a Etiòpia, on ja no els esperava ningú, havien acceptat. Algunes noies etíops s'havien enamorat de cubans i també van decidir quedar-se. Però el Solomon tenia clar que volia tornar a casa. Aviat faria deu anys que s'havia embarcat al port d'Assab i si trigava gaire temps a tornar hauria passat més temps a l'illa caribenya que a la seva terra. Enyorava l'aroma del cafè torrant-se, l'olor de la fusta d'eucaliptus acabada de tallar i del sàndal cremant.

Els vols xàrter d'Ethiopian Airlines van omplir-se amb els graduats d'aquell curs. Totes les maletes duien un títol emmarcat a dins. Els del Solomon i el Werret també. De l'Havana a Berlín, i de Berlín a Khartum, on una tempesta de sorra els va retenir gairebé tot un dia. En tornar a enlairar-se, van poder veure el Nil majestuós travessant la capital sudanesa i tots els ponts que el creuaven. Quan van aterrar a Addis Abeba, plovia.

SEGONA PART

Los Angeles, 2004

El recinte de l'hotel Bel Air estava en silenci. Semblava que no hi hagués ningú, però hi havia molta activitat. Activitat silenciosa i eficaç. Eren molts els actors i les actrius de Hollywood que no tenien casa a la zona que s'hi allotjaven mentre duraven els rodatges o les promocions de les seves pel·lícules, o els càstings especials, o les reunions amb productors i directors per acabar de concretar nous projectes. Els seus secretaris particulars també s'hi allotjaven i eren els que anaven i venien pels jardins laberíntics del recinte, amb el telèfon mòbil en una mà i documents a l'altra. L'hotel consistia en un conjunt d'edificacions baixes, d'un o dos pisos, que s'estenien per una zona enjardinada amb moltes flors, rotondes amb fonts al mig, bancs per seure, sortidors als racons... La recepció era un sol edifici, com una petita casa, amb la llar de foc sempre encesa, fes fred o no en fes. El menjador principal era en un altre edifici, també amb llar de foc encesa a perpetuïtat. El gimnàs, les sales de reunions... Era com un hotel tradicional i d'estil molt anglès però col·locat per parts en aquell indret amagat de tothom. L'entrada, a peu d'una carretera poc transitada del luxós barri de Bel Air, no cridava gens l'atenció excepte per l'uniforme fosc i elegant dels conserges que s'estaven allà drets. Els taxis de color blau de la zona de Bel Air, els cotxes luxosos amb xofers o les limusines paraven davant del que semblava un bosc, i els que en baixaven desapareixien per un pont cobert que creuava un petit riu ple d'ànecs i cignes blancs i ningú no podia imaginar on anaven. Era un dels racons més privats de Los Angeles.

La Muna estava sola a la piscina. Un cambrer li havia deixat un suc de mango fresc a una tauleta al costat de la seva gandula tal com li havia demanat feia una estona. Tot era perfecte. El blau del cel, la temperatura de l'aigua, els jardins de gespa acabada de segar i amb flors de tots colors perfectament cuidades, el silenci... Des de dins de la piscina, la Muna contemplava les palmeres californianes alhora tan semblants i tan diferents de les palmeres índies. Ja feia deu dies que estava instal·lada a l'Hotel Bel Air per a la promoció de la seva última pel·lícula. Hi tenia un petit paper. Ella ja era massa gran per ser la protagonista principal d'una pel·lícula comercial de Hollywood, però també era massa gran per ser la protagonista de qualsevol producció de Bollywood i poder seguir el ritme dels directors de dansa, sempre tan exigents. El seu cos ja no tenia l'energia ni la flexibilitat dels vint anys, ni dels trenta. I sense dansa no hi havia pel·lícula. Quaranta-tres anys eren molts anys als ulls dels productors de cinema, fossin americans o fossin indis. Però també eren uns quants per a ella, que sentia el pes de tota una vida viscuda intensament.

A Hollywood hi havia arribat massa tard. Ara era el moment de l'Ashwarya Rai, la Vimana Kadamba, la Khushboo i l'Anita Madurai, i ella els feia costat. La Muna havia rodat trenta-nou pel·lícules. Eren moltes, potser massa. Per més que totes s'assemblessin, trenta-nou pel·lícules volia dir moltes coreografies, moltes hores d'assajos, molt entrenament físic per poder ballar bé, per poder fer tots els moviments amb agilitat, moviments que a vegades eren gairebé com acrobàcies de circ. Ballar gràcilment fent veure que cantava sense deixar de somriure. D'altra banda, un playback creïble també suposava moltes hores d'assaig.

Havia estat una de les primeres estrelles índies a fer el salt a Amèrica i tot i haver-hi arribat sent massa gran, li feia il·lusió poder viure aquella experiència. A l'Índia era l'actriu més famosa de Bollywood i Bollywood estava de moda. Mai no hauria imaginat que les seves pel·lícules es trobarien a tot el món. Els seus fans s'acostaven cada dia fins a la seva casa de Juhu, un dels barris residencials de Mumbai, al costat de la platja, per intentar veure-la ni que fos un instant, entrant o sortint. Per sort, a casa seva hi tenia treballant gent que l'estimava molt, eren molt més que guardes, jardiners o cuineres, eren com la seva família. I tots vetllaven per protegir la seva intimitat. Alguns deien que els fans de la Muna Kulkarni eren molts més que els de l'Amitabh Bachcham, que era l'actor més famós del país, que tot i tenir més de seixanta anys seguia aixecant passions i molta gent el tractava com un guru. Tant era així que Bachcham obria la seva casa una vegada al mes perquè tothom qui ho volgués, vells i nens, cecs i tolits, rics i pobres, poguessin visitar-lo. S'hi acostaven esperant la seva benedicció, li tocaven els peus en senyal d'adoració. La imatge de la Muna i la d'Amitabh Bachcham es podien contemplar per totes les grans ciutats de l'Índia. Els seus rostres somreien des de les tanques publicitàries dels carrers, als anuncis de cotxes o d'assegurances... La Muna havia anat reduint la seva presència als programes de televisió i a les revistes, però durant anys no va tenir més remei que anar de l'un a l'altre, d'una entrevista a una altra. I això feia que tothom la reconegués, anés on anés. A internet hi havia més de quinze mil webs dedicades a ella i les seves pel·lícules. Totes fetes pels seus fans menys una, la que es deia «web oficial», que havia creat el Charlie, el seu agent americà. La Muna Kulkarni era més que una gran estrella de cinema. Era un mite, era l'exemple de l'èxit d'una dona que havia passat de no tenir res a tenir-ho tot. I d'una persona que no havia oblidat d'on venia, per més que hagués arribat a dalt de tot.

—Té un fax urgent, senyora Kulkarni —va sentir que li deien.

—Gràcies, deixi'l a la tauleta, ara surto de l'aigua.

Va sortir tranquil·lament de la piscina i de reüll va mirar de qui era el fax. Amb un somriure instal·lat als llavis va eixugar-se amb una tovallola blanca, es va asseure a la gandula sota l'ombra del para-sol, va beure's la meitat del suc de mango d'un sol glop i va disposar-se a llegir el text que havia rebut.

Hola, mom!

Com estàs? No t'envio cap e-mail perquè ja sé que ni els mires, això dels ordinadors ho portes fatal! I en canvi aquest fax te'l faran arribar allà on siguis de seguida en temps rècord! He aprovat tots els exàmens!! He pensat que et faria il·lusió saber-ho! Ara tindrem catorze dies de vacances i ja els tinc tots ocupats entre els partits de tennis i el campionat de criquet de l'escola. Estaré a casa tots els dies de festa, ja tinc ganes d'estar a la meva habitació! I així donaré una mica de feina a l'Aditi! Diu que quan no hi sóc i no ha de cuinar per a mi s'avorreix! El pare està tan ocupat com sempre però troba temps per anar a jugar a golf amb el Paul i el Rajvinder i la resta del grup, i em sembla que no et troba a faltar. Espero que et vagi bé per Los Angeles i que la pel·lícula tingui èxit! La propera vegada vindré amb tu, d'acord? Truca'm quan tinguis un moment, que sempre m'equivoco en calcular la diferència horària i no et vull tornar a despertar al mig de la nit! T'estimo molt! Torna aviat!

Arun

Va quedar-se mirant els arbustos d'hibiscs vermells ben oberts que vorejaven la piscina amb el fax a la mà. Sabia que havia arribat el moment de posar ordre al seu passat més llunyà. Ja no podia ni calia endarrerir-ho més. Havia arribat el moment que sempre havia desitjat, el moment perfecte.

El Kevin l'esperava fora del cotxe negre, el Lincoln Town que la duia d'un lloc a l'altre de Los Angeles, sempre net i brillant com si s'estrenés cada dia, amb la tapisseria de pell també negra i lluent. Des del seu primer viatge a Los Angeles, el Kevin havia estat el seu xofer. Anava vestit d'uniforme, amb camisa blanca impecable i corbata de ratlles fines.

—On anem, senyora Kulkarni?

—A William Morris —va dir la Muna entrant per la porta del darrere del cotxe i tancant-la decidida.

—Vol escoltar alguna música?

—Sí, posa el disc del Jagjit Singh, si us plau.

—Ara mateix, senyora Kulkarni.

El Kevin va conduir Bel Air avall pels revolts suaus que passaven per davant de mansions amb jardins espectaculars de cantants, actors, actrius i directors de cine coneguts arreu del món, fins que van arribar a Beverly Hills amb la veu del Jagjit Singh i el ritme suau de la percussió índia, el so indescriptible de la *tabla*. A la Muna sempre l'havia impressionat que la seva agència tingués un carrer amb el seu nom. El Charlie Shawn era el seu agent des de feia molts anys, des de molt abans de rodar la seva primera pel·lícula fora de l'Índia. El Charlie no tenia ni quaranta anys però en feia gairebé vint que treballava a William Morris. Havia començat a treballar a l'agència com a estudiant en pràctiques, al despatx d'un dels agents més importants. Estava acostumat a tractar amb els actors i actrius que estaven més amunt i noms com Catherine Zeta-Jones o Russell Crowe no l'impressionaven gens ni mica perquè ell els havia vist passar de l'anonimat absolut a la fama mundial pas a pas. Quan el van nomenar agent i el van autoritzar a crear la seva pròpia cartera de clients, el Charlie va tenir clar que el futur estava fora dels Estats Units i que calia representar talents d'altres continents i cultures. Era l'agent més excèntric de l'empresa, però aportava grans beneficis i li deixaven fer el que volgués i triar els seus representats segons els seus propis criteris. Era un gran seguidor del cinema de Bollywood i un bon dia es va presentar a Mumbai disposat a convèncer la Muna Kulkarni i un parell més d'actors de moda a l'Índia que es deixessin representar per ell des de Los Angeles.

Van passar per davant de l'hotel on suposadament es va filmar *Pretty Woman* i de seguida el Kevin va tombar cap a la dreta, per William Morris Road. La Muna va haver de donar-se a conèixer als recepcionistes de l'entrada. Mai no sabia si era veritat que cap d'ells no la reconeixia o si aquella actitud distant estava inclosa en el contracte d'aquells joves nois i noies amb auriculars minúsculs i micròfon sense fil que atenien els visitants i la centraleta telefònica com en una pel·lícula de ciència-ficció. Dins d'aquell edifici hi havia més de cinc-cents agents que treballaven per a tota mena d'artistes. En pocs minuts, el Charlie va sortir d'un dels ascensors disparat cap a ella, al mig del vestíbul.

—Muna! Quina sorpresa! Però que preciosa estàs! Sempre tan elegant! Estàs divina amb aquest *salwar kameez*, *darling*! I segueixes apareixent sense avisar...

—Ja saps que em costa això de demanar-te cita quan sóc tan a prop, Charlie! Pots dedicar-me una estona al teu despatx o et rapto i marxem d'aquí? No puc esperar que trobis un moment per venir fins a l'hotel i em queden pocs dies a Los Angeles...

—Estava acabant una reunió amb una persona que, per cert, m'agradaria presentar-te. De fet no entenc com és que no us coneixeu! Pugem a dalt i després sortim a prendre alguna cosa tots tres, et sembla bé?

El Charlie parlava sempre de pressa i prenia les decisions en tan pocs segons que era impossible portar-li la contrària.

—Vaig de bòlit, Muna, no et pots imaginar com, però ja no ve d'aquí! La setmana vinent me'n vaig de vacances i totes les urgències i problemes sorgeixen al mateix temps!

El despatx del Charlie, gairebé davant de la porta de l'ascensor, a la segona planta, era molt petit. Tots els despatxos d'aquella empresa eren molt petits encara que els qui hi treballaven tinguessin grans responsabilitats i aportessin molts beneficis. Asseguda en un petit sofà entapissat de verd fosc, hi havia una dona més jove que ella, vestida amb uns texans estripats que cridaven l'atenció i una camisa blanca clàssica amb les mànigues arremangades per sota el colze.

—Et presento la Nighat Nawaz.

La Nighat ja s'havia aixecat en veure'ls entrar i va donar-li la mà a la Muna.

—És honor poder-la conèixer, senyora Kulkarni.

—Muna, digue'm Muna, si us plau. Ets índia?

—Sí. Sóc de Delhi, però visc a Mumbai.

—I és una de les millors directores de fotografia que hi ha! Si no, el temps ho dirà! Quan m'han avisat que eres aquí i la Nighat m'ha dit que no us coneixíeu he pensat que no podia ser!

Van caminar tots tres Rodeo Drive amunt, aturant-se davant d'alguns aparadors de les marques de roba més famoses, criticant els models i sobretot els preus. La Muna s'havia mantingut fidel a l'estil indi i als dissenyadors del seu país, que li feien roba exclusivament per a ella i convertia en tendència de seguida. Van arribar a la cafeteria preferida del Charlie de tot Beverly Hills, un barri que semblava més un decorat d'anunci publicitari que un lloc per viure-hi o treballar-hi. Res no era ni semblava de veritat. Es van poder asseure en un racó discret i de seguida els van demanar què volien.

—M'havies vingut a veure per algun motiu especial, Muna?

—De fet, sí, però no té res a veure amb la feina ni amb el cine. Té a veure amb el meu passat. Havia pensat que tu em podies ajudar, ets la persona més eficaç i perseverant que conec. Molt més que el meu marit, que ja és dir!

—Si heu de parlar de coses vostres me'n vaig...

—No, si us plau, queda't! El Charlie fa anys que em coneix i sap moltes coses de mi. Però n'hi ha una que no sap i no em fa res explicar-te-la a tu també! Em sembla que no t' he parlat mai de la meva germana Sita...

—No sabia que tinguessis una germana.

—Si és que encara la tinc... Jo tenia cinc anys quan ella va néixer i vuit anys quan se la van emportar unes monges pel camí polsegós del meu poble. Des d'aquell dia no l'he oblidat. I ara necessito saber què li va passar, si està viva o morta.... I si viu, necessito saber com li ha anat la vida... I si li ha anat malament, m'agradaria ajudar-la. La vaig cuidar des del dia que va néixer i l'hauria seguit cuidant si no se l'haguessin endut...

—Estàs dient que vols buscar una germana que no has vist des de fa més de trenta anys i que no saps on va anar a parar quan se la van endur? I si ha canviat de nom? I si no està ni censada, com tants milers i milers d'indis?

—Necessito descobrir què li va passar.

La cambrera va aparèixer amb tres copes de gelat de vainilla i tres cafès. Per l'expressió de la seva cara va reconèixer la Muna (i també al Charlie, que era un client habitual), però no va fer ni el mínim gest o comentari, igual que els recepcionistes de William Morris.

—Però, Muna, és molt difícil! L'Índia té mil milions d'habitants! I per què la vols buscar precisament ara?

—Perquè ara m'ho puc permetre. Ha arribat el moment de fer-ho. Ara ho tinc tot! Entre l'Irshad i tu heu fet que la meva carrera hagi arribat a dalt de tot, tinc molts més diners dels que necessito, si continuo treballant és només perquè m'agrada, tinc una família fantàstica, un fill que ja és gran i que creix feliç i responsable... I no vull esperar més.

—I per què no ho vas fer abans? Per què has esperat tant temps?

—No ho sé, Charlie... Sempre que volia posar-m'hi passava alguna cosa. O començava un nou rodatge o m'entrava la por de no ser capaç d'assumir el que li hagués pogut passar a la Sita... És molt llarg d'explicar...

—I l'Irshad què hi diu? El teu marit té molts contactes a l'Índia i podria ajudar-te fàcilment!

—L'Irshad creu que el passat s'ha de quedar enrere i que és l'única manera que tenim per avançar com a persones. N'hem parlat molt i ell diu que és un error retornar pels camins dolorosos del passat. Ell em va ajudar a creure en mi, a canviar de vida per sempre, aprendre a ser lliure... No va ser fàcil. Durant molts anys li vaig fer cas. Per més que ell escoltava els meus records i em consolava, sempre va insistir a fer-me mirar cap endavant. I sé que no m'ajudarà a buscar la meva germana!

—A mi m'agradaria ajudar-te —va dir de sobte la Nighat.

—De veritat?

—Sí. Torno a Mumbai pocs dies després que tu. Tinc temps, encara no tinc la data de l'inici del nou rodatge en què haig de treballar. I segur que s'endarrereix, com sempre. No tinc ni parella ni fills. A Mumbai pràcticament no hi tinc família, viu tota entre Nova Delhi i Lahore...

—Ja ho veus! Una índia moderna! Soltera als trenta-vuit anys, fa el que li dóna la gana, viatja d'un lloc a l'altre, té tots els amants que vol...

—Charlie!

—*Sorry, sorry!* —va dir el Charlie amb gest divertit i buidant dos sobres de sucre sencers dins del seu cafè.

La Muna va mirar per la finestra. Els carrers de Beverly Hills estaven deserts, silenciosos, nets... i de cop va recordar imatges dels carrers de Bombai, del seu Bombai abans que es digués Mumbai, carrers plens d'olors i colors i de gent caminant en totes les direccions, carrers sorollosos, bruts, vaques, cabres, una explosió de vida constant...

—Si la Sita visqués, tindria més o menys la teva edat —va dir la Muna.

—Saps per on començar a buscar?

—No tinc gaires pistes, però recordo els noms dels pobles i alguns noms de persones... I evidentment pagaré totes les despeses que calgui.

—Per això no pateixis. Tinc un tot terreny i puc anar on faci falta.

La Muna li va agafar les dues mans amb un gran somriure.

—Gràcies, de veritat! No entenc com he esperat tant temps...

—Fins ara no ha estat el moment de fer-ho, no? Ho has dit tu abans...

Tres dies després de la conversa amb la Nighat i el Charlie a la cafeteria de Beverly Hills, la Muna va arribar a casa seva, al barri de Juhu, quan encara no s'havia fet fosc. L'Irshad i el seu fill Arun l'havien anat a buscar a l'aeroport, com sempre. L'Irshad l'havia esperat a la porta de les arribades des del primer viatge, sense fallar ni una vegada. No tenia cap més viatge previst en molts mesos. Li agradava tornar a casa i passejar pel jardí abans de desfer les maletes, abans fins i tot de canviar-se. L'olor del mar que se sentia des de casa seva no se sentia enlloc més. L'Irshad i l'Arun reien asseguts al porxo. Tot estava a punt per sopar tots tres junts i explicar-se les seves coses. Sabia que el seu marit l'observava embadalit. A vegades semblava que s'acabessin de conèixer i era una sensació agradable. Amb la mateixa roba que havia portat durant el llarg viatge, la Muna recorria l'extensió verda plena de flors de tots colors i s'acostava fins a la caseta que hi havia al final del jardí per saludar la família de la Kiran i dir-los personalment que ja havia arribat.

—*Namasté*, senyora Kulkarni! —la saludaven amb les mans juntes a l' alçada del pit.

—*Namasté!* —contestava ella amb el mateix gest, cerimoniós i càlid a la vegada.

La Kiran va ser una de les primeres nenes que ja feia uns quants anys havia rescatat d'uns tallers de costura il·legals. L'havia aconseguit treure d'aquell lloc inhumà amb tretze anys, havent estat violada quan encara no era ni dona, amb la vista destrossada de tant brodar i cosir gairebé sense llum durant cinc anys. Cinc anys tancada, esclavitzada, brodant més de catorze hores cada dia de la setmana, sense sortir d'aquella nau fosca, tenebrosa i en condicions infrahumanes. La Muna l'havia reunit amb la seva família, que vivia en un petit poble de Madhya Pradesh i havia estat enganyada amb falses promeses d'educació de la Kiran a la ciutat. I havia acabat contractant els seus pares, el seu germà gran i a ella mateixa com a guardes, jardiners, cuiners, bugaders... Tenien un sou digne cada un, el metge i l'habitatge del jardí assegurats per sempre. Eren una família feliç i els millors treballadors que podia tenir a casa.

La Muna era sòcia fundadora de Stop Children's Slavery Foundation, l'organització que havia creat la seva millor amiga per eradicar l'esclavitud infantil. La Indira Raghavan va ser la seva primera amiga i sempre seria la millor. La Muna Estava orgullosa de la Indira, que en el fons era com la seva germana. Una de les advocades més valentes de l'Índia, defensora dels drets de les dones i dels més necessitats. Sabia que podia comptar amb ella si al final no aconseguia trobar la Sita. Però no volia molestar-la per això, no era tan important com tot el que la Indira tenia entre mans i que podia significar tant per a tants milions de nens i nenes del país.

La Nighat i la Muna s'havien trobat unes quantes vegades per parlar, prendre el te i recórrer un mapa de Maharashtra desplegat sobre la taula amb els dits en aquella casa de la platja de Juhu que combinava decoració moderna i occidental amb la més tradicional índia. Des que s'havien conegut a Los Angeles, havien passat moltes hores parlant, sobretot dels records de la Muna però també d'altres coses. I sempre es quedaven amb la sensació que el temps de conversa era massa curt, sempre quedaven preguntes per fer-se. Hi havia encara moltes coses de la Muna que la Nighat no sabia. Era una dona reservada. Li agradava més escoltar i observar que parlar. Era forta, molt forta, d' això la Nighat n'estava segura. L'admirava molt i li tenia molt respecte. Per la seva feina, la Nighat estava acostumada a estar voltada de gent famosa, d'actors i actrius que sortien a totes les revistes i a tots els programes de televisió. Però una cosa era treballar amb ells i l'altra anar a casa seva a mirar pel·lícules o a repassar vells àlbums de fotos. La Muna Kulkarni no tenia res a veure amb les estrelles de Bollywood que s'havien fet famoses i riques de la nit al dia i es feien veure a totes les festes amb els models d'alta costura més cars i gossos miniatura a la bossa de mà com a mascotes. Ho tenia tot, era molt rica, però no ho semblava.

Ja feia gairebé dos mesos que havia d' haver començat el rodatge de la pel·lícula en què havia de treballar la Nighat, però s'havia anat endarrerint per uns motius o uns altres. A la productora li deien que la setmana següent començaven segur. El pla de rodatge estava fet. Començava en dilluns. Però aquell maleït dilluns cada vegada era un dilluns d'una setmana més tard. El món del cinema era així, inconstant i imprevisible, però ella l'havia triat. Havia arribat a convertir-se en directora de fotografia, el que volia ser. A l'Índia pràcticament no hi havia directores de fotografia, acostumaven a ser homes. A l'Índia i a tants països. A la Nighat l'entusiasmava estar al mig d' un carrer tallat al trànsit per la policia, amb grans grues aguantant focus potents, dirigint la il·luminació, donant instruccions al càmera assegut en una altra grua que es movia per un rail i a un altre que filmaria amb la càmera a l'espatlla amb l'ajuda de dos més. Li agradava plantar-se allà al mig amb el seu uniforme de feina, els seus vells texans i una camisa blava, veient els quatre-cents extres ja maquillats i vestits i a punt per rebre les ordres per col·locar-se al seu lloc. Quan havia de pensar de pressa, amb tota la pressió del rodatge i la falta de temps a sobre, es posava una mà a la cintura i amb l'altra es tirava els cabells enrere, o es quedava amb la mà quieta al cap, com si se l'hagués d'aguantar mentre resolia problemes d'última hora, que sempre sortien. I recorria amb la mirada tota l'escena, com si ja estigués filmada. Preferia rodar exteriors que escenes de plató. Però al barri d'Andheri hi havia alguns estudis fantàstics i les hores tancada allà dins, en un món de fantasia, també les vivia amb eufòria. Observava les imatges que s'anaven rodant amb les diferents càmeres a través dels monitors. Feia repetir les escenes una vegada i una altra, ara des d'un angle, ara des d'un altre. Els directors acostumaven a quedar-se asseguts davant dels monitors i era ella la que s'aixecava per anar a donar ordres als càmeres, als de la il·luminació, i als del maquillatge perquè retoquessin els actors, perquè tot anés quedant com havia de quedar. No parava quieta, discutint problemes tècnics de tota mena. De fet, tothom la valorava i tenia la mateixa autoritat que tindria si fos la directora.

Precisament al barri d'Andheri, no gaire lluny d'alguns estudis de Bollywood on treballava, hi havia el Saint Catherine's Home. Allà havia anat a veure la seva cosina Vandana amb la llista de cognoms i pobles de Maharashtra que li havia donat la Muna. La Vandana era voluntària en aquell centre ple de nens i nenes orfes. El seu marit guanyava suficients diners perquè ella no s'hagués hagut de plantejar mai treballar, i des que els seus dos fills havien marxat a estudiar als Estats Units, dedicava totes les hores que podia a donar un cop de mà en aquell orfenat. La Vandana era una més de les nombroses dones de classe alta que empraven el seu temps lliure a ajudar els més desafavorits i necessitats del país, a crear fundacions des de les quals es pogués impulsar projectes educatius per a nens i adults dels poblats de barraques de Mumbai que no paraven d'augmentar. La Nighat no havia entrat mai a cap orfenat abans i aquella primera vegada la va impressionar. De fet, mai no havia estat en contacte directe amb la realitat de tants nens i nenes orfes, desamparats i sols al món. Estava acostumada a la pobresa que es veia als carrers, sempre havia format part del paisatge sense que la molestés, però mai no havia format part de la seva vida. La Vandana li havia explicat que, a l'Índia, eren unes quantes desenes de milions els nens i nenes que creixien i s'educaven en institucions com aquella; això els que tenien més sort. Es dedicava molts esforços a localitzar famílies índies amb recursos que volguessin adoptar una criatura, sobretot de més de cinc o sis anys. Els que patien més eren els nens i nenes que havien arribat fins allà amb una certa edat, set, vuit, nou, deu anys, perquè els seus pares havien mort i ningú més de la família se'n podia fer càrrec, si quedava algú mínimament sa a la família.

La Vandana tenia cinquanta-tres anys i el seu marit uns quants més. I tot i que a ella li hauria agradat, a la seva edat el seu marit no veia gens clar que es convertissin en els nous pares d'un nen o una nena de passat desconegut, ara que ja tenien els fills acabant les carreres.

—Sita, dius? Però Nighat, de Sites n'hi ha hagut moltes a tots els orfenats! Dius que recorda una monja vestida de blanc? És possible que fossin monges catòliques les que s'emportessin la nena, però vés a saber on i quines monges eren! M'estàs parlant de fa trenta anys!

—Mira, he marcat tots els pobles en aquest mapa de Maharashtra —va dir la Nighat desplegant un mapa que duia dins la seva bossa—. Tu em pots ajudar a buscar quins convents i orfenats catòlics hi ha a prop d'aquests pobles? Deveu tenir alguna llista, no?

—I no seria més fàcil anar primer als pobles i parlar amb la gent? Potser queda algú que recordi alguna cosa... Han passat trenta anys però molts d'aquells pobles estan igual i hi segueixen vivint les mateixes famílies.

—Potser sí. Faré les dues coses. Tens una llista de convents i orfenats o no la tens?

—Sí, tinc la llista, espera't un moment i te la porto! Des de quan t'interessa alguna cosa més que no sigui el cine?

La Vandana va sortir del despatx i la Nighat es va quedar mirant les fotos que hi havia clavades en un gran suro penjat a la paret. Fotos de nens i nenes índies de totes les edats vestits amb robes occidentals de colors vius, somrients i d'aspecte sa, de cabells negres brillants. La Vandana li havia explicat que tots aquells nens de les fotos havien sortit d'aquell centre i havien estat adoptats per famílies europees i americanes, alguns per famílies índies. Era un detall que anessin enviant notícies i fotos, encara que fos molt de tant en tant o encara que no ho fessin tots. Cada carta que rebien era com rebre notícies d'uns quants nens al mateix temps. De la majoria no en sabien res, ni en sabrien mai més res. Però alguns havien tornat de visita al Saint Catherine's Home des de Bèlgica, Anglaterra, Holanda, Suècia... Amb els seus pares adoptius, sols o amb parella. I també n'hi havia que tornaven per passar unes quantes setmanes de les seves vacances per col·laborar en el que fos: organitzar jocs i cançons, ajudar a rentar els cabells amb permetrina per eliminar plagues de polls, donar el menjar als més petits...

—Té, aquí tens la llista —va dir la Vandana al tornar a entrar al despatx—. Les monges que devien anar a Shaha, Patri i els pobles d'aquesta zona als anys seixanta i setanta devien ser de Nasik o de Puna. A Sinnar hi havia hagut una parròquia, però ara ja no surt a la llista... Puna queda una mica massa lluny perquè hi anessin gaire sovint, o sigui que segurament eren de Nasik. En aquella època, les monges més actives eren les Missioneres de Maria, un orde francès que encara té alguns centres a l'Índia. Jo les aniria a veure.

I hi va anar. Amb el seu cotxe tot terreny i una càmera digital. No sabia anar enlloc sense una càmera de fotos a la bossa. No podia evitar fotografiar-ho tot. Nasik era una ciutat petita i molt sagrada. El riu Godavari era el centre de l'activitat. Als *ghats* hi havia dones rentant roba a totes hores. Estenien els *saris* de tots colors ben plans a terra. Rectangles de color taronja, fúcsia, vermell, turquesa... Uns grans rètols recordaven la celebració del Kumba Melah que havia tingut lloc feia gairebé un any. Era un dels pelegrinatges més multitudinaris del món, que se celebrava periòdicament a diferents ciutats índies. Una vegada cada tretze anys tocava a Nasik i Trimbak, una ciutat propera.

Trobar el centre d'aquelles monges havia estat fàcil: un convent on només vivien nou monges de diferents nacionalitats i que tenien més de vuitanta nenes òrfenes a càrrec seu en un edifici de construcció moderna a l'altre costat d'un jardí ple de rosers florits. Dues monges la van rebre amb simpatia i curiositat així que va travessar el jardí i va aparcar al costat d'un gronxador. Li van oferir un refresc de taronja i van seure al voltant d'una taula a la sala d'estar del petit convent per saber què era exactament el que volia. Era una sala austera, amb pocs mobles i una tele com a únic luxe i senyal de modernitat. De mica en mica es van anar afegint a la conversa altres monges que anaven apareixent silenciosament, atretes per la novetat de la visita, vestides amb hàbits blancs i un davantal gris cordat a l'esquena per no embrutar-se. Una de les dones més grans, de cabells blancs i cara arrugada, recordava la Sita perquè va ser una de les primeres nenes que van acollir quan només existia la casa principal, on ara eren. La recordava vagament perquè d'allò ja feia molts anys i deia que confonia les històries d'una nena amb la d'una altra. Totes les històries eren úniques però totes s'assemblaven. Nenes trobades de bon matí a l'entrada del jardí, arran de la porta de ferro amb una nota concisa que sovint es reduïa a un nom. O sense cap nom ni cap nota. Tan sols un nadó afamat a punt de morir deshidratat. I nenes més grans que arribaven acompanyades per algun parent llunyà que no se'n podia fer càrrec, o per la policia perquè les havien trobat perdudes pel carrer... La Nighat havia viscut sempre d'esquena a aquella realitat del seu país. Havia viscut en una bombolla de facilitats, en una família benestant i culta. Havia viscut d'esquena a la realitat que semblava que coneixien més els estrangers que els mateixos indis, obsessionats per prosperar, per aconseguir que l'Índia arribés a ser un dels països més potents de la indústria del cinema i de la informàtica, per tenir una bona antena parabòlica al terrat, per estudiar a les millors universitats del món. Hi havia moltes Índies dins de l'Índia. Com a mínim dues: Índia i Bharat Varsh, el nom del país en hindi.

Índia va ser el nom que li van assignar els colonitzadors britànics a partir d'Hindustan, la denominació del país en llengua urdú. Ella no coneixia o no volia conèixer la realitat de Bharat Varsh, la que semblava conèixer mig món i que tant li costava assumir.

—En aquesta llibreta potser trobaràs la informació que busques —va dir una de les monges que havia sortit de la sala feia una estona i li havia donat un quadern allargat de tapes negres.

La Nighat va fullejar la llibreta de seguida i va descobrir que era un registre d'entrades i sortides de nenes, escrit amb una cal·ligrafia impecable amb tinta de color blau. Començava el 1969 i acabava el 1976, perquè ja no quedaven més pàgines.

—Moltes gràcies! No voldria destorbar-les... Em permeten que em miri aquesta llibreta?

Les monges no tenien cap inconvenient que es quedés allà, al contrari. Observaven cada moviment de la Nighat com si fos una gran atracció.

—Ha tornat l'aigua! —va exclamar eufòrica una monja jove que la Nighat encara no havia vist—. Per fi s'estan omplint totes les galledes! —va dir eixugant-se les mans al davantal gris i tornant a marxar per on havia entrat.

—Tenim molts problemes amb l'aigua corrent —va explicar-li una de les dones—. Se'n va a primera hora del matí i mai no sabem quan torna. Deixem moltes galledes preparades a sota de cada aixeta. Sobretot necessitem l'aigua per als lavabos. Són moltes nenes...

—A Mumbai també passa —va dir la Nighat amb la llibreta a la mà i passant els fulls a poc a poc—. Segons els càlculs que hem fet, a la Sita se la van emportar de Shaha el 1971 o el 1972, o sigui que per aquelles dates va arribar aquí...

Va buscar la pàgina on començava l'any 1971. Només hi havia cinc noms escrits. I sí. Hi havia una Sita.

Les monges li havien deixat la llibreta una estona per anar a fotocopiar les pàgines que li interessaven en un petit local a prop del convent on tenien tres ordinadors amb connexió a internet, locutoris per parlar per telèfon i una màquina fotocopiadora. Després de passar una nit solitària a l'Hotel Taj dels afores de Nasik, va tornar a Mumbai i de seguida va anar a veure la Muna per explicar-n'hi tots els detalls. La continuació va ser bastant fàcil: visitar les monges del convent de Mumbai, repassar les pàgines de tinta descolorida d'un llibre de registres també dels anys setanta, parlar amb unes monges i amb unes altres, que recordaven aquella Sita que havia acabat marxant sola en avió cap a Barcelona quan tenia sis o set anys i que, quan ja en tenia vint, les havia visitat amb els seus pares adoptius.

—Estàs segura que aquesta Sita és la meva germana, oi? —va preguntar-li la Muna deixant la safata amb la tetera fumejant i les dues tasses damunt de la tauleta baixa.

—Seguríssima! Per què ho dubtes?

—No ho sé. És una sensació estranya. Ha estat tot massa fàcil i ràpid després de pensar-hi tants anys. I si no tenim res a veure? Haurem viscut vides tan diferents que serà impossible connectar! I ella era tan petita que segur que no recorda res de res...

—Tothom viu vides diferents. La meva germana i jo no ens hem mogut de l'Índia i no tenim res a veure! Ella va demanar als nostres pares que li busquessin un marit, com durant generacions i generacions s'havia fet a la nostra família. Em vaig enfadar molt quan ho vaig saber! Tants estudis, tants viatges pel món per acabar demanant als pares que li busquessin un marit! Després del seu casament va ser quan vaig voler marxar a Europa una temporada llarga, em vaig distanciar molt d'ella, m'havia fallat...

—O sigui que li van trobar un marit!

—I tant! No pots imaginar que feliç va estar la meva mare amb la petició de la meva germana! Va estar ocupada durant un any sencer! Es passava hores a l'ordinador navegant per internet de web en web. Totes les *matchmakers.com* que et puguis imaginar! Webs plenes de fotos de nois indis de bona família que treballaven tant per prosperar que no tenien temps de trobar la seva dona ideal i s'anunciaven a internet per avançar la feina. La majoria vivien a Nova Delhi, a Mumbai i a Bangalore. Però també n'hi havia d'Anglaterra o dels Estats Units que buscaven dones índies que no haguessin perdut les arrels, i que remarcaven que no els importava la casta!

—I quin marit li va trobar?

—El més curiós, el que sempre m'ha sorprès, és que és el marit ideal! Tenen tres fills, una casa fantàstica a Nova Delhi, no es discuteixen mai, són moderns, treballen tots dos... però jo no ho faria mai! Casar-me amb un home dues setmanes després de coneixe'l només perquè els teus pares creuen que és un bon partit per a tu! Quina bogeria!

—Hi ha molta gent que creu que ningú et coneix millor que els teus pares... Jo no ho sabré mai, perquè els meus van morir de seguida. Un matrimoni entre dues persones per a molts és també un matrimoni entre dues famílies...

—No em diràs que et sembla bé!

—No ho sé, però ho entenc. Per sort jo vaig poder triar! A les dones que no poden triar sempre se'ls diu que primer et cases i després neix l'amor...

—A la meva mare i a la meva germana els ha funcionat la fórmula... o això és el que diuen. Però jo no m'arriscaria a provar-ho!

La Muna va servir el te a les dues tasses.

—Has estat a Barcelona?

—Sí, però només quatre dies. Durant els dos anys que vaig viure a Londres estudiant cinema i fotografia ho vaig aprofitar per visitar totes les ciutats europees que vaig poder. Buscava els vols més barats que trobava a internet per anar a passar caps de setmana llargs a Roma, París, Amsterdam, Estocolm, Praga... i a Barcelona també, el març del 2002!

—M'han dit que s'assembla a Mumbai.

—A Mumbai? Gens ni mica! És com un poble gran al costat del mar, perfecte, net, ordenat, els carrers són com una quadrícula. Tothom fa bona cara, hi ha botigues de tota mena, l'arquitectura de Gaudí... La gent es queixava del soroll, de la pol·lució i de la brutícia d'alguns barris... Si vinguessin a viure aquí es moririen!

Havien quedat per fer un passeig per la platja de Juhu, que cada tarda s'omplia de parelles, de nens fent volar estels de colors vius, de pescadors que arreglaven xarxes, tota mena de gent caminant amb les sandàlies a la mà i els peus dins l'aigua, venedors ambulants de cacauets i gelats... Van acabar el dia mirant *Monsoon Wedding* juntes a casa de la Muna. Mentre sonava la música alegre i a la pantalla anaven apareixent els crèdits, la Muna estava immòbil, mig estirada al sofà, descalça, com si la pel·lícula encara no s'hagués acabat. Veient passar la llarga llista de noms d'actors, actrius, tècnics de so i de tantes persones que havien treballat en aquell projecte, encara ara li costava entendre com aquella història havia pogut tenir tant èxit internacional, però se n'alegrava molt. Aquella boda del monsó era una de les seves pel·lícules preferides dels últims temps. Com li hauria agradat treballar-hi! Com li agradaria treballar en alguna pel·lícula de la Mira Nair!

Bollywood començava a ser el seu passat. No sabia si seguiria gaire temps en aquell món, cada vegada tenia més ganes de fer coses diferents.

—Sempre que veig aquesta pel·lícula m'enyoro de Delhi! —va dir la Nighat després de fer un badall, asseguda a terra, damunt d'una pila de coixins, recolzada al sofà on hi havia la Muna, amb les cames plegades, que encara li accentuaven més els talls i els forats dels texans de marca—. Aquí a Mumbai enyoro tant el caràcter obert i extrovertit dels punjabis!

—De veritat ho són tant?

—Sí, no has sentit dir que els punjabis som com els italians però en versió índia? Ah! I el hindi d'aquesta pel·lícula és tan real, tan ple de paraules en urdú, o potser és al revés. Finalment és la mateixa llengua però la van partir pel mig quan van dividir el país el 1947...

—Tota la teva família és del Punjab?

—Sí, però molt pocs es van quedar a l'Índia després de la partició. La majoria dels meus oncles, ties i cosins tant per part de pare com de mare viuen al Pakistan. I encara ara, més de cinquanta anys després, hi ha ferides familiars i traumes no resolts.

La Muna va apagar l'aparell de devedé i la tele i va anar cap a la cuina a buscar dos gots d'aigua fresca. Ho va aprofitar per encendre algunes làmpares de la sala, que estava molt fosca. Estaven soles a casa. Li agradava la companyia de la Nighat i li estaria sempre agraïda per haver-la ajudat a descobrir què li havia passat a la seva germana petita. Se sentia totalment alterada, diferent. Li era impossible seguir vivint com si no hagués passat res. La seva germana estava viva. Tenia trenta-vuit anys, era metgessa i vivia a Barcelona. Insòlit! Què li diria quan es veiessin? Què se li diu a una germana quan fa més de trenta anys que no la veus? Què se li diu a una germana que no parla la teva llengua i viu a l'altre costat del món? Com podia haver estat tan fàcil trobar-la?

Feia estona que estaven totes dues en silenci. La Muna havia portat un bol ple de pistatxos i una gerra de suc de llimona amb sucre i s'ho havien acabat tot xerrant i escoltant el disc de la Norah Jones que la Nighat li havia regalat. Els feia gràcia que aquella cantant que tenia tant èxit a tot arreu fos la filla del Ravi Shankar.

—Serà millor que marxi, s'està fent tard.

—Gràcies per tot, de veritat!

La Nighat havia aparcat el seu jeep a l'entrada del jardí i la Muna la va acompanyar. El vespre era tranquil, se sentia la remor del mar.

—L'Irshad té moltes ganes de coneixe't, et trucaré aviat per convidar-te a sopar!

—M'encantarà conèixer el teu marit! Fins aviat!

El tot terreny de la Nighat va allunyar-se deixant enrere la reixa de ferro, que havia sortit a obrir un dels guardes. La Muna es va quedar passejant pel jardí, sentint l'olor intensa i perfumada del gessamí que s'enfilava per les parets mentre caminava lentament al voltant de la bassa plena de peixos vermells i el sortidor, que feia aquell soroll tan agradable. El magnolier ja havia florit.

A la Nighat se li feia estrany estar en una casa tan elegant del barri de Juhu i asseguda en una taula tan ben parada, amb espelmes i plats de porcellana anglesa, i que l'amfitriona s'aixequés per anar ella mateixa a la cuina a buscar alguna cosa o fins i tot servís els altres, havent-hi com hi havia a la casa una cuinera i un parell de noies de servei. I encara se li feia més estrany que el seu marit i el seu fill també s'aixequessin per portar una safata buida a la cuina o per anar a buscar una altra ampolla de vi o a omplir la gerra d'aigua amb tota normalitat i sense queixar-se del servei poc atent. Mai no hauria pensat que en una família de gent acomodada del cine, a casa d'una de les actrius més importants de l'Índia i d'un productor poderós de Bollywood, els criats no ho fessin absolutament tot. A casa dels seus pares a Nova Delhi, que no eren ni la meitat de rics i famosos, de taula no s'aixecava mai ningú i eren les persones del servei les que no paraven quietes, al so de la campaneta que la seva mare feia dringar constantment per demanar ara això, ara allò altre.

—Recordes l'Olivia Cooper? —va preguntar la Muna a l'Irshad.

—Olivia Cooper... l'americana multimilionària que no sap què fer amb els seus diners?

—Exactament! Doncs vol fer una donació important per a la nostra fundació! Li vaig explicar que havíem comprat una casa per convertir-la en un centre d'acollida de nenes i hi vol col·laborar...

—És fantàstic! —va dir somrient l'Irshad agafant-li la mà a la seva dona per sobre la taula per fer-li un petó.

L'Irshad era un home molt atractiu. Alt, de pell bruna no gaire fosca i cabells grisosos, i uns ulls negres que no es perdien cap detall i que brillaven quan miraven la Muna.

—Són uns pesats, sempre estan així, com en una pel·lícula d'aquestes embafadorament romàntiques! —va dir l'Arun a la Nighat, que s'asseia al seu costat.

—Quants anys fa que esteu casats?

—Aviat en farà vint-i-cinc... —va contestar la Muna fent un gest simpàtic amb els ulls i girant-se cap a l'Irshad somrient.

—Ho veus? Són uns pesats! Vint-i-cinc anys junts i encara estan així...

—I com us vau conèixer?

—Oh, no! De veritat no ho saps? No em diguis que hauré d'aguantar la llegenda de la família una altra vegada!

L'Arun era un adolescent divertit, conscient del seu atractiu físic i feliç amb ell mateix.

—Per què no l'expliques tu, si te la saps tan bé? —va dir l'Irshad.

—Això, explica-la tu!

—Ufff... ja t'ho deia, Nighat, són uns pesats! Està bé, aquí la teniu... Senyors i senyores, la llegenda del Godavari! El riu que és tan sagrat com el Ganges! Aquí teniu la història, però si m'equivoco em rectifiqueu, eh? A vegades es pensen que jo hi era!

I l'Arun va començar el relat de la història dels seus pares mentre la Kiran treia tots els plats de taula amb un somriure que li feia torçar les ulleres —ella també se sabia la història de memòria— i portava les postres, el joc de te i una tetera fumejant que desprenia olor de cardamom i altres espècies. L'Arun va començar a explicar com la Muna treballava a casa de la família Raghavan com a criada quan encara era una nena, criada per no dir esclava, ja que no cobrava ni una rupia i treballava de sol a sol. Com dormia al terra de la cuina, com passava hores fregant, triant llenties i pelant patates, escombrant i planxant en una casa d'un matrimoni amb cinc fills, amb una àvia i convidats cada dos per tres... Mentrestant, l'Irshad estudiava al King's College de Cambridge, on s'havia convertit en el millor amic del Sanjay, el fill gran de la família Raghavan. Tot i que estudiaven carreres diferents, eren inseparables. L'Irshad havia sentit parlar molt de la Muna, perquè per culpa d'ella la relació del Sanjay amb el seu pare s'havia convertit en una relació molt tensa i el Sanjay havia decidit quedar-se a treballar a Anglaterra. I això encara havia enfadat més el senyor Raghavan. Havia enviat el seu fill a estudiar a Cambridge perquè tornés a l'Índia com més preparat millor per poder ocupar algun càrrec de responsabilitat, per destacar en la seva professió, no perquè s'hi quedés. I s'hi va quedar! I a més, es va acabar casant amb l'Emily, una anglesa de cap a peus! La senyora Raghavan va tenir un gran disgust quan el seu fill li va anunciar seriosament que no tindria una nora índia, disciplinada i ben educada en una família bramànica amb qui podria anar a comprar *saris* de seda brodada i compartir confidències, sinó una nora estrangera i de costums diferents.

La primera vegada que l'Irshad es va trobar cara a cara amb la Muna va ser quan ell tenia vint-i-set anys i ella setze. L'Irshad ja havia tornat de Cambridge i, al contrari del Sanjay, sentia que el seu únic lloc al món era a l'Índia. Havia tornat a Mumbai després d'haver viscut mil aventures amoroses amb angleses de cabells daurats i els cossos plens de pigues, després d'haver remat hores i hores pels canals de Cambridge amb l'uniforme del King's College... Un dia va anar a dinar a casa dels Raghavan durant una de les poques estades del Sanjay a la ciutat i va quedar hipnotitzat per la bellesa de la Muna, que servia la taula. Per la bellesa i per la força que desprenien els seus gestos i la seva mirada. La Muna parlava poc, costava sentir-li la veu. Però l'Irshad intuïa que tenia molt a dir. Des d'aquell dia, l'Irshad buscava tota mena d'excuses per haver d'anar a casa dels Raghavan. O bé per demanar un llibre de la biblioteca del Sanjay, o bé per fer-li una consulta al senyor Raghavan, que tenia molts contactes amb els ministeris i molta informació sobre les empreses més importants de la ciutat, o bé per demanar-li una recepta de Kerala a la Chamki suposadament de part de la seva mare... La Indira, desperta i observadora com sempre, sabia que alguna cosa no era normal amb tantes aparicions de l'Irshad a casa seva si el Sanjay no hi era. I per més que ell també era simpàtic amb ella, no la mirava de la mateixa manera com mirava la Muna, això ho tenia clar. L'Irshad treballava en una productora de publicitat i finalment va trobar l'excusa ideal per acostar-se a la Muna: necessitaven una model per a un anunci d'un centre comercial que s'estava posant de moda i ella era la noia que volia. No li va ser fàcil convèncer els senyors Raghavan. Van acabar acceptant perquè la sessió de fotos es faria al jardí de la casa. I perquè la Muna cobraria uns diners per la seva feina, cosa que al senyor Raghavan li servia per netejar una mica la seva consciència d'explotador de menors. L'Irshad va desembarcar un matí amb tot un equip d'ajudants: perruquera, maquilladora, tècnic d'il·luminació... L'estilista portava una maleta plena de roba i de joies. La Indira i la Muna ho van viure amb la mateixa emoció que la Chamki i la senyora Raghavan, que anaven amunt i avall amb safates de *samoses* i gots de te amb llet i d'aigua per a tothom. I els jardiners s'ho miraven tot encuriosits mentre feinejaven més a poc a poc que de costum entre els rosers, amb les tisores de podar i la regadora de llauna a les mans.

—Tu fixa't com et mira l'Irshad, ja veuràs com no m'ho invento! —li deia la Indira, divertida, a la seva amiga.

Després d'unes quantes proves, la Muna va sortir de la casa amb el vestit perfecte. I quan l'Irshad va tenir la Muna enfocada amb l'objectiu de la seva càmera, va veure clar que no volia perdre-la de vista, que necessitava veure-la cada dia, que volia fer-la feliç. El Sanjay li havia explicat tota la seva història al seu amic, la història d'una nena òrfena, esclava en una fàbrica clandestina de catifes, els seus esforços per aprendre a llegir i a escriure, a sumar i a restar i a multiplicar quan ja tenia onze anys... I va resultar que la Muna, a més, sabia posar davant d'una càmera, sabia seguir les ordres d'un fotògraf i expressar el que li demanaven, sabia mirar, sabia estar. I la seva bellesa el paralitzava. Les fotos van ser un gran èxit i els clients van estar tan contents amb el resultat i amb l'elecció de la Muna com a model que van demanar que es fes el primer anunci televisiu d'aquell centre comercial que obriria sucursals a les principals ciutats de l'Índia. L'Irshad seria el director de l'anunci i es filmaria durant dos dies pels carrers i el port de Mumbai, als voltants de la Porta de l'Índia; des de primera hora del matí fins que es fes fosc. El senyor Raghavan va haver d'autoritzar una altra vegada que la Muna no treballés a la casa i tornés a fer de model. I una altra vegada el senyor Raghavan va demanar l'opinió de la Chamki, que, com sempre, donava suport a la Muna. A la casa hi havia menys feina que en altres èpoques. El Sanjay era a Anglaterra i la Bani s'havia casat amb el fill del jutge, que també s'havia convertit en jutge. I els altres, la Parvati, la Indira i el petit Rajiv, no enredaven ni embrutaven tant com abans, s'havien fet grans.

—És una oportunitat fabulosa, senyor Raghavan! Un anunci a la televisió, imagini's quina oportunitat! La nostra Muna! Jo sola me'n surto perfectament, i si no ja buscaré ajuda, no pateixi!

Aquells dos dies la Indira tenia exàmens i no podia deixar d'anar a classe i necessitava totes les hores lliures per estudiar. Així és que l'Irshad es va convertir en el responsable de la Muna: d'anar-la a buscar a casa amb un cotxe al matí i de tornar-la a portar al vespre després de la jornada de gravació de l'anunci. I la Muna va constatar que la Indira tenia raó. L'Irshad la mirava d'una manera especial. Realment la mirava. Quan no feia de director del rodatge de l'anunci, donant ordres als uns i als altres, era un home d'aspecte molt jove i tímid. Almenys amb ella. Però tot i així sempre acabava trobant la manera d'anar-se a prendre un suc de mango o un te a prop d'on li estaven pentinant els seus llargs cabells negres o d'on li estaven retocant el maquillatge, dissimulant, però sense perdre-se'n cap detall. Li semblava increïble pensar d'on venia aquella noia veientla actuar com si fos una actriu formada a la millor escola de teatre. Li agradava sentir-la parlar quan per fi se sentia segura i arrencava a fer-ho. La Muna observava molt abans de dir res. Però quan vencia la timidesa i la vergonya de no tenir més formació que el que li havien pogut ensenyar els Raghavan, parlava sense parar.

L'anunci també va ser un èxit. La Muna omplia la pantalla amb la seva cara somrient, el vent jugava amb el seu *sari* a la coberta d'un ferri, amb el monument de la Porta de l'Índia i el majestuós Hotel Taj Mahal retallats al fons, com un decorat. Aquella havia estat l'escena principal de l'anunci, la que havien filmat el segon dia. La Muna no havia anat mai en cap mena d'embarcació fins aleshores. Això l'hi havia dit a l'Irshad de camí cap a l'illa Elefanta. Filmarien algunes imatges allà i sobretot de tornada cap a la ciutat, per tenir la millor llum. El trajecte durava gairebé una hora i l'Irshad per fi havia aconseguit asseure's a la coberta del ferri tot sol amb ella. No sabia què dir-li i li va preguntar el primer que se li va acudir.

—Sabies que el nom de Bombai ve dels portuguesos?

La Muna va fer que no amb el cap.

—Li deien Bom Bahia o Bombaim, que significa «bona badia». A Bom Bahia tothom hi era ben rebut, sempre que hi anés a fer negocis.

L'Irshad va explicar-li tot el que sabia de la història de la ciutat i després va continuar parlant-li de l'illa Elefanta, de per què es deia així, dels quatre temples que hi havia excavats a la roca, de com ell hi anava d'excursió amb els seus avis quan era petit, com encara feien tantes famílies de Mumbai els dies de festa... L'Irshad parlava sense parar i sense deixar de mirar-li els ulls, com si volgués trobar algun tresor amagat en les profunditats negres de la seva mirada. Quan ell de tant en tant girava el cap per mirar el paisatge i queixar-se de la xafogor que feia i de com se li enganxaven els pantalons al seient de fusta, la Muna li observava el perfil, els cabells més llargs del que acostumaven a portar els homes indis i les mans perfectament cuidades, i el cor se li accelerava.

—M'agradaria que l'illa Elefanta estigués més lluny. M'agradaria seguir aquí, a la coberta d'aquest ferri, amb tu, hores i hores... —va atrevir-se a dir l'Irshad.

La Muna va seguir immòbil, mirant la costa de l'illa cada vegada més a prop.

—Com que avui no tindrem temps de visitar els temples, voldràs portar-m'hi un altre dia? Segur que et pots inventar una bona excusa perquè el senyor Raghavan em deixi sortir!

I van quedar-se mirant i rient, ara ja hipnotitzats l'un per l'altre, fins que algú de l'equip els va anar a buscar perquè ja arribaven.

La Muna va cobrar els honoraris habituals per la feina de model d'un anunci, important com aquell, que eren molts més diners dels que havia vist mai junts. Els guardava en una capsa de galetes de llauna en un racó amagat de la cuina que li va suggerir la Chamki. Davant la insistència de la Indira, els Raghavan van comprar-se un aparell de televisor per poder veure l'anunci del centre comercial.

Ja res no va tornar a ser igual per a la Muna després del rodatge d'aquell anunci ni els Raghavan la podien tractar igual que abans. La Indira va insistir perquè estudiés alguna cosa, perquè es gastés els diners que havia guanyat en algun curs d'alguna cosa interessant. La Indira sempre estava informada de tot el que passava al món i volia que la seva amiga també ho estigués. Un dia li va ensenyar un retall d'un diari anglès on explicaven que l'única manera de prosperar a la vida era amb educació. «A més educació i coneixements, més llibertat», li va llegir en veu alta.

—I hem de ser lliures, Muna, ho entens? Dones lliures. És el que em diu sempre el Sanjay a les seves cartes. Que no perdi el temps i aprengui tot el que pugui, que a Europa les dones són lliures, cultes i independents.

Després d'haver obtingut el permís dels senyors Raghavan, la Muna es va matricular en un curs de literatura anglesa i en un altre de teatre d'una escola privada del centre de Mumbai, no gaire lluny dels jardins Victoria. I va ser aleshores quan la senyora Raghavan i la Chamki van decidir que la Muna podia dormir a l'habitació de la Indira, on hi havia dos llits. Ja feia temps que a les nits es quedaven totes dues parlant fins tard i al final s'adormien de qualsevol manera, vençudes per la son. La Muna seguiria treballant a la casa, però també estudiant fora de la casa. Tanta modernitat era una mica massa per a la manera de pensar del senyor Raghavan: una criada compartint l'habitació amb la seva filla, anant a una escola a estudiar... No ho havia vist mai a cap altra família! Però havia acabat acceptant que la seva autoritat ja no tenia tanta força en aquell matriarcat i que els temps canviaven, definitivament.

L'Irshad va convertir-se en soci de la productora de publicitat i de mica en mica l'empresa es va anar decantant cap a la ficció per acabar deixant la publicitat de banda i dedicar-se plenament al cinema. Van passar un any de llargues passejades amb ferri pel port, de llargues converses, de moltes anades al cinema. I un dia, a la porta de la cuina que donava al jardí de la casa dels Raghavan, quan l'Irshad estava a punt d'anar-se'n, van quedar-se tots dos immòbils mirant-se fixament als ulls fins que, a càmera lenta, es van acostar l'un a l'altre i es van fer el primer petó. Després, l'Irshad va demanar-li si es volia casar amb ell.

La Muna tenia dinou anys quan es va convertir en la senyora Kulkarni voluntàriament i sent molt conscient del que feia. Va ser el seu primer acte important com a dona lliure. Poc abans de casar-se, l'Irshad la va acompanyar a censar-se. Fins aleshores la Muna no havia existit mai a cap registre. Senzillament no existia.

L'Arun va acabar el relat de la història dels seus pares, que l'havien escoltat agafats de la mà. Ja no quedava ni un pastís ni un tros de fruita sobre la taula i totes les espelmes s'havien fos completament. En un racó de la sala, la Kiran havia encès encens de sàndal i l'aroma ho havia impregnat tot.

—Què? T'ha agradat, eh? —va preguntar l'Arun a la Nighat, que havia seguit la història atentament.

—Moltíssim!

—I ja ho veus, encara segueixen igual d'embafadors... Et sembla normal?

—Em sembla fantàstic! Un luxe!

—I la continuació ja la saps, no? El pare va produir la seva primera pel·lícula i evidentment la mare va ser l'actriu principal i es va convertir en l'estrella número u del país. Tots els directors volien treballar amb ella i va encadenar un rodatge amb un altre. Fins i tot quan vaig néixer jo va seguir rodant!

L'Irshad va omplir un got d'aigua somrient.

—Sabeu el que recordo més d'aquella època, just abans de casar-me amb l'Irshad? —va preguntar la Muna—. Recordo sobretot el que sentia quan tornava a casa en autobús en sortir de classe! No sé com ho feia, però gairebé sempre aconseguia un seient al costat de la finestra, per més ple que anés l'autobús. I, observant el moviment que veia pels carrers, el caos habitual del trànsit, pensava en tot el que jo havia viscut com si fos una pel·lícula, com si no fos veritat! Shaha, Kolpewadi, la fàbrica de catifes, els anys servint a casa dels Raghavan contenta perquè aprenia moltes coses, notant que com més bé em portava, més m'apreciaven i més aprenia... Tota la meva vida fins aleshores quedava enrere. Tot quedava enrere menys el record de la Sita, que seguia molt present. La recordava cada dia.

Barcelona, 2004

LA SITA VA APAGAR LA TELE, JA NO PODIA MÉS. HAVIA vist tots els informatius de totes les cadenes de televisió, l'un darrere l'altre. S'havia passat gairebé tres hores asseguda al sofà, voltada de coixins de colors, en silenci i amb el comandament a distància en una mà, sense deixar-lo anar. Ja era tard i encara no havia sopat res. Havia mirat tots els informatius de totes les cadenes per veure les mateixes escenes que reproduïen a tot arreu. Se les sabia de memòria. I se sentia trasbalsada. Va posar-se un jersei de llana i va sortir al balcó. Li faltava aire i es va quedar allà quieta una estona, mirant els edificis del davant, les diferents finestres i el que s'hi veia a dins: una parella asseguda al sofà mirant la tele, tots dos amb els peus damunt d'una taula baixa; una dona gran fent mitja en una butaca ben il·luminada, també amb una tele encesa; un home fumant tranquil·lament arrepenjat a la barana del seu balcó (cada vegada es veia més gent fumant als balcons, encara que fes fred)... A aquelles hores la ciutat s'adormia a poc a poc, els sorolls s'apagaven i només se sentia una remor llunyana i discreta d'autobusos i cotxes, algun camió de les escombraries i un gos que bordava. El seu barri era un barri de gent treballadora i durant la setmana semblava com si tothom fes exactament el mateix horari. Molta gent era fora de la ciutat per les vacances de Nadal i tot estava encara més silenciós i hi havia més finestres fosques que normalment.

Va respirar fondo. Eren massa sensacions de cop. Sobretot massa sensació de ràbia i d'impotència. Va tornar a entrar dins del seu pis, com un autòmat. Tenia gana però no tenia esma de menjar res més que un iogurt. Tsunami era una paraula que la posava malalta. Feia tot just quatre dies que havia tornat de l'Índia, on havia passat un mes sencer com a pediatra voluntària en un hospital a pocs quilòmetres al sud de Chennai, l'antic Madràs. Després s'havia escapat uns dies a Karaikal i a Pondicherry amb el Mark. S'hi hauria quedat. A l'Índia, amb el Mark i treballant de voluntària. Però havia tornat a casa. Era la segona vegada que havia viatjat a l'Índia i la segona vegada que havia confirmat que Barcelona era casa seva. Al Centre d'Atenció Primària on treballava també la necessitaven i no li quedaven més dies de vacances. I havia volgut tornar per passar el dia de Nadal i el de Sant Esteve amb els pares. Sempre havien estat dos dies màgics per a ella i als seus trenta-vuit anys res no li feia més il·lusió que estar amb ells i tota la família, cosins, cosines, oncles i tietes cada 25 i cada 26 de desembre.

Ara el mòbil del Mark estava apagat i ja no admetia més missatges a la bústia de veu. Volia pensar que no funcionava cap telèfon mòbil de les costes de l'Índic. Havia trucat a tots els telèfons que tenia. I no contestava ningú enlloc. La sensació de desesperació era impossible de definir. Les imatges del tsunami emportant-se bruscament cases i persones i arbres i tot el que va trobar al seu pas les tenia clavades a la retina. Un formigueig li paralitzava el cos i l'esborronava.

Va buscar tota la informació que va poder a internet. La costa de l'estat de Tamil Nadu havia estat greument afectada per l'ona expansiva del fort terratrèmol que hi havia hagut al nord de Sumatra i que havia travessat l'Índic destruint milers d'hectàrees de costa de molts països asiàtics, emportant-se les vides de molts milers de persones. Es parlava de més de cinc mil morts només a Tamil Nadu. I els districtes de Pondicherry i Karaikal estaven a la llista. El Mark era allà, però a les primeres llistes de morts identificats no hi havia cap Mark Howard. S'havien dit adéu a Pondicherry i ell tenia la intenció d'anar més cap al sud, tornar a Karaikal per descobrir els pobles de pescadors i, fins i tot, intentar que el deixessin anar a pescar, i arribar a Nagappattinam i conèixer de prop com funcionaven els vivers de gambes i llagostes abans de tornar a Londres. Ara tots aquells vivers havien desaparegut, com molts dels seus propietaris i treballadors, i també les barques i els pescadors de tantes famílies. I el Mark era allà. Els telèfons d'emergència que sortien a la pàgina web del govern de Tamil Nadu estaven sempre ocupats o potser espatllats. No hi havia manera de poder parlar amb algú de cap d'aquells centres d'ajuda i informació que havien creat a cada districte.

La carta estava damunt de l'escriptori, al costat de l'ordinador, tal com l'havia deixat al matí en rebre-la. Amb el fòssil d'os de bisó que li havia regalat el Mark a sobre. Una representant d'una actriu índia volia reunir-se amb ella a Barcelona per un tema de màxima importància i li proposava unes quantes dates a partir del mes de gener per trobar-se a l'Hotel Omm, on s'allotjaria. Muna Kulkarni era un nom que no li deia res de res. L'havia escrit a Google i havia aparegut una llista inacabable de webs que parlaven d'ella. Si tenia esma, demà en sortir de la feina aniria a un videoclub indi que havia vist en un carrer del Raval (ara no recordava si era el carrer Hospital, o Sant Pau o potser el carrer del Carme) i preguntaria si tenien alguna pel·lícula seva per llogar.

—Tens notícies? —va preguntar-li la Judith així que la va veure entrar pel passadís cap a la seva consulta amb la bata blanca posada.

—No, no en sé res...

La Judith va fer que no amb el cap, sense dir res. Feia cinc anys que treballaven juntes. S'entenien molt bé i s'havien convertit en grans amigues per més que ara vivien vides molt diferents. La de la Judith era pausada i sense sorpreses, amb un marit i un fill de tres anys. El seu marit havia estat el seu primer amor de joventut i tenien clar que estarien junts per sempre. Li encantava la pediatria però dedicava les hores justes a la feina per poder dedicar el màxim de temps a la seva família. Abans de tenir el seu fill, la Sita i la Judith anaven al cinema juntes, com a mínim un cop a la setmana. I s'acompanyaven a comprar roba. Ara gairebé no es veien fora de la feina. Tenien les consultes l'una al costat de l'altra, que compartien amb altres pediatres depenent dels torns i els dies.

La Sita mirava el pati interior que es veia per la finestra, abstreta i immòbil. La gran palmera que hi havia al mig, la façana de la casa del davant... La idea que li hagués passat alguna cosa al Mark l'aterria. Ara s'adonava que era el més semblant al company ideal que sempre havia somiat. No havia tingut sort amb els homes. Ja acumulava una bona col·lecció de decepcions. Sempre s'enamorava d'aquells que no l'entenien o als quals ella no entenia, o dels que tenien una sobrecàrrega de passat exagerada: una exdona permanentment ficada a la seva vida, o un fill adolescent conflictiu que el feia sentir culpable de cada hora que no estava pendent d'ell, o dues filles preadolescents, impertinents i mal educades que sumades a la presència invisible de la seva mare, o sigui l'exdona, eren doblement insuportables... Per què a algunes persones els resultava tan fàcil aparellar-se i a d'altres tan difícil, si no impossible?

S'havien conegut en un curs intensiu de medicina tropical a Londres. Li feia gràcia recordar el que va pensar quan el va veure per primera vegada: quin anglès més enorme! El Mark era altíssim i corpulent, de pell clara i cabells castanys que li feien ressaltar uns ulls blaus tirant a grisos. Uns ulls d'aigua nòrdica molt freda. Tenia la mirada més simpàtica i el somriure més fàcil de tots. Abraçar-se a ell era com sentir-se salvada de cop i volta, protegida de qualsevol cosa. La seva vitalitat desbordant, la seva curiositat i el seu sentit de l'humor l'havien acabat hipnotitzant. I el seu compromís amb les poblacions més necessitades la fascinava. La Sita sempre es quedaria amb el dubte de si el Mark s'havia fixat en ella per si mateixa o per la seva història.

—De veritat ets índia? És una broma, oi?

Aquestes van ser les primeres paraules que li va dir el Mark durant una pausa del curs, mentre prenien un cafè amb els altres companys. Quantes vegades havia hagut de contestar a la mateixa pregunta incrèdula? Si no deia que era de l'Índia, la Sita podia passar per mediterrània. De pell lleugerament fosca però gens diferent de la d'altres catalanes, andaluses, gregues, corses, italianes, libaneses o berbers. De cabells també foscos però sense res d'especial i d'ulls marrons gairebé negres, d'aquells que es converteixen en un passaport cap a l'anonimat i que poden ser de tants llocs diferents. No era ni alta ni baixa, ni excessivament prima ni tampoc grassa. Si no ho explicava, res no feia pensar que la Sita havia nascut en un petit poble de Maharashtra, que havia passat els primers anys de la seva infància en un orfenat de Mumbai i que havia arribat a Barcelona als set anys. I a vegades s'ho callava. Li agradava el joc de fer-se passar per una barcelonina més. Que és el que ella realment sentia que era. D'on era, si no de Barcelona?

S'havia apuntat a aquell curs perquè la Judith havia insistit molt que una d'elles dues havia d'anar-hi, que calia estar al dia. Per a la Judith era difícil marxar dues setmanes i no li venia gens de gust deixar el seu fill, tan petit i durant tants dies. I encara que hagués volgut anar-hi, el seu anglès no era gaire bo i l'anglès era essencial per poder fer aquell curs. A més d'agrair-li haver-li transmès la seva passió per la medicina pública, pel compromís de tractar tots els pacients de la mateixa manera, amb la mateixa dedicació i professionalitat, la Sita sempre agrairia al seu pare la seva obsessió perquè aprengués bé l'anglès, i totes les classes que li havia pagat i els viatges per Europa i pels Estats Units durant la seva adolescència que li havien permès practicar-lo. Fins i tot van tenir una estudiant universitària canadenca a casa durant un any seguit amb la condició que només els podia parlar en anglès. Aquell any va ser el definitiu, perquè amb aquella noia, tot i que era molt més gran que ella, s'havien acabat fent amigues i havien passat moltes hores juntes parlant sense parar. Cada vegada tenien més pacients d'altres continents, fills d'immigrants que tenien malalties mai vistes a Barcelona. O vistes moltes dècades enrere per altres metges. I també més pacients adoptats, nens i nenes que arribaven d'Àfrica, Àsia i Amèrica Central, i es necessitaven més pediatres que tinguessin nocions de medicina tropical. Així és que, com que el curs estava totalment subvencionat i no havia de pagar ni un euro, es va apuntar a les dues setmanes intensives al London School of Tropical Medicine. Era al barri de Bloomsbury, a dos carrers del British Museum i de Russell Square, la plaça ideal per asseure's en un banc entre els enormes plàtans i observar els esquirols que s'hi enfilaven pels troncs gruixuts. Encara que fes fred, era agradable estar-hi una estona llegint. Al curs eren setanta pediatres de més de cinquanta països, la majoria d'Europa, però també dels Estats Units i del Japó. La forma de parlar i de moure's i de vestir-se, el seu to de veu i el seu accent quan parlava en anglès delataven la Sita com una autèntica dona mediterrània.

—O sigui que ets índia... Sabies que el director d'aquest curs és indi? —li va preguntar el Mark en una altra pausa, però quan ells dos ja estaven sols, en un racó a tocar de les escales—. El vaig tenir de professor a la universitat. El doctor Raghavan era fantàstic, el millor. I va ser per ell que vaig fer el meu primer viatge a l'Índia. Fins i tot vaig anar a casa seva, a Mumbai. Va insistir perquè anés a conèixer els seus pares i la seva família. Una gent encantadora. I tenien una cuinera boníssima: tot i que era una dona ja molt gran va donar-me una bona lliçó de cuina del sud! Si vols demà el busquem i te'l presento.

Després d'uns quants caps de setmana idíl·lics entre Londres i Barcelona, van constatar que tenien moltes ganes d'estar més temps junts, més temps que només un cap de setmana. S'acostaven les vacances de la Sita, que les acostumava a agafar quan cap dels seus companys les volia. Tots eren pares i mares menys ella, i tots intentaven tenir vacances quan els seus fills en tenien. Podia marxar des de finals de novembre fins a finals de desembre. Va ser en una conversa telefònica quan el Mark li va proposar anar tots dos junts com a pediatres voluntaris a un hospital de Tamil Nadu, al sud de l'Índia. Hi tenia un amic indi amb qui havia estudiat la carrera que hi treballava i ja li havia dit que serien molt benvinguts i que els podria allotjar a casa seva. Faltaven metges a totes hores, sobretot als pobles allunyats de les ciutats. El Mark s'agafaria un mes sense sou a l'hospital de Londres on treballava per poder aprofitar el mes de vacances de la Sita.

—A l'Índia? Però per què no podem anar a un altre lloc?

—És el país més especial del món, el més extremat. O bé t'apassiona o bé et provoca un rebuig total. I és el teu país!

—No, ja no! Jo no em sento d'allà! Ja et vaig explicar que quan hi vaig anar em va provocar més aviat rebuig... tanta brutícia, tanta misèria, tant soroll... Ja sé que també vaig veure coses precioses, però no ho sé... Deixa que m'ho pensi, d'acord? Et truco demà!

—D'acord, truca'm demà.... Però Sita, de veritat vull anar a l'Índia amb tu!

Treballar gratis per a gent que no podia pagar-se el metge, i molt menys els serveis de pediatres com ella i el Mark, li semblava el mínim que podia fer per tornar alguna cosa al seu país. El Mark tenia raó. L'Índia, li agradés o no, també era el seu país, el país que li va donar la vida. Encara que només fossin uns dies, unes hores dedicades a curar els nens i nenes més pobres de l'Índia, com ho havia estat ella, li semblava una bona idea.

La primera vegada que havia tornat a l'Índia des que l'havien adoptat tenia vint anys. Hi va anar amb els seus pares, que sempre li havien dit que quan fos gran anirien tots tres junts al seu país d'origen, que ells encara no coneixien. Als vint anys va arribar el dia de tornar a Mumbai, d'aterrar al mateix aeroport d'on havia marxat quan era una nena. El trajecte de l'aeroport a la ciutat la va impressionar molt. Milions de persones vivien a la carretera, amb plàstics que els feien de sostre, cartrons que els feien de parets i rates enormes que es passejaven tranquil·lament entre aquelles barraques tan fràgils. Als seus vint anys va arribar el dia de tornar a creuar la porta de ferro de l'orfenat de les Missioneres de Maria de Mumbai. Va ser menys emotiu del que ella havia imaginat. Potser perquè els seus pares l'havien ajudat a no esborrar els seus records i els havia mantingut nítids en la memòria durant els tretze anys que van passar des que va deixar Mumbai enrere fins que hi va tornar. Des del primer dia que va arribar a Barcelona, els seus pares havien anat enviant dibuixos i fotos de la Sita a *Sister* Valentina. I ella havia trobat el moment d'enviar-los el que el Ramon i la Irene li havien demanat amb insistència: una foto del centre i alguna de les monges amb les nenes que havia conegut la Sita. I també la seva puntual felicitació de Nadal fins que va morir dos anys abans del viatge de retorn a l'Índia. Van rebre una carta de *Sister* Juliette amb la notícia i el recordatori del dia del seu enterrament. No especificava de què havia mort, només deia que d'una malaltia. *Sister* Juliette s'havia convertit en la nova directora.

Van passar tota una setmana a Mumbai, instal·lats en un petit hotel de Colaba, el barri que ocupa la península del sud de la ciutat. Podien anar caminant pel passeig arran de mar que arriba fins a la Porta de l'Índia. Al capvespre, aquella mena d'arc de triomf, monument colonial però inspirat en l'arquitectura musulmana d'uns quants segles enrere, s'il·luminava just al davant de l'imponent Hotel Taj Mahal. Els llums es reflectien a l'aigua del port com un decorat. Aquella porta s'havia construït per celebrar l'arribada del rei Jordi V d'Anglaterra i per allà mateix havien desfilat les tropes britàniques abans d'embarcar-se per anar-se'n de l'Índia definitivament el 1947. La façana de Victoria Terminus, que s'assemblava més a una església gòtica que a una estació de tren, els venedors de fruita ambulants a tots els carrers, de diaris, de menjars cuinats, els colors de les parades de flors a les portes dels temples, les olors barrejades d'encens i d'oli cremat, les bicicletes, els *rickshaws*, els taxis i els clàxons sonant a tota hora, els gossos buscant restes del que fos entre piles d'escombraries, un elefant amb un noi assegut a sobre que avançava silenciosament pel carrer amb els seus quatre mil quilos i avançava bicicletes i vianants, els sastres ambulants amb les seves màquines de cosir, els *sadhus* vestits de color taronja.... La Sita va tenir la sensació que res no havia canviat, sobretot quan agafaven un taxi. Asseguda al seient del darrere es fixava en tots els detalls del cotxe, les flors de gessamí penjant del retrovisor, la imatge de *Sai Baba*... A cada trajecte li venien a la memòria les excursions que feia de petita amb *Sister* Valentina, com si fossin imatges d'una pel·lícula. Tots els taxistes li recordaven el Layam.

Van anar de visita a l'orfenat. *Sister* Juliette els va dedicar molt temps, tot el dia. La Sita va pujar l'escala de cargol de fusta amb els seus pares, emocionats. I els va ensenyar la sala on dormia a terra amb totes les nenes, sota els ventiladors. Van dinar, van repassar els esdeveniments dels últims anys dels uns i les altres. *Sister* Juliette els va explicar que durant unes pluges monsòniques es va inundar el pis de dalt. El sostre va cedir després de tantes goteres mal reparades. El despatx de *Sister* Valentina va ser l'habitació més perjudicada i es van fer malbé tots els seus papers, els seus llibres, tots els documents que guardava, la memòria del centre.

—Em sembla que aquella inundació va ser el que la va posar malalta —va dir *Sister* Juliette en un anglès de marcat accent francès mentre prenien el te amb unes galetes sota les arcades del porxo de la part del darrere del convent.

—O sigui que no hi ha cap altre document que pertanyi a la història de la Sita —va insistir el Ramon, agafat a la seva pipa.

—No, ho sento. Fins i tot es van haver de llençar els àlbums de fotos, eren irrecuperables.

Van quedar-se tots en silenci, se sentien els crits d'un corb del jardí.

—És curiós —va dir *Sister* Juliette—, en aquest país hi ha monuments que tenen més de tres mil anys d'antiguitat i estan intactes, i en canvi els edificis que es van construir fa trenta anys o fins i tot menys poden caure en qualsevol moment, sempre entre bastides.

Després d'haver recorregut uns quants milers de quilòmetres amb un tren que semblava de llauna, carregat a vessar de gent i de paquets de tota mena, van recórrer uns altres milers de quilòmetres amb un Ambassador blanc llogat i un conductor acostumat a les carreteres índies i a les vaques i els forats profunds que podien paralitzar el trànsit en qualsevol moment. Des d'Agra, per veure el Taj Mahal, fins a Varanasi, de Jaipur a Udaipur, Jodhpur, Pushkar i altres ciutats que la Sita va acabar confonent les unes amb les altres.

Sister Juliette tenia una sorpresa que els esperava al porxo. Havien tornat a Mumbai, des d'on agafarien l'avió per tornar a Barcelona, i van passar per l'orfenat a acomiadar-se. Una dona jove vestida amb un *sari* blau turquesa de seda brillant i amb els cabells recollits en una llarga trena negra que li arribava a la cintura estava asseguda a la taula, on no hi havia res més que un gerro amb un ram de flors del jardí. Quan va veure la Sita, els seus pares i *Sister* Juliette que s'acostaven, la noia es va aixecar tímidament. Sí, era ella. La Sita l'havia reconegut de seguida.

—Sundari?

Sense saber gaire bé com saludar-la, la Sundari es va aixecar de la cadira i va somriure. Tenia la mateixa cara que a la fotografia que li havia enviat *Sister* Valentina feia anys però s'havia fet gran. Entre l'elegància del seu sari i les joies que portava (braçalets, arracades a les orelles i al nas i collarets d'or) semblava una senyora al costat de la Sita, que tenia tot l'aspecte d'una típica turista europea de vint anys. La Sita havia oblidat el marathi totalment. Se li havia esborrat. I la Sundari només parlava quatre paraules d'anglès.

Però *Sister* Juliette va fer d'intèrpret. I s'hi van afegir *Sister* Urvashi, que ja era molt gran i bastant cega, i un parell de monges més joves que la Sita no coneixia. La Sundari s'havia convertit en el que es convertien la majoria de les dones índies: en esposa i mare a temps complet. *Sister* Valentina li havia trobat el millor marit que havia pogut i s'havia casat als divuit anys. Tenia un fill d'un any, que havia estat celebrat durant molts dies per tota la família del seu marit. La Sita havia escoltat la seva història i se'n sentia molt lluny. Ella tot just havia aprovat el primer de Medicina dedicant-s'hi en cos i ànima, després d'haver repetit un curs a l'institut i haver estudiat moltíssim perquè l'admetessin a la universitat. I vivia còmodament amb els seus pares, que, a més, l'ajudaven a estudiar i a fer els treballs. Quan va començar a fer-se tard, la Sundari va dir que l'esperaven a casa. La seva sogra s'havia quedat cuidant el seu fill. Aquest cop sí que la Sundari va abraçar-se fort a la Sita i se la va quedar mirant fixament abans de resseguir-li amb el dit una petita cicatriu que tenia a la cara, però sense dir res.

Seguia sense tenir notícies del Mark i no se li acudia què podia fer. No tenia cap més telèfon on trucar. Se li feia estrany que ell no donés senyals de vida si estava bé. Havia optat per no mirar cap més informatiu de la tele. Es comprava dos o tres diaris al dia, però no sabia què era pitjor, si mirar imatges o llegir les notícies que arribaven del sud-est asiàtic amb tota mena de detalls escabrosos i terribles. Buscava desesperadament algun paràgraf que parlés del sud de l'Índia. Tota l'atenció mediàtica estava a Tailàndia i a Indonèsia, però què havia passat a l'Índia? Què havia passat a Tamil Nadu més enllà de les quatre dades que trobava a internet que ja se sabia de memòria? S'imaginava aquelles platges de sorra blanca desertes a última hora de la tarda. Tota aquella extensió de sorra blanca i fina i de mar infinit per a ells dos sols. Quan baixava la marea, el Mark començava a caminar on trencaven les ones buscant algun tresor del mar i ella, asseguda contemplant el paisatge, observava amb quina passió recollia petxines i coralls. El Mark li havia explicat la gran aventura del seu pare i els records de la seva primera infància. Quan ell era petit van viure uns quants anys a Etiòpia, uns anys que l'havien marcat per sempre. El seu pare era paleoantropòleg i formava part d'un dels equips que excavava i investigava a l'est del país quan Donald Johanson va descobrir les restes de l'esquelet homínid més antic del món fins aleshores.

—Era una femella d'*Australopithecus afarensis* que va morir entre els vint-i-cinc i els trenta anys i amb prou feines passava del metre d'alçada. Recordo perfectament el dia que el meu pare m'ho va explicar. Va ser uns dies després del descobriment. Aquell 30 de novembre del 1974 ho va trasbalsar tot.

—Creus que hauríeu seguit vivint a Etiòpia si no l'haguessin trobat?

—Aquesta és la pregunta que sempre s'ha fet el meu pare. No ho sé... Ell segueix dient que és un texà de naixement amb orígens noruecs i irlandesos, però un etíop d'esperit.

Quan el Mark rememorava la seva infància a Addis Abeba i la història del seu pare li canviava la cara. Era l'únic tema que el feia semblar vulnerable i el que accentuava la seva personalitat més sensible.

—Era evident que les restes les havien descobert gràcies al treball d'equip, però tot l'èxit se'l va atribuir el Donald Johanson sense que als altres paleoantropòlegs se'ls reconegués la seva feina. El meu pare encara ara no ho ha superat ni perdonat.

—I per què li van dir Lucy?

—Quan van trobar l'esquelet sonava una cançó dels Beatles a la petita ràdio que sempre tenien encesa al lloc de les excavacions. *Lucy in the sky with diamonds...* —va cantar el Mark, movent el cap—. I va ser per aquella cançó que van decidir que aquells ossos fossilitzats de més de trenta mil segles d'antiguitat es diguessin Lucy. Però els etíops encara ara l'anomenen Denekenesh, que en amarinya significa «ets meravellosa».

Caminaven agafats de la mà hores i hores per la vora de la platja, amb l'aigua que els arribava als turmells. De tant en tant es creuaven amb una vaca sagrada que també passejava per la platja, tranquil·lament, aturant-se a observar el mar en calma com també feien ells.

—A vegades em pregunto per què no vaig seguir els passos del meu pare... Suposo que per fer el meu propi camí, per ser diferent d'ell...

—I perquè t'agradava la medicina, no?

—Sí, m'agradava. Però ara penso que potser em vaig equivocar no continuant tota la feina que havia fet ell, no contagiant-me de la seva passió per Etiòpia... Mai no va superar que el fessin fora d'un país que el fascinava. Ha publicat llibres molt interessants sobre les expedicions en què va participar, i continua escrivint i investigant sobre les conseqüències de la competència entre els diferents equips de paleoantropòlegs arreu del món, sobre «el negoci dels ossos», com ell l'anomena...

—El negoci dels ossos...

—Un negoci com tots els negocis. Una guerra oberta entre equips. Encara ara hi ha paleoantropòlegs etíops que no entenen com van poder expulsar el meu pare del país després de totes les seves investigacions i descobertes.

S'havien instal·lat en un petit hotel als afores de Pondicherry dirigit per una dona descendent dels francesos que havien colonitzat aquella zona. Des de l'habitació, que tenia un balcó amb dos balancins, es veia el mar.

Ara, a la nit, li costava dormir, i somiava que aquell mar tranquil entrava de sobte per la finestra i se l'emportava amb el llit i tot, i es despertava trasbalsada. Durant el dia estava desorientada i amb l'angoixa dels malsons de la nit.

Va passar el Cap d'Any a casa dels seus pares. Un bon sopar i els raïms amb les dotze campanades. Perquè tocava. Després ells se'n van anar a una festa a casa d'uns amics i per més que van insistir perquè hi anés, que seria un festa divertida, amb gent de totes les edats, molta música i molt ball, va preferir quedar-se mirant una pel·lícula antiga de la col·lecció de l'armari. *Marnie, la lladre* era una de les preferides de la seva mare. La tenia gravada en vídeo de la tele, plena d'anuncis de feia quinze anys a les pauses publicitàries, que a vegades no havia arribat a temps perquè no sortissin. Preferia quedar-se en aquell pis acollidor dels pares, amb la Tippi Hedren i el Hitchcock. No tenia esma per a res més.

Va acabar de visitar l'últim nen de la tarda, unes angines típicament hivernals, i mentre es treia la bata i apagava l'ordinador de la consulta va pensar que podria anar a fer una volta pel Raval i intentar trobar una pel·lícula d'aquella actriu índia. Feia dies que s'arrossegava del seu pis a la consulta de l'ambulatori del carrer Rosselló i de la consulta al seu pis, amb alguna parada al supermercat o al restaurant xinès de la cantonada. La propietària del restaurant, una xinesa menuda i riallera que cada vegada que la veia li deia que per fi havia recuperat el seu hàbit de Shanghai d'anar amb bicicleta per la ciutat, li deixava endur-se un arròs tres delícies i pollastre amb verdures a casa encara que no fossin *take away*, però amb prou feines se'n menjava la meitat.

El fred de gener li havia gelat la cara. Va aparcar la moto al carrer Pelai, molt a prop de les Rambles, va treure's el casc i va anar caminant fins a la llibreria La Central. Li agradava entrar-hi per la porta principal, la del carrer Elisabets. Era el seu temple particular, sense que hi tingués res a veure el fet que aquella llibreria estigués literalment dins d'una església del segle XI. Va passar entre els prestatges mirant fugaçment els llibres que hi havia damunt dels taulells. Mirant sense mirar, veient les lletres dels títols però sense llegir-los. I es va deixar endur per la inèrcia fins a la cafeteria que hi havia al final de la llibreria. Un cafè li aniria bé. Es trobava malament. L'angoixa fa sentir malament qualsevol. Li feia molta mandra anar a buscar alguna pel·lícula d'aquella actriu índia de la carta que encara no havia contestat. En un altre moment li hauria semblat divertit i curiós i hauria enviat un e-mail de seguida. Però ara no li feia cap gràcia. Ara l'únic que li rondava pel cap era agafar el primer avió que sortís cap a l'Índic. Fins i tot havia mirat quants diners tenia al seu compte corrent. No gaires. Però ningú no depenia d'ella i li era igual. No tenia deutes, havia acabat de pagar el pis i era funcionària. Va fer un esforç i va tornar a sortir de la llibreria per la porta del carrer Elisabets i va anar recorrent carrerons estrets en direcció al carrer Sant Pau, que és on li havien dit que hi havia un videoclub indi que compartia local amb un locutori i on tenien moltes pel·lícules. Feia moltes setmanes que no baixava al Raval i li va costar trobar-lo. Pel carrer pràcticament només hi havia turistes més perduts que ella però que tenien un plànol. En un petit parc tocant al carrer del Carme hi havia uns nens que semblaven filipins jugant al ping-pong en una taula instal·lada sota d'un arbre. Els devia ser difícil veure la pilota, ja que era fosc i no hi havia més llum que la dels fanals del carrer. També va passar per davant d'un mercat improvisat d'objectes de segona mà. Sobretot sabates, ulleres, ràdios i despertadors. Com si fos un mercat del Sàhara o del sud del Sàhara instal·lat en un racó de la ciutat. Els venedors, tots homes, estaven recollint les seves mercaderies ben col·locades a terra damunt de retalls de roba. Després de preguntar en un supermercat de productes africans, asiàtics i caribenys, i en una perruqueria que es deia New Fashion i era plena d'homes de mirada fosca i rètols en urdú i en àrab, va arribar al lloc que buscava. Era més locutori que videoclub. Quan va entrar, tots els homes que hi havia dins van callar i se la van mirar. No hi havia cap altra dona més que ella i les de les fotografies que estaven penjades a les parets. Eren tots d'edat indefinida però segur que més grans del que aparentaven, i estaven asseguts en unes cadires de plàstic, un al costat de l'altre, com si esperessin alguna cosa. Darrere d'un taulell hi havia un noi més jove, vestit amb roba occidental, texans i un jersei de coll alt de color blau marí. El sobre del taulell era de vidre i s'hi veien caràtules de pel·lícules ben ordenades. A l'esquerra hi havia un pany de paret folrat de prestatges amb més pel·lícules, vídeos i devedés; i a la dreta hi havia uns armaris amb portes de vidre que guardaven cedés de música índia com la que tenien posada de fons. Més enllà, un altre petit taulell semblant al d'una recepció de consulta de metge antiga, tenia tancat un home de pell molt fosca, assegut a sota de quatre rellotges de números grossos que marcaven hores diferents i amb un rètol cadascun: Lahore, Quito, Bogotà, Santo Domingo. Una col·lecció de papers enganxats a la paret que indicaven tota mena de tarifes i horaris per trucar a Equador, Pakistan, Colòmbia, Romania, Marroc, República Dominicana, Senegal, Argentina...

—Teniu alguna pel·lícula d'una actriu que es diu Muna Kulkarni? —va preguntar al noi que l'observava des de darrere del taulell de la secció videoclub.

—Que si en tenim alguna? Les tenim totes! —va contestar-li somrient en un castellà amb molt accent però correcte. Els homes asseguts que estaven allà de tertúlia, també van somriure. D'un dels locutoris del fons del local va sortir un jove africà. Va treure's una cartera de la butxaca dels pantalons per pagar la trucada telefònica i va marxar saludant els homes asseguts a l'entrada.

—Si haguessis de mirar una pel·lícula de la Muna Kulkarni, quina triaries?

Va girar-se cap als prestatges de la paret i va agafar un devedé sense dubtar-ho gens.

—Aquesta. És d'un home que s'enamora d'una dona..., és difícil d'explicar. Però és molt bona.

—I en quina llengua està?

—En hindi i amb subtítols en anglès. Cinc euros.

—I quan l'haig de tornar?

—Tornar? Aquí només les venem. Cinc euros una pel·lícula. Nou euros si en compres tres.

—Són còpies pirates?

—Pirates no! Aquí només tenim originals! Mira, la Muna Kulkarni és aquesta —va dir el noi assenyalant-li una de les dones que sortia a les fotos de la caràtula—. I també és aquesta —i va assenyalar-li una de les fotografies que estaven penjades a la paret.

La Sita va observar amb atenció les fotos d'aquella actriu. Una dona de gran bellesa, amb els cabells negres a vegades recollits, a vegades llisos i molt llargs. Tenia una mirada molt especial.

—Me la quedo.

—Només en vols una? Les tenim totes!

—De moment amb una en tinc prou, gràcies.

—Espera, i aquesta l'has vist? —va preguntar-li el noi amb un altre devedé a la mà.

—*Mughal-e-Azam, the biggest Indian film ever* —va llegir la Sita en veu alta.

—És la millor pel·lícula de l'Índia, un clàssic, com *Allò*

que el vent s'endugué! Em sembla que abans era en blanc i negre i ara li han posat color, però no n'estic segur.

—Creus que l'haig de veure?

—És la pel·lícula més important que tenim a la botiga! I també val cinc euros!

—No ho sé...

I mentre la Sita llegia el text de la caràtula del devedé, el noi en va treure encara un altre de sota el taulell.

—I *Lagaan*?

—La què?

—*Lagaan*! Al 2002 va ser nominada a l'Oscar a la millor pel·lícula estrangera! Però no va guanyar.

La Sita va quedar-se mirant-lo sense dir res. Amb cara trista i abatuda. Estava marejada.

—Però si no les vols comprar ara, pots tornar un altre dia. Aquestes les tenim sempre! Ei, et trobes bé?

Quan va tornar a obrir els ulls, la Sita estava estirada a terra al mig del locutori-videoclub i set homes d'ulls molt foscos se la miraven seriosos. El noi de les pel·lícules estava de genolls al seu costat ventant-la amb un diari i amb una llauna de Coca-Cola a l'altra mà.

—Ei, estàs bé? Em sents?

La Sita va fer que sí amb el cap.

—Què m'ha passat?

—Res, que has caigut, has marxat una estona. No sé com es diu...

—Una lipotímia.

—Una què?

—No és res... Gràcies, faré un glop de Coca-Cola —va dir incorporant l'esquena i fent esforços per seure bé a terra i beure de la llauna fresca que un d'ells havia anat a buscar corrents al bar del costat. Va adonar-se que quatre dels homes, els més grans, amb la pell fosca arrugada i vestits amb *kurtes* de colors clars que els sortien per sota de jerseis de llana i anoracs, seguien asseguts a les cadires de plàstic blanques que hi havia a l'entrada de la botiga, a tocar dels armaris amb portes de vidre que guardaven els cedés. La miraven amb la mateixa cara que devien mirar-se una pel·lícula que no entenien.

—Ho sento, de veritat.

—No passa res. Així aquests podran explicar alguna cosa diferent quan tornin a casa! A part d'anar a la mesquita cada dia i venir a passar l'estona aquí fan poca cosa més! Pots aixecar-te?

—Sí, ja està, ja m'ha passat, no és res. Estic feble.

Un dels homes li va acostar una cadira i la Sita va asseure's per acabar-se la Coca-Cola. Havia caigut a terra amb la bossa en bandolera com sempre la duia per anar amb moto. Seguia sonant la música índia, com quan havia entrat al local, i de sobte se li va fer estrany recordar que era a Barcelona. Tenia la sensació d'estar lluny, molt lluny.

—D'on sou?

—Som tots del Pakistan, del Punjab, a prop de Lahore. Saps on és?

—Sí, és clar que sé on és!

—No tan clar! Hi ha molts barcelonins que no tenen ni idea d'on és Lahore!

—Fa molt que viviu a Barcelona?

—Jo gairebé cinc anys. Ell —va assenyalar l'encarregat del locutori, que s'havia tornat a tancar darrere del petit taulell de fòrmica blanca— és el que va arribar primer, ja fa onze anys, el 1993, igual que el seu cosí, el propietari de la carnisseria *halal* de la plaça Sant Agustí, aquí al darrere.

La Sita va fer l'últim glop a la llauna de Coca-Cola, es va posar les dues pel·lícules a la bossa, va treure un bitllet de deu euros per pagar dos devedés, va agafar el casc i es va acomiadar de tots.

—Em dic Hassan. Si vols més pel·lícules ja saps on pots trobar-ne!

Brahma, Vishnu i Shiva són els tres déus principals de l'hinduisme i com a col·lectiu se'ls anomena Omm. Omm és el so del poder universal, del poder diví. Potser per això l'havien volgut citar a l'Hotel Omm? O potser perquè era l'hotel de moda del moment, l'hotel més *cool* i més de disseny? Encara no hi havia anat mai a prendre una copa com semblava que feia tothom. La Sita no se sentia *cool* ni entenia ben bé què era la música *chill out* dels bars de copes, ella, que encara no s'havia cansat d'escoltar les cançons del Leonard Cohen. En qualsevol cas, estava molt lluny del disseny que imperava a tot arreu. Prendre copes a la nit no li agradava, se sentia fora de lloc. Preferia asseure's tranquil·lament amb llum de dia al costat de la finestra de qualsevol Bar Martínez o Bar Montseny d'una cantonada anònima de Barcelona, en un d'aquells que s'estaven extingint massa de pressa. Racons familiars amb un vell mirall de l'anunci de Cacaolat penjat a la paret i les mateixes taules i cadires que van comprar els propietaris en obrir el negoci uns trenta anys enrere. Havia rellegit una altra vegada la carta i estava asseguda davant de la pantalla del seu ordinador sense saber com començar la resposta. «Un assumpte de màxima importància relacionat amb l'actriu índia Muna Kulkarni», havia escrit la tal Nighat Nawaz.

Va enviar un e-mail curt i va rebre una resposta gairebé immediata quan estava a punt d'apagar l'ordinador. Hi havia persones que semblava que visquessin enganxats als correus electrònics. Com segurament sabria, la Muna Kulkarni era una actriu molt important i volia fer les coses ben fetes. No podia assegurar-li res del cert abans que no es veiessin personalment, però podia avançar-li que tenien proves suficients que demostraven que elles dues eren família biològica.

La Sita va pensar que allò no ho podia viure sola i va trucar els seus pares de seguida.

Dues setmanes després de la tragèdia del tsunami, el Mark finalment havia trucat a la Sita per dir-li que estava bé però que havia decidit quedar-se a l'Índia a ajudar en tot el que pogués. Hi havia molts ferits per atendre, cadàvers per identificar, cadàvers per fotografiar abans d'incinerar-los perquè no es podia esperar més, fotografies per revelar i ordenar per facilitar que els familiars poguessin almenys indentificar-los, encara que fos a través d' una petita imatge impresa... Calia ajudar i consolar moltes persones que ho havien perdut tot i estaven traumatitzades... Sentia que no podia marxar d'allà així com així, encara que no fos un dels llocs d'Àsia on més ferits, morts i desapareguts hi havia hagut. No era l' únic estranger que estava a Pondicherry o Karaikal que s'havia quedat com a voluntari, sense pertànyer a cap de les ONG desplaçades. S'hi quedava indefinidament, encara que el fessin fora de la feina.

—Però està viu, hauries d'estar contenta! —repetia una vegada i una altra la Judith.

—Sí, sí, estic contenta... Però m'havia imaginat una altra cosa.... No sé, em sembla increïble que després del que vam compartir junts s'hagi pogut passar tants dies sense dir-me que estava bé, sense pensar que jo estava patint...

—Però ja t'ho ha explicat! L'experiència de sobreviure al tsunami i de veure tanta destrucció al seu voltant el va afectar molt, va estar dies i nits sencers ajudant a rescatar persones d'entre les runes, ajudant a curar els ferits sense poder pensar en res més! Coneixent-lo com dius que el coneixes, no et sembla normal que s'hi vulgui quedar?

—Suposo que m'hauria de semblar normal... Però, te n'adones? Tots els homes que trobo sempre tenen una altra prioritat abans que jo... Em pensava que el Mark seria diferent... Però es troba al mig d' una tragèdia natural i per a ell és prioritari quedar-s'hi en lloc de venir a buscar-me a mi per celebrar que no li ha passat res...

—Segurament tu hauries fet el mateix que ell, Sita!

—No ho crec. Però és igual. És culpa meva. No l'he sabut retenir, no sé fer que els homes vulguin quedar-se amb mi...

—Para ja amb la culpa! Que pesada!

La Sita i la Judith estaven assegudes en un dels despatxos de l'ambulatori, amb les parets plenes de dibuixos infantils i fotos dels seus pacients. La Judith seia a la seva cadira, i a l'altra banda de la taula, la Sita, com si fos una mare que li expliqués els símptomes del seu fill. Però la seva companya ja no sabia què més dir-li.

Era dijous a la nit i se suposava que l'endemà tothom treballava, però per aquella zona hi havia molta gent entrant i sortint dels bars. La Sita va aparcar la moto al mateix carrer Muntaner, a pocs metres de la porta del local. Underground. Era la primera vegada que hi entrava i no sabia que existia fins que va llegir un article en un diari que en parlava. L'últim dijous de cada mes només posaven música de pel·lícules de Bollywood i la gent ballava alegrement al seu ritme fins a altes hores de la matinada. Amb els guants encara posats, va quedar-se uns minuts a l'entrada observant la pista de ball i el tipus de gent que hi havia. Tothom semblava bona gent. No tenia res a veure amb l'ambient que acostumava a haver-hi a les poques discoteques que havia anat. Hi havia gent jove, o potser no tan jove, ballant i rient sense parar, aixecant els braços cap als focus de colors que els il·luminaven, movent-los com havia vist que els movien els ballarins de les pel·lícules índies, amb una alegria contagiosa. Gent de la seva edat. La majoria passaven dels trenta i potser també dels quaranta. Eren joves? En una ciutat occidental del segle XXI, la joventut era eterna. Als vint, als trenta, als quaranta, als cinquanta, als seixanta, als setanta... tothom podia ser jove i viure una vida jove. Algunes dones portaven un *bindi* adhesiu vermell i rodó enganxat al mig del front i molts braçalets de vidres de colors als canells.

—Ei, hola! El DJ Kabir és el millor, oi que sí?

Li va costar reconèixer aquell somriure simpàtic que ensenyava unes dents blanquíssimes en una cara de pell bruna.

—No saps qui sóc? Em dic Hassan, tenim totes les pel·lícules índies que busquis!

—Hola, com estàs?

—Això tu! Ja estàs millor? Al barri encara recorden la teva caiguda a terra! Com es deia allò que et va passar?

—Lipotímia.

—Això, lipotímia! M'ho hauré d'apuntar!

La música estava molt alta i havien de cridar per fer-se entendre. La Sita s'havia guardat els guants a la butxaca de la jaqueta, que encara portava posada.

—Arribes o marxes? —va preguntar-li el Hassan.

—Doncs no ho sé gaire bé! Suposo que estava arribant! És la primera vegada que vinc, només volia veure de què anava...

—De què anava el què?

—Això de la música de Bollywood...

—Doncs ja ho veus! Només cal que surtis a la pista i et deixis emportar pel ritme!

—Uf! Em sembla que primer m'ho miraré una mica. Això de ballar no és precisament el que sé fer millor!

—Però si aquesta música es balla sola, només cal sentir

el ritme i deixar-se anar! És per a tots els públics, cadascú balla com vol!

—D'acord, d'acord... però primer m'ho miro!

—Vols prendre alguna cosa? Et convido! Una Coca-Cola per si tornes a tenir una lipo... lipotímia?

Abans que la Sita tingués temps de contestar, el Hassan ja estava a la barra demanant les begudes. Si una cosa hi havia en aquell Underground era bon humor. Tothom semblava feliç i amb ganes de ser-ho.

—Aquí la tens! Una Coca-Cola per si de cas i una altra per a mi, per si ens calen reforços! Et passa molt sovint?

El Hassan i la Sita es van asseure amb els dos gots a la taula més allunyada de la pista i dels focus de colors que perseguien els que ballaven sense parar.

—I tu com et dius?

—Sita.

—Sita? Com és que et dius Sita?

—Vaig néixer a l'Índia i vaig viure allà fins que els meus pares em van adoptar... Vaig arribar a Barcelona quan tenia set anys... i t'asseguro que ara sóc totalment d'aquí, més catalana impossible!

Va resumir-li la seva història amb naturalitat i el Hassan se l'escoltava sense posar res en dubte. Potser era la primera vegada que algú se la creia a la primera i assumia la seva història com la cosa més normal del món.

—Tinc cosins a Mumbai, al barri de Madanpuran. Mig segle després de la partició hi ha més musulmans a l'Índia que al Pakistan!

—Has vingut a ballar sol?

—No, he vingut amb un amic... Veus aquell que balla d'aquella manera tan estranya, el que sembla que descargoli bombetes sense parar i en totes direccions?

La Sita s'hi va fixar i es va posar a riure com feia dies que no reia.

—I tu? Com és que vius a Barcelona?

—Perquè a Lahore no tenia futur, o des d'allà no sabia què més fer per tirar endavant... El meu millor amic, el Khalid, aquell que balla frenèticament a la pista, i altres coneguts em van parlar de Barcelona... El germà gran del Khalid és qui porta el locutori on treballo. El va obrir ajuntant els seus estalvis amb els de tres amics més de Lahore, tot i que al principi també havia de repartir bombones de butà per les cases! Però ho va haver de deixar perquè l'esquena no li aguantava...

—Ha de ser duríssim...

—Sobretot si no has treballat mai físicament! Som gent de ciutat! El Khalid i jo vam tenir la idea d'ocupar un espai del local amb un videoclub de pel·lícules índies... Ens ho van deixar provar i la veritat és que no ens podem queixar! No sé si és sort o que cada vegada hi ha més gent interessada pel cinema indi! Ve gent de tota mena a comprar pel·lícules!

El Khalid els va saludar efusivament des de la pista, envoltat de noies que movien els braços cap als llums del sostre.

—I et vas adaptar de seguida a la ciutat?

—Ui, no! Per a un pakistanès la vostra forma de vida és tan estranya com per a vosaltres un partit de criquet! Al principi no entenia res! No només per la llengua, o les dues llengües que parleu aquí, sinó per la llibertat que hi havia als carrers, pel respecte que tenia la policia amb la gent, no com al meu país... També m'ha impressionat sempre que aquí els *jefes* treballin tant com els seus treballadors, que la gent es casi per amor...

—Almenys ho intentem!

—I la primera vegada que vaig anar a la platja de la Barceloneta! Allà sí que no vaig entendre res de res! Tots aquells cossos mig despullats estirats a la sorra... Si ho hagués vist la meva mare es mor de l'ensurt en aquell mateix moment!

El Hassan es va posar a riure una altra vegada. I era impossible no encomanar-se d'aquell riure estrident.

—De veritat, el que impressiona més de la vostra forma de viure és la llibertat que teniu. No és tan fàcil aprendre a viure amb tanta llibertat de cop i volta!

—No ho havia pensat mai. Més aviat pensava que us costava adaptar-vos a les normes estrictes d'aquí...

—Ho dius pel que va passar fa uns dies al Raval? El problema és que els pakistanesos i molts dels que arriben al barri d'altres països no estem acostumats a viure en pisos. Nosaltres vivim en cases. I fins que no ens adonem que els sorolls molesten els veïns, que les parets són molt primes, ja s'han queixat. Els passa el mateix als senegalesos i als dominicans, que han d'aprendre a abaixar el volum de la seva música! I els nens que arriben de Filipines, del Marroc o del Pakistan no estan acostumats a estar tancats. Sempre han jugat al carrer i aquí pràcticament no poden perquè hi ha molts cotxes... L'adaptació és difícil. Tenim costums molt diferents i ningú no ens rep amb un manual d'instruccions a l'aeroport!

—I no vols tornar al Pakistan?

—No, de moment no! Aquí es pot viure millor, encara que no sigui el paradís que molts pensen trobar en baixar de l'avió! Aquí hi ha un futur possible. Tinc molts plans! M'agrada el cinema, és el que més m'agrada després del criquet! M'agradaria tenir el millor videoclub de cinema asiàtic de Barcelona! Un videoclub on també es projectessin pel·lícules i la gent vingués a veure-les en una sala ben còmoda!

El DJ Kabir feia embogir la massa de la pista amb cada canvi de cançó. Una explosió d'alegria. Amb els braços aixecats i sense parar de moure's i somriure, el Khalid feia senyals al seu amic perquè anés a ballar. Però el Hassan li feia gestos per dir-li que ja hi aniria més tard.

—Escolta, què saps de la Muna Kulkarni?

—Ah! Et van agradar les pel·lícules, oi? Ja t'ho vaig dir!

—Sí, però què en saps, d'ella, com a persona?

—Com a persona, dius? Què et penses, que la conec? No en tinc ni idea! Només conec les seves pel·lícules i poca cosa més. Per què ho preguntes?

—No, per res...

—Ara sí que no et crec! Què has de saber de la Kulkarni? Ets periodista?

—No, sóc pediatra.

—Però t'agrada el cine.

—Sí, m'agrada molt anar al cine, si és possible jo sola.

—És que sou ben estranys aquí, eh? Quina mania de fer-ho tot sols! Que si és més fàcil, que si és més pràctic... No hi ha qui us entengui! Cadascú vivint en el seu món, pensant per ell i prou... Hi ha veïns de l'escala on visc que no tenen cap interès a saber ni com es diuen els altres veïns! A tu et sembla normal?

El Hassan cridava més del que calia malgrat el volum de la música del local i gesticulava exageradament.

—Vols que et digui un secret?

El Hassan es va acabar la Coca-Cola d'un glop fent que sí amb el cap.

—Demà he quedat amb algú que envia la Muna Kulkarni.

—Què? I per què?

—Em volen conèixer! —va dir divertida la Sita.

—Però per què si ets pediatra?

—Quan hi hagi parlat t'ho explicaré, però sembla que potser som família.

El Hassan es va quedar sense paraules i els ulls li brillaven. No el coneixia de res però la Sita tenia la sensació d'haver descobert el germà còmplice que no tenia i li era igual no saber res més que quatre dades d'aquell jove pakistanès que s'esforçava per semblar occidental i ho aconseguia.

—Què dius? És una broma?

—No, em sembla que no. Ja t'ho explicaré. És tard i demà em llevo d'hora, tu no?

—I tant que m'ho explicaràs! Demà és divendres, el meu dia de festa. El dia que vaig a la mesquita, ja ho saps, som musulmans. I després tinc partit de criquet d'entrenament, perquè dissabte en tenim un de veritat al camp de Sant Adrià de Besòs...

—Criquet a Barcelona? Això sí que té gràcia! I on us entreneu?

—Al Parc de les Tres Xemeneies, al Poble Sec...

—No sé on és...

—Però tu a quina ciutat vius? Escolta, et dono el meu mòbil i així que hagis parlat amb qui sigui que envïi la Muna Kulkarni em truques i m'ho expliques! Ho faràs?

—D'acord, ho faré.

El Hassan va anotar-li el seu número de mòbil en un posavasos de paper de l'Underground.

—No he vist cap partit de criquet.

—No saps ballar, no has vist cap partit de criquet... de veritat ets índia? —va dir el Hassan movent el cap i rient—. A vegades juguem en un solar mig en obres darrere de la Rambla del Raval, amb una pilota de tennis recoberta de cinta aïllant. Però per jugar en bones condicions el millor camp és el de Sant Adrià. Allà amb pilota de cuir de veritat, de les ràpides!

—Potser un dia et trucaré perquè m'hi portis!

—Però abans espero que m'expliquis què passa amb la Muna Kulkarni, eh? No te n'oblidis!

La Sita va tornar cap a casa amb la moto, notant l'aire fred a la cara i amb els ritmes alegres de la música de Bollywood al cap.

A les set de la tarda d'aquell divendres pràcticament tots els sofàs de colors càlids de l'entrada de l'Hotel Omm estaven ocupats. Se sentien parlar moltes llengües diferents sota els enormes llums en forma de bola que penjaven del sostre. Va donar un cop d' ull a aquell espai de disseny modern sense que ningú li cridés l'atenció i va optar per anar al taulell vermell de la recepció.

—Nighat Nawaz? Un moment si us plau —va dir-li un dels nois d'uniforme negre despenjant un telèfon.

Va fixar-se en l'escultura de cubs metàl·lics que hi havia davant de la porta de vidre que s'obria i es tancava automàticament cada vegada que entrava o sortia algú. De quin material devien estar fets?

—Sita? Sóc la Nighat Nawaz —va dir-li en anglès i donant-li la mà així que va sortir de l'ascensor guiada pel noi de la recepció—. Busquem un lloc per seure, sembla que sigui molt ple però sempre hi ha un forat!

Addis Abeba, 2005

El carrer feia pujada i plovia. Amb una mà a la butxaca de la jaqueta i l'altra agafant el paraigua obert, el Solomon caminava tan de pressa com podia esquivant bassals i apartant-se quan passava un cotxe perquè no l'esquitxés. Uns nens jugaven descalços amb el fang i l'aigua embassada davant d'una petita parada de cebes i patates de dues dones assegudes a terra, damunt d'un tros de plàstic, protegint-se de la pluja sota un gran paraigua de colors vius. Algeria Street. Li costava acostumar-se als nous noms dels carrers. Sobretot memoritzar-los. Feia molt poc que existien i ningú no els deia ni els feia servir, només els llegia. Tothom seguia referint-se als llocs com «el carrer del davant de la catedral», «tres carrers després de Meskal Square», «al costat del rètol d'Ethiopian Airlines». Des del principi d'aquell carrer de fort pendent es veia una renglera de paraigües de tota mena al costat d'una tanca de ferro pintada de verd i un rètol que indicava que estava prohibit fer fotos. Una cua de gent que esperava per entrar i fer tràmits a l'ambaixada dels Estats Units, llarguíssima, com cada dia des de feia molt temps. La majoria eren homes però també hi havia dones, sobretot dones joves. Queia una pluja fina i persistent. Des que s'havia venut el cotxe qualsevol activitat urbana resultava ser una excursió. Li agradava caminar, havia caminat molt des de petit. Només aturava un taxi o pujava a un minibús col·lectiu quan arribava tard a algun lloc. La seva vida canviaria aviat i ja tot li era igual. Esperava que la seva vida canviés de nou, necessitava el canvi definitiu, l'últim. Els clàxons dels cotxes, motos i camions es barrejaven amb el sermó monòton i insistent que se sentia a través dels altaveus d'una església propera. No podia imaginar-se vivint en una ciutat sense sentir els sermons dels capellans ortodoxos a totes hores. Ningú no els entenia, perquè deien els sermons en ge'ez, la llengua clàssica d'Etiòpia que va desaparèixer com a llengua parlada al segle XII i que només s'utilitzava a l'església. Va arribar a la cua de l'ambaixada americana quan tothom començava a plegar els paraigües perquè semblava que per fi parava de ploure una estona. Ell també va plegarlo i va seguir caminant, carrer amunt. Hi havia molts homes armats. A peu de carrer i dalt d'unes torres de vigilància. Va observar les cares dels que esperaven, imaginant els motius que tindria cada una d'aquelles persones per anar-se'n d'Etiòpia. O més ben dit, per anar-se'n als Estats Units, un dels països del món on vivien més etíops. Caminava i es preguntava què passaria si tothom marxés. Calia quedar-se, calia fer alguna cosa perquè el país tirés endavant, perquè la democràcia fos de veritat algun dia, perquè hi hagués aigua i menjar per a tothom, perquè els etíops superessin la mitjana d'esperança de vida dels quaranta-sis anys... La Yeshi ni tan sols havia pogut arribar-hi, i ell havia de fer esforços per seguir caminant cada vegada que recordava que era vidu, que la Yeshi havia mort, que estava més sol que mai al món. Aferrava el paraigua plegat amb ràbia i caminava carrer amunt. Ja havia passat de llarg tota la cua de l'ambaixada americana i l'edifici voltat de mesures de seguretat. Tenia trenta-vuit anys i era vidu i orfe de pare i mare. Què més es podia ser per sentir-se tan sol? Les seves germanes vivien lluny. La Maskarem només havia tornat una sola vegada, en un viatge de quinze dies per ensenyar-li Etiòpia al seu marit anglès, que preferia ser un expert en Àfrica sense moure's de la casa adossada dels afores de Londres, on vivien. L'Aster s'havia casat amb un professor que havia conegut a la biblioteca poc després que el Solomon marxés a Cuba i se n'havia anat a viure a Awasa, la ciutat universitària al sud d'Addis Abeba. Tenia dos fills, igual que la Maskarem. Si almenys la Yeshi i ell haguessin tingut fills. Però no van poder, la malaltia ho va impedir. A Etiòpia faltaven metges, mitjans, hospitals. I què passaria si al final tots els bons professionals de la medicina acabessin marxant a un altre país? Poca cosa més del que passava ara. La gent emmalaltia i moria, una persona darrere l'altra, sense poder diagnosticar, sense poder ferhi res. Havia fet bé de passar a acomiadar-se de la família del Sintayehu. El seu pare també havia mort a la guerra de Somàlia. Caminant per la ciutat podia anar visitant tots els seus coneguts per anunciar-los que marxava quan passava a prop de les seves cases. Va veure la reixa des de lluny. S'havien acabat els pendents pronunciats i ara s'acostava als dos guardes de l'ambaixada espanyola per un carrer que algun dia havia estat asfaltat. Només les grans avingudes i un de cada deu carrers d'Addis Abeba estava asfaltat i molts dels que ho estaven ja no ho semblava. A la porta no hi havia ningú més que aquells dos homes uniformats de color beix. El contrast d'aquella tranquil·litat amb les cues diàries de l'ambaixada americana era sorprenent. Els guardes ja el coneixien de les altres tres vegades que hi havia anat. Amb una mica de sort, aquesta seria l'última. Va ensenyar la documentació que duia i li van obrir la reixa per deixar-lo entrar pel camí de grava que s'endinsava en un gran jardí molt cuidat i voltat d'un petit bosc d'eucaliptus altíssims. Aquell jardí li semblava un món a part. Els diferents tons de verd de les plantes, els arbustos de to vermellós que vorejaven el camí, la gespa perfectament segada, els salzes, les palmeres i el silenci. Se sentien ocells. A la dreta del camí hi havia cinc taxis de color blau aparcats al costat d'altres cotxes dels treballadors de l'ambaixada. Els taxistes estaven una mica més enllà fumant i xerrant. Era estrany que hi hagués tants taxis, les altres vegades que havia entrat a l'ambaixada no n'hi havia cap. La bandera vermella i groga estava ben molla per la pluja i lligada al pal en un lloc visible del jardí, al costat d'una escultura de bronze amb el bust d'un rei modern, al mig d'un parterre florit. Feia gràcia pensar que encara hi havia reis i reines. A Etiòpia, una de les monarquies més antigues del món, els reis i els emperadors formaven part del passat. Va pujar les escales del porxo i abans d'entrar va veure un nen que s'assemblava molt al nen que ell havia sigut una vegada. Estava recolzat a la barana del porxo, mirant el jardí i cantant amb veu fluixa però suficientment forta perquè pogués entendre que era una cançó que parlava de llops. El nen el va veure i va parar de cantar. Anava molt ben vestit, amb colors vius i unes sabates d'esport blanques i noves i tenia l'expressió igual de trista que la que devia tenir ell, per més que també anés ben vestit i aparentment la vida li anés bé. El Solomon duia els cabells força llargs i amb uns rínxols que semblaven tirabuixons. El nen, en canvi, anava gairebé rapat i se li veien algunes clapes sense cabells.

—Hola —va dir-li sense poder evitar aquella mirada fosca.

El nen no va contestar.

—Com et dius?

El nen va quedar-se quiet, paralitzat. El Solomon va adonar-se que la seva mirada no era una mirada feliç i tranquil·la.

—Biruk —va dir amb un fil de veu quan el Solomon se n'anava cap a la porta.

—I què fas aquí? Que no vas a l'escola?

El Biruk tenia un personatge de pel·lícula de ciència-ficció de plàstic a les mans i va començar a toquejar-lo i a ensenyar-li com es disparava l'arma sense dir res.

—Apa, que et vagi bé —li va dir el Solomon passant-li la mà pel cap suaument abans d'entrar a la recepció de l'ambaixada.

La sala era més plena que mai. Va fixar-se que la majoria de les dones i algun home tenien nadons als braços o asseguts en un cotxet. Una nena que ja començava a caminar feia voltes a una taula baixa i reia. La pell fosca d'aquells nens petits contrastava amb la pell pàl·lida i rosada dels adults que esperaven asseguts, ocupant totes les cadires que hi havia. Alguns anaven vestits de safari, amb pantalons curts, botes i la càmera penjada com si de qualsevol despatx hagués de sortir un lleó descendent dels lleons de Haile Selassie que calgués immortalitzar per sempre. Com a mínim hi havia sis nens petits i dos adults per cada nen.

—Em dic Solomon Teferra i vinc a recollir el meu passaport amb el visat —va dir en un castellà perfecte amb accent cubà.

—Sí, està gairebé fet, però falta una firma i t'hauràs d'esperar que hàgim acabat d'atendre tota aquesta gent, que han de viatjar demà —va dir-li una dona a l'altra banda del taulell.

—M'esperaré tant com faci falta. M'agradaria sortir d'aquí amb el passaport a la butxaca.

En girar-se va adonar-se que tots els de la sala havien estat escoltant. Un dels nadons es va posar a plorar i van començar a parlar entre ells una altra vegada. Va sortir a fora i el nen de cara trista encara jugava amb el personatge de plàstic, cantant la mateixa cançó amb veu molt fluixa. Havia sortit una mica el sol i tot el jardí brillava. Ara entenia què hi feia allà aquell nen i per què no estava a cap escola. Sabia que cada dia marxaven del país molts nens i nenes orfes adoptats per uns nous pares i mares que els anaven a buscar des de tot arreu, però mai havia vist com eren els uns i els altres. Amb la Yeshi n'havien parlat alguna vegada. Ja que no podien tenir fills i hi havia tants nens orfes a Etiòpia, potser podrien plantejar-se adoptar-ne un com havien fet uns coneguts. Però quan la Yeshi es va posar malalta ja no en van parlar mai més i va quedar com un projecte més dels nombrosos que no farien junts.

Un dels homes que esperaven va sortir al porxo. Era alt i prim i anava vestit correctament per estar en una ambaixada d'una gran capital fent tràmits, no com si anés d'excursió a una muntanya de quatre mil metres d'alçada. Potser els *farangis* que es vestien amb botes i pantalons curts a Addis Abeba també anaven vestits així a les seves ciutats?

—Hola —va saludar-lo en castellà amb cara de tenir ganes de conversa—. Viatges a Espanya, oi?

—Sí, a Barcelona.

—Nosaltres som de Barcelona! Hi has estat abans?

—No. Només he estat a Cuba.

—Abans de venir aquí no teníem ni idea que hi havia tants etíops que parlàveu castellà! Suposo que tu també vas anar a Cuba a estudiar.

—Sí, hi vaig fer la Secundària a Isla de la Juventud i després vaig estudiar Arquitectura a l'Havana. Però ara tinc la llengua una mica rovellada! Vaig tornar el 1988, ja fa molts anys!

El nen els observava des d'un racó del porxo.

—Biruk, vine! —va dir-li en català fent un gest amb la mà—. La meva dona i jo l'acabem d'adoptar, només fa vuit dies que ens coneixem... Pots dir-li en amarinya que no tingui por?

—Por? De què té por?

—De tot. Està molt insegur i esporuguit... Posa't al seu lloc...

—Coneixeu la seva història?

—No. Només tenim quatre ratlles d'un informe...

—Ell us ho explicarà.

—Esperem que parli algun dia... Si de moment poguessis dir-li que no tingui por!

El nen es va acostar als dos homes amb timidesa. El Solomon es va ajupir per estar a la seva alçada i li va donar la mà com si saludés a un adult.

—*Salam*, Biruk. Em dic Solomon i també me'n vaig a Barcelona.

El Biruk mirava a terra seguint les normes d'educació tradicionals de no mirar la cara dels desconeguts.

—Te'n vas a Barcelona amb uns nous pares, quina sort!

El nen va alçar la vista tímidament, mirant-lo sense dir res amb aquells ulls grossos, que ressaltaven de tan negres sobre el blanc, uns ulls tristos. Ara que el tenia ben a prop s'adonava de com estava de prim i de com eren de grans les clapes sense cabells provocades per la tinya.

—Si aconseguissis que parlés... Estem preocupats per ell, fa vuit dies que no diu ni una paraula, està com en estat de xoc... Hem anat a un dels millors pediatres d'Addis i ens ha dit que li donem temps i moltes mostres d'afecte faci el que faci, però estem preocupats. Ens havien explicat que els nens estaven molt contents així que sortien de l'orfenat, però aquest no és el cas... Potser ens ho deien per no angoixar-nos més del compte, perquè no ens tiréssim enrere.

—No ha de ser fàcil de viure —va dir el Solomon—. Em sembla que jo també estaria espantat.

—Us deixo sols i ho intentes?

—D'acord, faré el que pugui.

El Solomon va asseure's als graons de l'escala d'accés a l'ambaixada amb vistes al jardí, va treure un paquet de Nyala de la butxaca de la seva jaqueta i va encendre una cigarreta. Des de l'escala veia els taxistes, que seguien fumant i xerrant entre ells. Un ocell es va aturar sobre el globus blanc d'un fanal del jardí. Als carrers no hi havia fanals com aquells. Quan es feia fosc, gairebé no es podia anar enlloc perquè no s'hi veia. Va intentar recordar què sentia quan va morir la seva mare, va recordar què sentia quan la Maskarem se'n va anar a Londres, i quan el seu pare se'n va anar a la guerra de Somàlia a cuinar per als soldats, i quan l'autocar que el va portar al port d'Assab va posar-se en marxa i l'Aster es va quedar sola, fent-li adéu amb la mà... I li va començar a explicar la seva història al Biruk, com si fos un conte. La història d'un nen que vivia als turons d'Entoto i tenia por de les hienes, un nen que va haver de dir adéu per sempre als seus pares i separar-se de totes les persones que estimava i que va fer un viatge molt llarg amb vaixell fins a l'altre costat del món, i que va haver d'aprendre una llengua estranya per poder estudiar i ser el millor de la classe com havia promès a la seva mare... Un nen que es va fer gran, es va casar amb la dona més alegre i divertida que havia conegut i l'havia perdut feia uns mesos per culpa d'una malaltia... El Biruk es va anar acostant al Solomon i va acabar asseient-se a prop de les escales, escoltant atentament tots els detalls del relat. I finalment es va asseure al seu costat, al mateix graó.

—I com que estàs sol, per això te'n vas a Barcelona? —va dir el Biruk amb veu molt fluixa.

—Sí...

—Jo també.

I el nen i el Solomon es van trobar abraçats, asseguts a les escales del porxo de l'ambaixada, agafant-se l'un a l'altre com si fossin un flotador salvavides al mig de l'oceà. El Solomon es va posar a plorar sense poder evitar-ho i el Biruk va continuar abraçat a ell. Mai no havia vist plorar cap home. Estava convençut que els homes no sabien plorar.

—Saps, Biruk? El sentiment d'haver-se quedat sol al món només es pot compartir entre els que ho han viscut. Jo t'entenc.

I va ser aleshores quan el Biruk, amb el mateix to de veu fluix i gairebé inaudible, li va començar a explicar la seva història, la d'un nen d'uns set o vuit anys de les muntanyes de Debre Tabor que havia viscut de tot fins que havia quedat orfe de pare i mare, sense avis ni parents propers. Després d'una infància molt nòmada, havia acabat quedant-se totalment sol a la ciutat de Gondar. Primer l'havien acollit les Missioneres de la Caritat, quan la policia el va trobar vivint sol pels carrers, i després les monges l'havien portat amb cotxe, en un trajecte llarguíssim, fins al centre que tenien les mateixes missioneres a Addis Abeba, on atenien els malalts i els moribunds i on també acollien nens i nenes sans que podien ser adoptats. Sense que ho hagués demanat ni hagués pogut impedir-ho, ara es trobava molt lluny de la seva terra, d'on naixia el Nil Blau, i encara que no ho volgués, havia de marxar encara més lluny amb aquells *farangis* que l'havien anat a buscar carregats de roba de colors que li feia vergonya portar i de joguines que no entenia com funcionaven ni quina gràcia tenien.

Al cap d'una estona va tornar a sortir el nou pare del Biruk amb una dona de cara agradable. Duia una petita càmera digital a la mà i abans que ella digués res, el Solomon li va dir que sí, que podia filmar. La dona es va acostar al nen i li va fer una carícia a la cara.

—Ens agradaria filmar el Biruk parlant en amarinya, o a tu parlant amb ell, si no t'importa... per si perd la llengua... Sentim no haver après res més que quatre frases i els números de l'u al deu...

El Solomon es va oferir per fer d'intèrpret i li va anar explicant al Biruk tot el que aquella parella li anava dient:

on anirien l'endemà amb l'avió, com viurien, per què estaven allà esperant, per a què serviria el passaport, per què havien de tornar a anar a visitar el doctor Markos aquella tarda... A ells dos se'ls veia segurs, però devien estar igual d'esporuguits que el Biruk. Van donar-li una targeta amb els seus telèfons i van insistir que així que arribés a Barcelona els truqués.

—Et vindré a veure així que arribi a Barcelona, t'ho prometo. No tinguis por, Biruk, em sembla que tenen moltes ganes de ser els teus pares i segur que és millor viure amb ells que sol pels carrers de Gondar...

Un dels homes que anaven vestits de safari amb la càmera penjant al coll havia sortit a fumar, i darrere seu hi anava una dona amb un nadó de color xocolata als braços.

—Aquest nen el que necessita és marxar d'aquest país de misèria al més aviat possible i no tornar-hi mai més! I com més aviat ho oblidi tot, millor! Sort que la nostra Paula és petita i hi ha viscut poc temps! Així no en tindrà cap record!

El Solomon se'ls va mirar sense saber què dir. No va dir res. Els nous pares del Biruk tampoc no van dir res i semblaven avergonyits.

Va entrar al despatx del Yohannis després de picar a la porta amb dos cops secs. El Yohannis parlava per telèfon assegut davant de la pantalla de l'ordinador. Quan va veure el Solomon li va fer un gest perquè s'esperés. Hi havia plànols pertot arreu, oberts damunt una taula gran, penjats en un suro de la paret... I llibres d'arquitectura japonesa apilats o oberts per entre els plànols. L'espai era gran i acollidor, amb el terra de fusta, les parets pintades d'un color torrat i les mateixes làmpares cromades damunt de totes les taules. Des de la finestra d'aquell quart pis es veia tota l'avinguda Churchill, la mateixa vista que el Solomon havia contemplat durant els últims anys des del despatx del costat. A l'extrem més elevat de l'avinguda, l'ajuntament i l'obelisc al davant. A l'altre costat, l'estació de tren i l'escultura del lleó de Judà de bronze que s'endevinava entre els arbres i els cotxes. Es va fixar en la gent creuant a peu per allà on volia, sense fer cas de cap semàfor, si funcionava, i els minibusos blaus i blancs que els esquivaven a cops de clàxon. Dos homes lligaven unes caixes de fusta a la baca d'un cotxe aparcat a un costat del carrer. Al terrat d'algun edifici hi havia antenes parabòliques, que darrerament havien proliferat. Aquella vista li recordava la Yeshi. Els remordiments d'estar treballant en lloc de passar totes les hores del dia al seu costat, les llargues converses telefòniques amb el metge mirant per la finestra... Encara tenia molt presents aquells dies d'anades i vingudes de l'hospital als laboratoris portant els pots amb la sang de la Yeshi perquè fos analitzada, i tants viatges de casa a l'hospital per portar-li roba neta i el menjar, o decidint amb els germans de la Yeshi qui li portava el menjar i qui li portava la roba... La logística dels hospitals, on no hi havia pràcticament cap servei més enllà del mèdic, era molt complicada.

El Yohannis Kebede era un dels arquitectes més reconeguts d'Etiòpia i la persona a qui el Solomon devia més professionalment. Treballar a les seves ordres i al seu costat havia estat un gran repte i una experiència única. El Yohannis havia viscut tota la seva joventut entre Suècia i Dinamarca gràcies a una beca del govern suec. Una part dels seus estudis els va fer a Uppsala i l'altra a Copenhaguen. Eren els últims anys de la dècada dels seixanta i es va formar en un ambient de llibertat inconcebible a Etiòpia. A Dinamarca era on havia viscut més temps, treballant per als arquitectes Friis i Moltke, que, segons el mateix Yohannis, havien marcat el seu estil per sempre. Abans de tornar a Etiòpia va passar uns anys a Kenya com a professor d'arquitectura a la

Universitat de Nairobi. Si ara el Solomon marxava a Barcelona era perquè seguia els consells del Yohannis, a qui admirava i escoltava com a un pare o un germà gran. Al despatx hi havia un quadre nou penjat a la paret darrere de l'escriptori. El Yohannis col·leccionava art etíop contemporani. Tot l'estudi Kebede era una barreja d'estil escandinau i modernitat etíop i sens dubte un dels millors llocs per treballar-hi com a arquitecte.

—Solomon! Quina il·lusió veure't! —va dir el Yohannis en penjar el telèfon acostant-se a ell per donar-li la mà enèrgicament, aguantant-se el braç a l'alçada del colze amb l'altra mà.

—He vingut a acomiadar-me, me'n vaig d'aquí a tres dies.

—Tres dies... Vols que dinem junts?

—M'encantaria.

—Doncs anem-hi ara mateix!

El Yohannis va agafar la jaqueta del respatller d'una cadira i van sortir del despatx. Al passadís es van creuar amb dos joves arquitectes acabats de llicenciar que havien treballat en un projecte amb el Solomon i li van donar la mà efusivament desitjant-li bon viatge.

—Baixem a peu, així faré una mica d'exercici, que m'he passat moltes hores assegut —va dir el Yohannis.

—Com van els jardins japonesos?

—Esperant que ens autoritzin el principi de les obres! El projecte està acabat i aprovat i n'estic molt content.

Van caminar uns metres per l'avinguda Churchill en direcció a l'estació, sentint els crits dels conductors dels minibusos de transport públic anunciant el recorregut i avisant que estaven a punt de marxar. Hi havia una llarga filera de minibusos blaus aparcats amb la porta lateral oberta, alguns ja tenien passatgers a dins asseguts i esperaven que pugés algú més per poder marxar. Per aquella zona d'oficines, bancs i institucions hi havia bastants homes amb corbata i dones amb vestit jaqueta i sabates de taló. També hi havia molts venedors ambulants de diaris i homes que esperaven que algú acabés de llegir-ne un per demanar-lo i asseure's a llegir-lo després.

—Anem al Lalibela caminant?

—Em sembla perfecte.

El Lalibela era un dels restaurants clàssics de la ciutat i un dels llocs preferits del Yohannis per anar a dinar. Pretenia ser d'*art déco* però no ho era i tenia una secció de cuina italiana que tampoc no acabava de ser-ho. Era un local entranyable. Van tombar per l'avinguda de l'Estadi. La vorera era tan plena de parades de plàtans i taronges, rellotges i sabates, roba i bosses de viatge, que la gent havia de caminar pel carrer i els cotxes havien de tocar el clàxon per avisar que passaven. En entrar al restaurant van pujar de seguida per l'escala que duia al segon pis, que era més tranquil. Era d'hora i hi havia poques taules ocupades. Una dona riallera i que coneixia bé a tots dos es va acostar amb una gerra d'aigua d'alumini, una palangana i una tovallola perquè es rentessin les mans. No van trigar a servir-los una safata d'*injera* amb *doro wat*, *misr wat*, *shiro wat*, *goment*, ou dur... el pollastre amb salsa, els purés de llenties i cigrons, els espinacs... no hi faltava res.

—Menja força, que després ho enyoraràs! A Barcelona no crec que mengis gaire *injera* si diuen que només hi viuen set etíops —va dir el Yohannis agafant un bon tros d'*injera* amb *shiro wat* amb els dits i posant-se'l a la boca amb un moviment elegant.

El Solomon i el Yohannis menjaven i parlaven com havien fet tantes vegades, també en aquella mateixa taula al costat de la finestra des d'on es veia l'estadi i l'imponent Nani Building, un modern gratacel de vidre de color verd clar que feia poc que s'havia inaugurat i era una nova referència a la ciutat.

—Ja ho tens tot a punt i organitzat?

—Suposo que sí. La maleta feta, el visat estampat al passaport, els paquets de Nyala... M'han trobat un apartament en un barri cèntric i podré anar caminant a la feina...

—Com estàs?

—No gaire bé, la veritat —va dir el Solomon recolzant l'esquena a la cadira—. No és fàcil tornar a començar. Em fa molta mandra. Trobo molt a faltar la Yeshi. No crec que hauria acceptat una feina com aquesta si la Yeshi no s'hagués mort. Em sento com un traïdor anant-me'n...

—No diguis això.

—Hauria de seguir treballant aquí, hi ha tantes coses per fer!

—Ja has aportat molt al desenvolupament del nostre país! I te'n vas per seguir contribuint a millorar Etiòpia, no?

—No ho sé, suposo que sí.

—Evidentment que sí! Si volem que les infraestructures i l'urbanisme millorin ens hem d'associar amb empreses estrangeres. És l'única manera d'aconseguir el finançament del World Bank i de l'African Development Bank... D'alguna cosa t'havia de servir anar-te'n a Cuba i aprendre el castellà! I te'n vas poc temps, qualsevol diria que te'n vas per sempre!

Van acabar-se pràcticament tota la *injera*, la cambrera es va emportar la safata i va tornar a aparèixer amb dos gots de te fumejant i deixant un rastre d'aroma de cardamom.

—T'anirà bé una mica de distància i treballar en un despatx d'arquitectes internacional. Ara mateix Barcelona és la ciutat ideal per a un arquitecte com tu! Per cert, l'altre dia vaig conèixer un dels tècnics espanyols de l'Agència Espanyola de Cooperació Internacional que parlava anglès. Vaig parlar-li de tu i sabia qui eres. Sembla que s'han pres seriosament la seva missió i ja estan decidint per quins projectes comencen a treballar des de la nova oficina de cooperació. Necessitem aprofitar-ho amb persones com tu que tinguin un peu a Espanya!

—M'he compromès per un any. Si no m'hi trobo bé, tornaré abans.

El Solomon bevia el te a poc a poc, que encara estava molt calent.

—Sempre tindràs feina a l'estudi, ja ho saps —va dir-li el Yohannis—. Al barri de Kazanchis hi ha una veritable febre constructora. Hi haurà molta feina per a tots els arquitectes de la ciutat durant anys! Ah! I quan tornis, amb una mica de sort tots els carrers d'Addis ja tindran nom! Aquests alemanys del Centrum für Internationale no-séquè s'han proposat acabar l'any amb cinc-cents noms posats i amb les corresponents cerimònies d'inauguració! Ens queixem molt de ser un país que funciona a còpia de les ajudes dels països rics, però no sé què faríem si no ens ajudessin! I més ajuda, que necessitem!

—I de la numeració dels carrers també se n'ocupen els alemanys?

—Sí! Cada casa estarà numerada de manera ordenada i lògica. En una ciutat de més de quatre milions d'habitants ja li tocava, encara que ho facin els *farangis*! Quan tornis els carrers tindran nom i número i podràs rebre la correspondència directament a casa sense haver d'anar a correus!

—No t'ho creus ni tu! —va dir el Solomon somrient—. Passaran dècades abans que tinguem un servei de correus que funcioni, abans que coneguem els noms dels carrers que ens estan posant! Addis encara és una ciutat molt jove, no pot anar tot tan de pressa!

Va deixar el got de te i va encendre una cigarreta. El Solomon va mirar el seu amic fixament, es va aturar en la blancor de les dents que li destacaven per sobre de qualsevol altre detall de la seva cara.

—He estat fent neteja a casa, he llençat molts papers i coses inútils. Fa uns dies vaig anar a portar tota la roba de la

Yeshi a la seva germana i a unes veïnes... No m'he quedat res d'ella, no sé si he fet bé... —va dir traient el fum.

—Sí, és clar que has fet bé. Has de fer el que sentis...

—I saps què vaig trobar entre un munt de papers? Un retall del *Granma*, el diari cubà, amb un article que explicava que el 1982 van remolcar l'*Àfrica-Cuba* fins al port de Barcelona per desballestar-lo!

—Ho dius de veritat?

—Totalment!

—La història del vaixell que em va portar a Cuba es va acabar a Barcelona! I potser la meva torna a començar allà! No et sembla una casualitat increïble?

Va ser en una festa organitzada pel Yoseph, un amic comú. La Yeshi ballava sense parar qualsevol música que sonés. Era la noia més alegre de tots, la que seguia millor el ritme. Amb les mans a la cintura movia les espatlles endavant i endarrere i reia. Reia molt. Es van conèixer ballant. El Yoseph inaugurava el seu estudi d'arquitectura en una casa que tenia un petit jardí al davant i un pati cobert al darrere. La música sonava tant a dins com a fora de la casa i hi havia amics i coneguts pertot arreu, bevent, fumant, parlant, menjant. Aquell dia el Solomon i la Yeshi pràcticament no van parlar de res, ni van explicar-se res. Només van passar hores i hores ballant. Com si estiguessin sols. Ballant sense tocar-se, ballant l'un davant de l'altra, amb la música de l'Aster Aweke, el Teddy i la Gigi. Ballant i mirant-se, en un ritual de festeig gairebé animal. La Yeshi tenia els cabells llargs, recollits en una cua espessa i rinxolada que també es movia al ritme que marcava la música.

—M'havien dit que no ballaves mai!

—Ja sé que diuen que sóc molt seriós, però sóc etíop, com vols que no balli!

Després van venir uns quants cafès al terrat del British Council, que precisament el Yoseph havia convertit en la cafeteria més agradable d'Addis Abeba, amb una acollidora estructura de fusta i un gran mural d'un artista que no trigaria a ser conegut més enllà del cercle d'amics que havien fet d'aquell lloc el seu centre de trobada. La vista de la ciutat des d'aquell terrat era espectacular a qualsevol hora. Van passar moltes hores junts, asseguts en una taula allunyada de la barra, observant tots els detalls de la ciutat des d'aquell far urbà, explicant-se les seves històries des de la infància. El Solomon ja no era tan jove i intuïa que aquella dona que tenia gairebé deu anys menys que ell era la que havia estat buscant. La que no havia trobat enlloc fins aleshores. Una tarda de llum clara que deixava veure els turons que envoltaven la ciutat immensa i desordenada, que creixia en totes direccions i alçades sense cap planificació, va atrevir-se a dir-li que volia viure amb ella tota la vida, que la seva alegria era el que necessitava tenir a prop cada dia. La Yeshi va riure i li va dir que sí. Però el que no sabien aleshores era que la seva vida junts només duraria cinc anys. Cinc anys escassos. Fins que la malaltia de la Yeshi va aparèixer, invencible, i va ser massa tard per a tot.

La Yeshi treballava en una botiga d'antiguitats a la zona de Piazza. Una botiga dedicada sobretot a les antiguitats religioses: creus de plata de totes les mides i bíblies dels segles XIV i XV de pàgines de pergamí i cobertes de pell. Algunes creus no eren tan antigues però ho semblaven. I moltes bíblies no tenien més de cinquanta anys però les venien com si en tinguessin quatre-cents. Ella es dedicava sobretot a atendre els clients. La majoria eren estrangers que buscaven mercaderies per a les seves botigues de París, Nova York i Londres. Alguns, fins i tot buscaven peces concretes per a col·leccionistes i museus. Li agradava la seva feina, li agradava estar en contacte amb europeus i nord-americans i sempre compartia les anècdotes del dia amb el Solomon. Molt de tant en tant havia d'estar en contacte amb els proveïdors de les antiguitats, personatges hermètics i estranys que semblava que volguessin vendre el país sencer als *farangis*.

El Solomon va travessar la plaça de la Revolució i va caminar fins al barri d'Arat Kilo, on vivien gairebé tots els seus amics i on li agradaria viure algun dia si hi trobava la casa adequada. Amb la Yeshi havien anat a viure lluny del centre. Va passar per davant de l'antic palau de l'emperador i va seguir enfilant carrers amunt fins a la carretera que duia als turons d'Entoto com quan era un nen. Va estar temptat d'anar a la Casa dels Lleons, una mena de zoo decrèpit on hi havia uns lleons engabiats que suposadament eren els descendents dels lleons de Haile Selassie. Aquell lloc li recordava el seu pare. Anar-hi era com estar una mica més a prop d'ell. Però al final va passar de llarg i va continuar fins a una parada de minibusos de Shiro Meda per pujar a Entoto. A banda i banda del carrer hi havia mercat amb parades de tot, sobretot de roba i *neteles*. Per la carretera d'Entoto baixaven rucs carregats amb herba tendra i pujaven dones carregades amb blat de moro en un cistell al cap, ramats de cabres i nenes carregades amb llenya a l'esquena. I tots es creuaven amb atletes que s'entrenaven i corrien amunt i avall dels turons d'Entoto, atletes que seguien els passos de Haile Gebreselassie i les seves medalles olímpiques. Els equips de colors vius i materials sintètics i les seves modernes sabatilles per córrer, contrastaven amb la roba de la gent que feia servir la mateixa carretera per desplaçar-se. El minibús el va deixar al davant de l'entrada del temple d'Entoto Mariam. Tot el recinte seguia envoltat d'eucaliptus i de persones malaltes i moribundes. Havia sentit dir que ara a les nits els feien fora del recinte i el tancaven. No volia ni pensar on anaven totes aquelles persones, com passaven la nit. Va pujar les escales i va fer la volta a l'edifici fixant-se en tots els detalls d'aquella façana, en totes les imatges de la Verge que hi havia recolzades a les finestres i a les parets. Imatges impreses sobre cartó o paper, plastificades o sense plastificar, dutes fins allà per persones anònimes. Pels altaveus sonaven càntics. Una dona s'havia inclinat de genolls davant d'una paret i s'hi havia quedat immòbil. Una altra besava la paret, la tocava amb les dues mans i després es tocava la panxa, tornava a tocar la paret i es tornava a tocar la panxa. Movia les mans de la paret a la panxa amb gestos intensos i teatrals. Al Solomon se li van negar els ulls de llàgrimes. Quantes vegades havia vist fer aquells gestos a la Yeshi en aquelles mateixes parets! I abans, molts anys enrere, a la seva mare! La creença deia que les parets sagrades del temple tenien poders curatius. Déu, si volia, també guaria els cossos, no només les ànimes. Per això la gent malalta s'hi quedava hores arraulida al costat. Per intentar guarir-se o per morir-se al més a prop de Déu possible.

Havia comprat barres d'encens de sàndal i va encendre'l dins de l'església. L'aroma del sàndal es barrejava amb l'olor dels boscos d'eucaliptus.

Barcelona, 2005

—FEIA MOLTS ANYS QUE IMAGINAVA AQUEST MOMENT, però mai així... Ara em sembla tot tan normal... Estar aquí, parlant amb tu, fent plans per visitar la ciutat com si res... —va dir la Muna en anglès.

Es van quedar soles en aquella sala d'arquitectura modernista plena de columnes i decoració difícil de definir. Els sofàs tenien formes asimètriques i eren de vellut de color magrana. La cambrera els acabava de portar dues teteres i unes galetes que no havien demanat.

—Què havies imaginat?

—No ho sé exactament. Suposo que imaginava una escena de pel·lícula, teatral, amb molta plorera...

—T'agraeixo que no volguessis que ens trobéssim per primera vegada a l'aeroport...

La Sita va servir te a les dues tasses i es va perdre uns segons entre tants tipus diferents de sucre que els havien portat. Al final va posar-se un terròs que semblava un vidre de color d'ambre dels que es troben a la platja. Se sentia incòmoda. La dona que tenia al davant havia imaginat l'escena des de feia anys. Encara que no fos com l'havia imaginat, hi havia pensat. Però per a ella tot era massa inesperat, brusc, estrany. No sabia què sentia.

—Per què ningú em va dir que tenia una família? Per què ni tan sols em van dir a quin poble em van anar a buscar les monges de Nasik?

—Suposo que perquè creien que era el millor per a tu. Eres petita, devien pensar que no tenia sentit parlar-te del que havies deixat enrere... De veritat no recordes res?

La Sita va fer que no amb el cap mirant pels grans finestrals. Es veien els jardinets on acabava el passeig de Gràcia i una dona gran donava pa sec als coloms asseguda en un banc, al costat de la font.

—No recordo res de res. Tot el que m'has anat explicant en els últims e-mails que m'has escrit era totalment nou per a mi.

—Escriure't tots aquests mesos m'ha anat molt bé per posar ordre als meus records... Mai més he sabut res de la Nadira i el Pratap, no sé si encara viuen... suposo que no... o potser sí. Ni tampoc he sabut res del Raj. Ara tindria la teva edat. La Nadira us alletava a tots dos alhora, ho recordo com si fos ara.

—És insòlit pensar que vaig sobreviure gràcies a la meva germana... a la nostra germana. Segueixo sense entendre què els costava a les monges haver-me explicat tot el que sabien de la meva història des de petita...

—Sento haver aparegut de sobte a la teva vida. Suposo que ha de ser estrany.

La Muna observava la Sita buscant rastres d'aquella nena a qui havia estimat tant, però trenta anys després li costava trobar-los.

—Per què vas fer venir la Nighat a Barcelona?

—Volia estar segura que eres tu, tenia por d'equivocar-me, que fossis... no ho sé, que em demanessis diners i no sabés com reaccionar... Explicat així sona ridícul, ho sento.

—Em costa d'entendre, sí. Hem viscut vides molt diferents! La meva és molt més senzilla... Perdona, però estic passant una temporada difícil, vaig d'emoció en emoció.

Totes dues van quedar-se en silenci bevent el te.

—Demà et vindré a buscar al matí...

—De veritat em volen conèixer els teus... pares?

—En tenen moltes ganes. De fet, volien venir amb mi avui però els he demanat que s'esperessin. Demà anirem a casa seva a dinar, et sembla bé?

—Em sembla perfecte. Amb el canvi d'horari aviat ja no sabré ni qui sóc... Fa tantes hores que estic desperta! Me n'aniré a dormir ara mateix.

La Sita va sortir de l'Hotel Casa Fuster quan ja era fosc. No era gaire tard, però els dies d'hivern eren curts. Si no hagués tingut la moto aparcada allà mateix hauria tornat a casa caminant amb ganes. No coneixia ningú que hagués passat per una experiència com la seva, li hauria agradat estar una mica més preparada, més forta. Segur que no era l'única a qui li apareixia de sobte una germana des de l'altre costat del planeta. I d'un altre planeta, mai millor dit. La sensació de tenir una germana índia que podia pagar-se sis nits en un hotel de cinc estrelles gran luxe era estranya. Una germana que en una sola nit d'hotel es gastava el que molts indis guanyaven en un any sencer.

A la recepció li van dir que la Muna l'esperava a la seva habitació. Va pujar-hi amb l'ascensor. L'edifici modernista era preciós. L'habitació era la més luxosa que havia vist mai. La Muna s'havia vestit totalment occidental: amb texans i un jersei de llana de color cru que li ressaltava la negror dels seus cabells llargs i llisos.

—Bon dia! Has dormit bé?

—En un hotel com aquest seria impossible no dormir bé, no? Estic totalment recuperada!

—Has esmorzat?

—Sí, gràcies. Vine, t'he portat uns regals de l'Índia...

La Muna va anar cap a l'escriptori que hi havia al costat de la finestra i va agafar un paquet embolicat. Al costat n'hi havia quatre més.

—Té, seu, espero que t'agradi.

La Sita va començar a desembolicar el paquet, d'on va sortir una capsa de vellut negre. En obrir-la no podia creure el que veia...

—Muna, això és massa per a mi...

—Només és un collaret amb unes arracades típiques que fan joc.

—Però són d'or?

—Sí, és clar. M'ha fet il·lusió portar-te les joies tradicionals de Maharashtra. A l'Índia, quan podem, ens agrada molt enjoiar-nos! Té, obre aquest altre paquet.

En desembolicar-ho va sortir-ne un *sari* de seda de color turquesa amb brodats platejats en una vora. No es va atrevir a desplegar-lo de tan ben plegat com estava.

—Això és per quan vinguis a Mumbai! L'has de guardar sempre amb aquest tros de fusta de sàndal a dins.

—Gràcies... No calia que em portessis res, és massa...

Van agafar un taxi a la porta de l'hotel i van pujar Gran de Gràcia amunt cap al Parc Güell. La Sita havia decidit ensenyar-li la seva Barcelona particular. L'escola on ella havia anat de petita, on havia treballat la seva mare, estava just al davant de l'entrada principal del Parc Güell i com que aleshores encara no hi havia pati, cada matí i cada tarda tots els alumnes de l'escola creuaven el petit carrer Olot agafats de la mà i, de dos en dos i en filera, pujaven les escales fins a la plaça gran per jugar-hi. Havia arribat a conèixer alguns dels trencadissos dels bancs de Gaudí de memòria i amb els nens i nenes de la classe s'inventaven mapes secrets amagats entre els trossos de rajoles de colors.

—Seiem una estona? —va preguntar la Sita—. Feia molt temps que no venia fins aquí. Aquesta plaça és un dels meus paisatges importants.

Als bancs ondulats de trencadís no hi havia gaire gent. Alguns japonesos fent fotos sense parar i persones grans llegint el diari al sol.

—M'agrada molt aquest lloc! M'agrada molt poder ser anònima!

—Suposo que a l'Índia et deu reconèixer tothom vagis on vagis...

—Sí, els actors i les actrius hem d'assumir que som importants per a la gent i hem d'estar per a ells, no els podem decebre...

—Aquí hi ha actrius famoses que es queixen si els diuen coses pel carrer!

—Ja ho sé, als Estats Units també i no ho entenc. Som el que som gràcies al públic! A l'Índia tot és diferent. Allà la gent no veu una pel·lícula, la viu! La gent riu i plora, balla i canta...

—Ballen i canten al cine?

—I tant! No oblidaré mai la primera vegada que vaig anar al cine... aquella explosió de vitalitat em va impactar moltíssim!

Després de passejar pel Parc Güell van entretenir-se mirant l'edifici de l'escola de la Sita per fora i van baixar fins a la Travessera de Dalt caminant per carrers de pendent pronunciat.

—Per aquí baixava amb els meus companys de classe! Mira, en aquell forn ens compràvem el berenar!

Un taxi les va portar a casa dels pares de la Sita, a dalt de tot del carrer Cartagena. Des de la petita terrassa de l'àtic on vivien, el mateix pis on havia viscut la Sita fins que va acabar els estudis de Medicina, es veia una vista espectacular de tota la ciutat, des de Montgat fins a la muntanya de

Montjuïc, amb la Torre Agbar de Jean Nouvel acabada feia poc, la Sagrada Família de Gaudí eternament inacabada i el mar d'un blau intens al fons. Els pares de la Sita estaven jubilats, però seguien sent uns hiperactius. Feien de tot i més, i mai no havien deixat les classes d'anglès setmanals per no perdre la llengua que tant els havia costat aprendre. Havien preparat un arròs a la cassola boníssim i les postres anirien acompanyades d'una llarga sessió de diapositives i àlbums de fotos perfectament ordenats.

—Aquesta és la primera foto que vam veure de la Sita —va dir la Irene agafant el retrat en blanc i negre emmarcat que hi havia en un prestatge.

—Us admiro molt pel que vau fer, vau ser molt valents!

La Muna havia mirat totes les fotos amb molta atenció i emocionada.

—És impressionant pensar en tot el que ens ha passat a totes dues abans de trobar-nos... Sento no haver-te buscat abans, Sita...

La Sita s'havia agafat uns dies de festa per poder estar amb la Muna. Era el mínim que podia fer. Els seus pares s'havien ofert per portar-la a tot arreu si ella havia de treballar, però al final havia preferit dedicar-li tot el temps. Els seus pares igualment anirien amb elles a molts llocs.

—T'haig de demanar un favor —va dir-li la Sita a la Muna—. M'agradaria presentar-te un amic molt especial. Fa poc que el conec però l'aprecio molt.

Van presentar-se al locutori-videoclub del carrer Sant Pau sense avisar. Com sempre, hi havia uns quants homes pakistanesos asseguts a les cadires de plàstic de l'entrada, comentant les seves coses, i tots els locutoris del fons semblaven ser plens.

—Hola, Hassan!

—Hola, Sita, quants dies sense veure't! Que tens festa aquest matí?

—Sí, i et porto una sorpresa! Et presento la meva germana Muna...

La Muna es va treure les ulleres de sol i li va donar la mà.

—Muna? Muna Kulkarni?

—També porto una Coca-Cola a la bossa per si t'agafa una lipotímia... —va dir-li rient la Sita.

El Hassan va sortir del darrere del taulell i va tornar a donar la mà a la Muna. I la meitat dels homes que hi havia al local van acostar-s'hi, incrèduls. Un home va sortir de la botiga i va tornar en pocs segons amb dues dones vestides amb *salwar kameez* i un home de pell molt fosca que treballava a la botiga del costat. Eren indis i clients habituals del videoclub.

—Muna Kulkarni! *Namasté!* —exclamaven les dones, agafant-li les mans i somrient.

Anaven entrant més i més persones. Tots s'acostaven per donar la mà a la Muna o, senzillament, es quedaven plantats al davant, mirant-la sense dir res, sobretot els homes. Amb un somriure als llavis i paralitzats. L'eufòria desbordava aquell local.

—Ei, que ens ofegarem! No pots dir-los que s'apartin una mica? —va dir la Sita al Hassan divertida amb la reacció de la gent.

El local es va anar omplint fins que ja no hi cabia ni una persona més. A fora, una multitud d'indis i pakistanesos miraven a través dels vidres. Aquell tram del carrer Sant Pau proper a les Rambles es va col·lapsar. Alguns homes parlaven pels mòbils gesticulant i dient el nom de la Muna. La gent que passava, en veure aquella multitud eufòrica preguntava qui hi havia allà a dins i, si tenien temps, es quedaven a esperar, encuriosits.

—Podem fer-vos una foto? —va preguntar el Hassan.

—Per mi sí...

La Muna va dir que cap problema i de sobte van començar a disparar-se flaixos de càmeres digitals i de plàstic.

—Però què heu fet? Avisar tot el Raval?

—Suposo que ha corregut la veu... És que és molt important, ja t'ho vaig dir!

La sessió de fotos va ser llarguíssima. Ara la Muna i el Hassan amb tots els clients habituals del videoclub. Ara amb les venedores del colmado i els seus marits. Amb els barbers del carrer, amb els dependents de la carnisseria *halal* de la plaça de Sant Agustí, que fins i tot la van tancar abaixant la persiana amb els llums de dins oberts, perquè ningú no volia quedar-s'hi. La Muna tenia una paciència increïble. Es notava que estava acostumada a les multituds de fans i a aquella mena de veneració.

L'endemà, el Hassan va aconseguir un permís de l'ajuntament per projectar una pel·lícula de la Muna a la plaça del Macba i per organitzar una petita festa per al barri. Aquell Museu d'Art Contemporani de Barcelona s'havia convertit en un punt de trobada de pakistanesos, entre molts altres usos. No li va costar gaire convèncer els dos responsables del Districte de Ciutat Vella amb qui va haver de parlar perquè eren clients del videoclub i ja el coneixien. Van entendre de seguida que el barri no podia quedar-se indiferent a la visita de la Muna Kulkarni. Ells mateixos també la volien conèixer!

Va ser el divendres al vespre, poc després que es fes fosc i encara que fes fred. L'ajuntament va instal·lar una gran pantalla que tapava el mural de Chillida, un projector i rengleres de cadires de fusta plegables, a part de garantir la vigilància i la seguretat de la festa. La resta l'havia d'organitzar el Hassan. Les dones índies del barri van encarregar-se dels menjars i els que tenien botigues van aportar les begudes. Res d'alcohol. El Khalid, l'amic del Hassan, va preparar una selecció de música i va baixar el seu equip a la plaça. Sense ballar les cançons de Bollywood no hi hauria festa. Amb el seu equip de música en tindrien prou, perquè no els permetien fer gaire soroll.

La Sita i la Muna van arribar discretament a la plaça del Macba quan la pel·lícula ja estava a punt d'acabar, tal com havien quedat que farien amb el Hassan. L'imponent edifici blanc del Richard Meier es tenyia de colors amb els reflexos de la projecció de la pel·lícula. No quedava ni una cadira buida i hi havia gent abrigada pertot arreu. Uns nois joves travessaven la plaça carregats amb cadires de casa seva. Els pares de la Sita no es van voler perdre l'espectacle.

—Hi ha gairebé tanta gent com a l'última festa de la independència del Pakistan que vam celebrar a la Rambla del Raval! —va dir el Hassan a la Sita en veu baixa abans d'acompanyar la Muna fins davant de tot.

La Muna s'havia vestit amb un *sari* molt elegant de color vermell i s'havia recollit els cabells amb flors de gessamí de roba que semblaven de veritat. Després de les paraules de benvinguda del Hassan i dels aplaudiments, la Muna va agafar el micròfon i va adreçar-se al públic en hindi.

—Diu que és molt emotiu veure que les seves pel·lícules signifiquin tant per a gent que està lluny del seu país, i que està molt contenta de ser aquí —va traduir el Hassan en castellà.

Els aplaudiments i els crits ressonaven per tota la plaça, atapeïda de *salwar kameez* i *saris* de tots els colors, adolescents amb gorra de visera i monopatins i alguns nens i nenes que corrien per allà sense saber de quina de tantes festes que se celebraven es tractava.

—Les millors *pakores* són les de la meva dona, provi, provi!

—*Pappadams*? —oferia algú altre amb una safata plena de *crêpes* de farina de llenties acabades de fregir a casa seva.

Dues dones amb *bindis* al front van acostar-se a la Muna amb una gerra de suc de mango i li van omplir un got.

—Els mangos que trobem aquí no són com els de casa, però és el que hi ha!

La Muna parlava amb els uns i els altres, agraïa totes les mostres d'afecte i simpatia. El regidor del Districte de Ciutat Vella es va voler fer fotos amb ella. Els flaixos eren constants. Alguns també filmaven. El Khalid va posar en marxa el seu aparell i va ser el primer de començar a ballar al mig de la plaça. En pocs segons hi va haver més gent ballant que menjant o asseguda al pedrís del davant de la façana del museu. Gent de totes les edats movent-se al ritme de cançons alegres, cadascú a la seva manera, sense cap vergonya.

—Ei! Avui sí que balles, avui no t'escapes! —va dir el Hassan a la Sita aixecant els braços i rient.

Els dies van passar molt de pressa. La Sita va voler acompanyar la Muna a l'aeroport. Anaven totes dues en un taxi que s'endinsava en l'embús de la tarda del carrer Balmes. Després la Sita tornaria a la ciutat amb l'Aerobus.

—Em sembla que necessito aquest viatge de tornada a Mumbai jo sola per posar ordre als sentiments... Gràcies per aquests dies tan fantàstics —va dir la Muna—. Què hauria passat si ens haguéssim quedat totes dues a Shaha, si haguéssim seguit vivint amb la Nadira i el Pratap?

—Com que no els recordo em costa fer-me la pregunta.

—No et vull tornar a perdre, Sita! No ens tornarem a perdre, oi que no?

La Sita va reprendre el ritme de la seva vida quotidiana posant al seu lloc l'aparició d'una germana com la Muna. La seva feina al Centre d'Atenció Primària l'omplia i hi dedicava totes les hores que li tocaven i més. No li importava substituir la Judith quan el seu fill estava malalt i ni la seva mare ni la seva sogra podien fer-se'n càrrec. El centre estava desbordat de visites, però procuraven que no s'haguessin d'esperar. Des que hi treballava havia anat constatant com cada vegada hi havia més nens i nenes, vinguts de fora o nascuts a la ciutat. Al Centre hi havia molta activitat, molta varietat de pacients.

«Un equip de paleoantropòlegs etíops i nord-americans que realitza excavacions a l'est d'Etiòpia ha descobert restes d'homínids que, aparentment, són més antics que els de la famosa Lucy, l'antiguitat de la qual es calcula en 3,2 milions d'anys. El descobriment de dotze espècimens fòssils d'una edat estimada entre els 3,8 i els 4 milions d'anys serà important per entendre les primeres fases de l'evolució humana abans de la Lucy...»

Estava a punt de tancar el diari i pagar el cafè quan va llegir la notícia. Havia anat deixant enrere el record del Mark i la ràbia per la seva desaparició sobtada, però aquella notícia la va transportar de cop i volta a les platges de Pondicherry i les llargues passejades arran d'aigua, agafats de la mà, collint coralls de color vermell i petxines de formes estranyes sense parar de parlar i d'explicar-se els detalls de les històries que encara no sabien l'un de l'altra. Oblidar el Mark no seria fàcil, però ho havia de fer.

Quan el Hassan la va trucar per preguntar-li si volia anar el dijous a l'Underground no ho va dubtar ni un moment.

—Em pensava que em diries que no! Quina sorpresa!

—Doncs aquí em tens.

Van asseure's en una taula amb les begudes que havien

agafat a la barra. Era d'hora i encara no hi havia gaire gent ballant a la pista. El Hassan hi havia anat sol. Sense cap amic.

—Encara no em crec tot el que va passar... Hi ha matins que em desperto i encara penso que ho he somiat tot! Va ser un gran regal! Al Raval trigaran a oblidar la visita de la Muna! —va dir el Hassan somrient—. Saps que els botiguers han penjat les fotos que van fer amb les seves càmeres als aparadors?

—No m'ho crec!

—De veritat! I als miralls de les perruqueries també! Perquè els clients les vegin mentre s'estan tallant els cabells!

Tots dos van posar-se a riure. El Hassan sempre estava de bon humor, però aquella nit la seva alegria s'encomanava.

—Has de venir a fer una volta pel barri! —va dir el Hassan fent-li un cop simpàtic a l'espatlla. Era la primera vegada que s'atrevia a tocar-la.

—I al videoclub també heu penjat una foto?

—Una foto no: hem fet un pòster amb una foto de la Muna i jo junts i l'hem penjat a la porta de vidre! I a sota, una fotocòpia ampliada d'un article que ha sortit a *El Mirador dels Immigrants* amb fotos de la festa.

—On?

—*El Mirador dels Immigrants* és una revista setmanal que dirigeix un veí, un altre pakistanès. «Les estrelles de Bollywood ens visiten!» Aquest és el títol!

—Vindré aviat. Haig de veure tot això!

—Demà?

—Aviat, però no sé si tan aviat!

La simpatia del Hassan i el fet que amb ell tot semblés agradable el feien ser molt especial.

—Doncs anem a ballar!

—Ara? Però si encara no ha començat la música índia! Això que sona és molt lent!

—Per això mateix.

La Sita va trobar-se ballant amb els braços al voltant del coll del Hassan i els del Hassan a la seva cintura. Ells dos sols. Eren igual d'alts i era impossible que les seves galtes no es toquessin. El DJ que preparava la seva actuació li va fer un gest eufòric amb el polze enlaire al Hassan. Per més que podien ser de la mateixa ciutat, de Lahore o de Mumbai, de Delhi o de Karachi, els separaven molts quilòmetres, moltes coses. El Hassan s'havia perfumat. Era una olor antiga, molt semblant a la que feia l'avi de la Sita. Una olor que li recordava els primers anys a Barcelona. Quan es quedava a dormir a casa dels pares de la seva mare, aquella era l'olor que feia l'avi després d'afaitar-se, en sortir del petit bany del seu pis del carrer Anglesola. El carrer havia desaparegut dins del centre comercial de L'Illa Diagonal. Però l'olor no. Es va acabar la cançó i, sense dir-se res, van tornar cap a la seva taula. Immediatament després la música va pujar de volum i va començar a sonar una cançó de Bollywood. La pista es va omplir de gent divertida que ballava frenèticament.

—No t'havia vist mai tan callat.

—No fa gràcia —va dir el Hassan seriós.

—No és cap broma! Només dic que no t'havia vist mai tanta estona sense dir res!

El Hassan se la va quedar mirant fixament.

—És que no trobo la manera de dir-te el que sento.

Hi havia molt trànsit i, tot i anar amb la moto, s'avançava lentament. La Sita va fer el trajecte des de casa fins a les Rambles com si estigués dins d'una bombolla, tots els sentits dins del casc. Aïllada del món. El Hassan s'havia llevat molt d'hora i havia marxat amb poques paraules i sense voler prendre ni un cafè. Havien passat la nit junts, una nit apassionada i estranya alhora, tendra i incòmoda per a tots dos. Potser per a ell havia estat la primera vegada. La Sita no havia gosat preguntar-li res de la seva vida amorosa, però se'l notava molt inexpert i nerviós. Per sort aquell dia tenia festa. Va aparcar la moto i va entrar al videoclub del carrer Sant Pau. Era buit. Darrere del taulell no hi era el Hassan i a les cadires de l'entrada no hi havia ni un home assegut.

—Hola, et puc ajudar? —va dir-li l'encarregat del locutori des del seu taulell.

—Busco el Hassan, té el mòbil apagat.

—Deu ser a la mesquita, és aquí mateix, al primer pis de l'edifici del colmado del Mohamed. Saps on, oi?

—Sí, gràcies. Si no el trobo, li dius que he vingut i que em truqui...

Va veure el pòster amb la foto de la Muna i el Hassan enganxat a la porta i va somriure. Quan va arribar davant de l'edifici, tot el carrer era ple d'homes pakistanesos i magrebins de cabells negres i mirada fosca que sortien de la mesquita. Hi havia algunes dones tapades amb un vel blanc. Li era impossible imaginar-se a ella mateixa amb un vel. I en un món aparentment tan masculí. El Hassan li havia explicat que a Barcelona es veien poques dones pakistaneses pels carrers perquè per cada deu homes que havien sortit del seu país per provar sort a Barcelona només ho havia fet una dona. Va ser el Hassan qui la va veure primer, a la vorera del davant, amb el casc que s'havia oblidat de deixar a la moto a la mà. Se li va acostar amb timidesa, semblava un altre Hassan.

—Anem a prendre alguna cosa a prop del mar —va dir la Sita amb veu ferma.

Van caminar Rambles avall entre riuades de turistes. A Barcelona ja no hi havia temporada baixa. Hi havia turistes fent-se fotos amb els mims i les estàtues vivents tot l'any. Al final de tot de les Rambles, abans de creuar el passeig de Colom per anar cap a la passarel·la de fusta, ja se sentia una olor intensa de mar i la sirena d'un vaixell que salpava.

—No funcionaria, Hassan. És millor que siguem amics com fins ara, no trobes?

El Hassan observava el vol de les gavines que sobrevolaven unes barques de pesca, davant de la terrassa on van trobar una taula lliure.

—No trobes? —va repetir la Sita.

—Sí, suposo que sí. Seria massa complicat.

—No cal ni que ho intentem. Seríem molt infeliços. Jo no podria integrar-me en el teu món...

—Com ho saps?

—Perquè no podria. Ho sé.

El que la Sita era incapaç de dir-li era que no estava enamorada d'ell.

—Et vas educar en una societat dividida entre homes i dones. A la teva escola us ensenyaven l'Alcorà...

—I tu vas passar anys en un convent de monges catòliques, només amb nenes! És el mateix!

—No és el mateix. I jo era molt petita. Als set anys ja era aquí!

—Sempre ha de tenir la culpa de tot l'Alcorà! Vigila el que dius, Sita, o encara m'enfadaré!

El Hassan estava més seriós i tens que mai. La frase havia sonat com una amenaça i la Sita no va saber com explicar-li que no tenia res a veure amb la religió, o potser sí, però no va saber com continuar el que havia intentat començar a dir-li. Era igual. No hauria hagut de passar la nit amb ell, però ja estava fet.

—Serà millor que me'n vagi, no vull prendre res —va dir el Hassan—. Si algun dia em necessites, ja saps on sóc. Però no crec que em necessitis mai. Adéu.

La Sita va quedar-se asseguda, sense trobar les paraules adequades, observant com s'allunyava per la passarel·la de fusta, per damunt de l'aigua en direcció a la ciutat. A un costat hi havia els velers del Club Nàutic, i a l'altre, un vaixell que salparia aviat cap a les Illes, carregat de passatgers i cotxes.

Va demanar una aigua amb gas a la cambrera i va quedar-se una bona estona allà, contemplant els moviments del port i el vol de les gavines. Una noia remava amb energia en una barca llarga i estreta. La va estar mirant fins que la va perdre de vista. Va tornar a sentir-se la sirena del vaixell que marxava.

El següent pacient de la tarda era nou. La Sita va obrir la porta de la consulta per cridar-lo.

—Biruk Álvarez!

Una dona es va aixecar de seguida i va anar cap a ella, deixant enrere un nen i un home que estaven acabant un puzle. Tots dos tenien la pell fosca, els cabells arrissats i les faccions fines. La seva imatge no deixava indiferent.

—Ara vénen, és que només els falten quatre peces... —va excusar-se la dona asseient-se a l'altre costat de la taula on era la Sita.

—El Biruk és d'Etiòpia. Només fa tres setmanes que és aquí i hem vingut a fer una primera revisió i a començar el programa de vacunes, sobretot perquè ens ho demanen a l'escola... En principi no ha estat mai vacunat de res, però no ho sabem segur...

—Quants anys té?

—Tampoc no ho sabem segur. Estem esperant els resultats de Medicina Tropical...

—Però més o menys?

—Entre sis i vuit, ell tampoc no ho sap, mai ha tingut noció de la seva edat. També estem esperant els resultats de les anàlisis de sang..., la prova de la tuberculosi ha donat negativa...

El Biruk va aparèixer per la porta seguit del Solomon amb el puzle acabat damunt d'una llibreta, com si portés una safata amb delicades copes de vidre.

—Aquí el teniu! Aquest és el Biruk! Mira, Biruk, aquesta també és la teva doctora!

La Sita es va aixecar i li va donar la mà inclinada cap al nen. El Biruk va somriure.

—L'acabes de conquistar! No suporta que li facin petons constantment!

El Biruk va tornar a somriure, com si ho hagués entès.

—Hola, em dic Solomon —va dir entrant a la petita consulta i donant-li la mà a la Sita.

—Encantada.

—No sé què faríem sense el Solomon. És un amic etíop, parla molt bé el castellà i ha vingut com a intèrpret. Al Biruk li ha costat molt adaptar-se a nosaltres, assumir que se n'anava del seu entorn i del que coneixia, descobrir que aquí parlem dues llengües... Sort que gairebé des del primer moment el Solomon ha estat aquí per fer-li costat i li va explicant tot el que passa i el que cal fer!

La Sita va pesar i mesurar el Biruk, va auscultar-lo, li va mirar els ulls, les dues ungles del peu dret que tenia deformades, com si li hagués caigut una pedra a sobre, i les clapes sense cabells que li havia deixat la tinya. Encara hi tenia crostres. Quan va entrar una infermera per posar-li les dues primeres vacunes, una a cada braç, va ser el Solomon qui va anar a asseure's al costat del Biruk per dir-li que no tingués por, que només serien dues petites punxades i prou, i que li premés la mà amb força comptant junts fins a deu en veu alta, a poc a poc, per veure fins a quin número arribaven quan s'acabés la injecció.

—*Ant, hulet, sost, arat, amest...*

El Solomon també s'anava adaptant a la nova ciutat. Havia començat a treballar i s'adonava que, des de Barcelona, Addis Abeba no estava tan lluny com pensava que estaria.

Podia parlar per telèfon amb el Yohannis molt sovint i amb els seus interlocutors pel projecte en què treballava. Rebia i enviava molts e-mails cada dia que no el deixaven desconnectar del tot del que havia deixat enrere. Quan no estava al despatx, es dedicava a caminar d'un barri a un altre, a descobrir places i carrers, tots els edificis que volia veure i que tenia anotats en una llibreta... Era fàcil acostumar-se a caminar per carrers ben asfaltats i llisos, sense bassals, sense ramats de cabres que ho deixaven tot brut, sense els fums negres i espessos que sortien dels camions i els cotxes de motors espatllats. Va descobrir el metro i aquella xarxa de trens subterranis li va semblar fascinant. A vegades agafava el metro i baixava a una parada que tingués un nom suggerent i des d'allà tornava caminant, perdent-se i fent voltes, deixant-se endur per tot el que veia, sense plànol ni brúixola i, si podia, sense ni preguntar a ningú, fent veure que sabia perfectament on era i que no necessitava cap indicació per trobar la seva destinació. La gent semblava agradable i pacífica. Li havien explicat que a Europa la gent anava a la seva, era antipàtica, d'aspecte dur i arrogant. Però ell no ho veia així. Almenys no en aquell racó d'Europa on havia anat a parar. A les botigues del mercat de la Llibertat, on anava a comprar, es pensaven que era cubà. El seu accent el delatava. I quan els deia que no, sempre començava una conversa o una altra. Tenien curiositat per saber qui era, per saber més coses d'Etiòpia. Però el que li agradava més era poder anar a la platja i sentir la remor de les ones trencant a la sorra. S'asseia a prop de l'aigua, tancava els ulls i l'olor del mar els transportava a la seva adolescència a Cuba, a les hores passades llegint les aventures d'en Jim Hawkins a l'illa del tresor.

Anava a sopar molt sovint a casa del Biruk. S'havien convertit en la seva família barcelonina. Era el Biruk qui li demanava que hi anés. Feien un puzle darrere l'altre parlant en amarinya. N'hi havien regalat de tota mena i passaven hores al terra de la seva habitació buscant les peces i explicant-se coses. A l'habitació d'aquell nen hi havia més objectes que els que tenien la Yeshi i ell a casa seva. I això que la Yeshi havia aconseguit alguns objectes molt bonics de la botiga.

Aquell vespre del mes de maig, en sortir del Centre d'Atenció Primària encara amb llum de dia, la Sita ja tenia clar que aniria al cine a veure la nova pel·lícula de Wim Wenders. Havia proposat a la Judith d'anar-hi juntes però, com sempre, la seva companya li havia dit que no, que havia d'anar a casa a banyar el seu fill i donar-li el sopar, i esperar el seu marit per sopar junts. Així doncs, la Sita va anar amb la moto carrer Rosselló enllà en direcció al barri de Gràcia. Tenia temps de prendre un cafè abans d'entrar al Cinema Verdi. En aquelles sales sempre hi havia bones pel·lícules. Des que havia conegut la Muna, anava al cine d'una altra manera, tot i que feia anys que era la seva activitat preferida. A casa havia vist totes les pel·lícules de la Muna que ella li havia enviat des de Mumbai.

Quan es van encendre els llums no s'havien acabat els crèdits i va quedar-se asseguda com gairebé tota la gent que hi havia a la sala. Mentre anaven pujant noms i més noms per la pantalla, sonava una cançó de l'últim disc del Leonard Cohen que ja coneixia perquè un amic li havia regalat piratejat. La cançó parlava de cartes enviades i llegides molt temps després i li feia pensar en el tsunami que s'havia emportat el Mark de la seva vida. Al cine sempre seia molt endavant i no sabia si hi havia molta gent o poca a la sala. Davant seu només hi havia tres persones que tampoc no s'aixecaven i parlaven. Va posar-se la jaqueta i en aixecar-se el va veure. Era allà, al mig de la sala, sol. La Sita no va poder evitar anar cap a ell.

—Hola, doctora! —va dir el Solomon, encara assegut, amb el seu accent cubà.

—Hola! Com està el Biruk?

—Va fent... Ja va a l'escola però no li agrada gens. S'hi passa tot el dia callat, només escolta... Fora de l'escola ja és molt obert, però a la classe sembla que sigui mut... Ens veiem molt sovint.

—Ja li passarà. Jo vaig fer el mateix quan vaig arribar aquí a la seva edat...

—Quan vas arribar d'on?

Van sortir junts del cine explicant-se qui eren i què feien, i sense que ni l'un ni l'altra acabessin d'entendre com, es van trobar asseguts cara a cara en una taula del Salambó, un dels pocs locals on la Sita s'hi trobava bé i on li agradava anar, sobretot quan sortia del Verdi. Sempre s'hi podia menjar alguna cosa, la música era discreta i l'ambient que creaven les grans làmpares cilíndriques de paper que penjaven del sostre era molt agradable. Les taules que els envoltaven, arrenglerades totes al costat de la paret, es van anar buidant i omplint mentre ells dos seguien parlant.

—Si a la teva història i a la meva hi afegim la història de la meva germana... n'hi ha per fer-ne una pel·lícula!

—Per desgràcia, al món hi ha massa històries com les nostres... I des d'aquí sembla impossible que puguin existir!

La cambrera va aparèixer amb dues teteres individuals i transparents. Les fulles de te encara estaven tenyint de marró l'aigua bullent. El Solomon no sabia com funcionava aquella tetera tan moderna i la Sita va ocupar-se de servir-lo per a tots dos.

—És curiós pensar quantes coses han de passar perquè dues persones es trobin —va dir la Sita.

El Solomon agafava la tassa de te amb les dues mans i amb els colzes sobre la taula.

—Aquesta frase la diu el Sean Penn en una pel·lícula que vaig veure a casa en devedé fa poc i que em va impactar molt...

—Qui?

—El Sean Penn.

—Hauria de saber qui és?

Per la cara que va posar el Solomon, a la Sita li van entrar unes ganes boges de riure.

—No, suposo que no cal! —va contestar rient.

El Solomon també va riure. Feia molt que no reia i el riure, quan no es practica, es fa estrany.

—Però aquí et sents bé, no? —va preguntar-li de sobte la Sita parant de riure i sense poder evitar mirar-lo fixament.

—A Barcelona s'hi viu bé, però és tot tan diferent de la meva ciutat... A la feina hi ha arquitectes de tot arreu i el projecte és interessant, però no crec que m'adapti i ja tinc ganes que passin els mesos de pressa... Hauria de trobar un motiu prou fort que em fes canviar d'idea per no tornar a Addis Abeba abans d'acabar l'any.

La Sita l'escoltava atentament. I l'observava. Els gestos elegants, la mirada tímida, el color tan especial de la seva pell, la seva bellesa tan diferent de la de tots els homes que havia conegut.

—Si em preguntessis quins són els meus motius per seguir vivint a Barcelona i no en un altre lloc em sembla que no sabria què contestar-te. Aquí és on m'he educat, aquí és on tinc les meves arrels i d'aquí és la meva cultura. Però...

—No sé si m'acostumaré a tot això, em costa entendre tot el que veig —li va sortir de molt endins al Solomon abans que la Sita acabés de parlar. Ho va dir agafant-se a la tassa de te com si fos una boia al mig d'un mar de sensacions desconegudes.

—A què et refereixes?

—A tot. A la vostra manera de viure, a les comoditats, als preus! El cine, per exemple! Sempre em trobo a mi mateix traduint els euros que val l'entrada en *birrs*... I són tants *birrs* que més d'un dia he estat temptat de no comprar l'entrada! Per no dir qualsevol altra cosa!

—Suposo que el millor és no pensar gaire. Aquest món és tan estrany i està tan desequilibrat que a vegades és millor no donar-hi gaires voltes... Hi ha cinema etíop?

La Sita va optar per canviar de tema.

—Cada vegada més. Però gairebé tot es produeix fora d'Etiòpia. Podria dir-se que el cinema etíop el fan els etíops que viuen als Estats Units! *Journey to Lasta*, *Thirteen months of sunshine*... Suposo que no et sonen de res.

—Doncs no.

—La veritat és que fins ara mai no m'havia interessat gaire el cinema i a Addis hi anava poc, només a veure les estrenes de pel·lícules de les quals tothom parlava. Però aquí he trobat una bona manera de passar l'estona en solitari. I veig unes pel·lícules molt diferents. Com la que acabem de veure, per exemple!

El Solomon era el vidu més jove que la Sita havia conegut mai. Un vidu de la seva edat i tan atractiu era una combinació massa curiosa per pensar en res que fos inofensiu. Havia clavat el tros de paper amb el telèfon del Solomon i el seu nom escrit en amarinya al suro que tenia al costat del telèfon de la paret de la cuina. Cada vegada que passava per davant tenia temptacions de trucar-li, però no ho feia. Cap dels dos semblava tenir el cor gaire preparat ni motivat per a noves emocions. El Solomon li havia explicat que a Addis Abeba la gent no es trucava per quedar i veure's. Senzillament es trobava, es creuava pel carrer i decidia dinar o sopar amb un amic o amb tota la família dels seus veïns. O anava sense avisar a casa dels amics i parents, perquè en qualsevol moment una persona podia ser benvinguda i participar de l'activitat que s'estigués fent. L'únic lloc on se li acudia que podia trobar-se'l era al cine Verdi. Li havia dit que vivia a prop i que hi anava molt sovint, com a mínim dues vegades a la setmana.

Va trigar gairebé un mes a trobar-se'l a les escales del cine. Ell sortia d'una de les sales del pis de dalt i ella pujava per entrar-hi per a la sessió següent.

—Hola! Em pensava que em trucaries!

—I jo! —va riure la Sita uns graons més avall que ell, al mig de l'escala, paralitzada. El Solomon li va semblar encara més atractiu de com el recordava.

—Què vas a veure?

—Em sembla que res. Vols que et digui la veritat? Només t'havia vingut a buscar.

TERCERA PART

From: sita.riba@yahoo.com
Sent: Wednesday, July 12, 2006 11:48
To: j.torres@hotmail.com
Subject: Notícies des d'Addis Abeba!

Estimada Judith,

Per fi trobo un moment de calma per escriure't. Sento haver-te enviat només e-mails col·lectius o gairebé telegràfics, però és que a casa encara no funciona la connexió d'internet (si és que algun dia aconseguim que funcioni!) i em costa trobar estones per anar a escriure des d'un Internet Center. T'estic escrivint des del despatx del Solomon, aprofitant que estarà tota la tarda visitant unes obres i puc fer servir el seu ordinador. Mai no hauria pensat que acabaria vivint a Etiòpia i molt menys que aquest país es convertiria en el lloc que donaria sentit a la meva vida. Però és així! Ara ja fa uns quants mesos que hi visc i no sé fins quan m'hi quedaré. A vegades penso que és on viuré sempre. A vegades no ho tinc tan clar. El que sí que sé és que no us enyoro, i sento dir-ho! Penso molt en vosaltres, en tots els que he deixat a Barcelona. Els pares, la família, tu... Però prefereixo viure aquí sabent que existiu. Aquí tot el que faig cada dia, per poc que sigui, és moltíssim i és important. I estimo el Solomon amb bogeria. Cap home m'havia fet sentir com em sento amb ell. Ja ho veus! Al final havia de ser un arquitecte etíop i vidu el que em tragués del pou de la malenconia! I ell... diu que encara no es creu tot el que li està passant! Malgrat tantes diferències, ens assemblem molt i tot és fàcil entre nosaltres. A mesura que et vas fent gran, quan passen coses de veritat es detecten de seguida.

La societat etíop, almenys a la ciutat, és més moderna del que em pensava. A ningú li importa que visquem junts sense estar casats. La vida a Addis és molt més lenta que la vida a Barcelona. Aquí és impossible fer ni la meitat d'activitats que es poden arribar a fer en un dia a Barcelona! Desplaçar-se és lent, qualsevol tràmit és lent, les relacions personals són lentes... I aquest ritme lent és precisament el que necessitava! L'aparició de la Muna després de la desaparició del Mark, trobar el Solomon... Necessito aquesta manera més pausada de viure per anar col·locant cada sentiment al seu lloc.

El nostre futur com a parella és incert. A tots dos ens agradaria formar una família, però tot és encara massa recent. El Solomon va tenir un sotrac molt fort amb la mort de la seva dona. D'altra banda, si esperem més jo seré massa gran. Ja m'acosto als quaranta. Mai he sabut exactament quants anys tinc, segur que un parell més dels que diu el meu passaport! Adoptar un nen o una nena d'aquí també és un tema que discutim sovint. Per a mi d'alguna manera seria com tancar el cercle, donar-li a un nen la mateixa oportunitat de tenir una família que em van donar a mi entre *Sister* Valentina i els meus pares. Però em fa respecte, no ha de ser tan fàcil com sembla o com m'ho van fer viure els meus pares. Des d'Addis penso molt en ells, en el que van fer per mi, en l'orfenat... Els carrers són plens de nens i nenes que viuen com poden, que venen paquets de kleenex o llaminadures. Me'ls miro sovint, sobretot quan vaig amb cotxe i hi ha embussos. Sempre tinc monedes per comprar-los qualsevol cosa i a vegades plàtans i taronges per repartir si se m'acosten.

Segueixo treballant a l'hospital i també dono un cop de mà a la clínica privada del doctor Markos. La feina a l'hospital és molt dura. Tothom em diu que treballo en un dels millors hospitals del país, que això no és res... Només et diré que els familiars dels pacients ingressats han de portar-los el menjar de casa, els han de canviar de roba, s'han d'endur les mostres de sang i d'orina per portar-les als laboratoris de les clíniques privades i tornar després amb els resultats... Amb tot el que aquest moviment significa per als uns i els altres. Això els que tenen familiars amb els recursos per ocupar-se dels seus malalts. Tot el sistema sanitari és com un viatge pel túnel del temps. El Solomon m'havia explicat el que va viure quan la Yeshi estava ingressada, però ara ho he vist amb els meus ulls. I visc cada dia la precarietat, però també les ganes de tirar endavant i l'enorme solidaritat de tanta gent. Els millors equips de raigs X, per exemple, han estat donats per hospitals dels llocs més inversemblants. Sorprenentment, és un país amb molt poca corrupció i l'ajuda internacional que arriba, sigui en forma de diners o de materials concrets, no es perd pel camí i és ben visible.

La majoria dels nens que visitem a la clínica del doctor Markos són nens que seran adoptats o que poden ser-ho si no tenen anticossos seropositius o malalties greus, si intentem que la seva salut millori. Quan els nens són adoptats per famílies espanyoles, em converteixo en la pediatra intèrpret. A vegades em fa pena veure marxar alguns nens amb segons quins pares adoptius... N'hi ha que arriben a la consulta com si vinguessin a fer un control de qualitat del que acaben d'adquirir, preguntant si aquella taca o aquell granet és un defecte de fabricació, obsessionats. Entenc que tinguin por d'adoptar un nen malalt, però ja saben que és un dels riscos que corren! Igual que ningú pot assegurar que un fill biològic no neixi malalt! Ja sé que deuràs pensar que el que dic és molt fort, però últimament em fa molta pena veure marxar tants nens fora del país. No vull ni saber quants se'n van cada dia en totes les direccions... a França, als Estats Units, a Suècia... Se'n van els més sans, perquè ningú no vol adoptar els malalts, és clar... Fa uns dies vaig somiar que Etiòpia es quedava sense nens, sense futur, que es morien tots els que es quedaven, que no érem prou metges per curar-los i que els sans se'ls emportaven, tots els avions de l'aeroport de Bole estaven plens de nens i nenes etíops que marxaven... Em vaig despertar totalment suada i desorientada i encara em dura aquell sentiment d'angoixa. Sé que són orfes, que els adopten estrangers perquè els etíops que podrien no ho fan, que no hi ha prou orfenats dignes perquè puguin créixer al seu país en un entorn més o menys protegit, no hi ha institucions amb recursos perquè no s'encomanin malalties els uns als altres, perquè puguin estudiar... Gairebé cinc milions d'orfes etíops i només són adoptats a l'estranger uns pocs milers cada any. Una gota al mar. Etiòpia no es quedarà sense nens ni sense futur encara que jo ho somiï!

La setmana passada vaig anar a visitar el centre de les Missioneres de la Caritat. Quin lloc més especial! Que difícil de descriure! Al davant del recinte on s'acullen homes i dones malalts i moribunds hi ha una altra porta de ferro pintada de color blau turquesa amb un rètol que indica que és la casa dels nens. Malalts i sans, petits i grans. Quan hi vaig anar n'hi havia molts de malalts, sobretot cecs i amb discapacitats mentals. I uns quaranta que semblaven bastant sans i que esperaven ser adoptats. Ja eren grans, entre quatre i dotze anys. No hi havia ni un nadó. Així que n'arriba un, de seguida marxa. M'he ofert com a pediatra voluntària i hi aniré tant com pugui. Hi ha molta feina per fer.

Addis Abeba no és una ciutat turística ni té cap atractiu, sinó tot al contrari. I potser per això m'agrada i m'hi sento bé entre el caos de la circulació, els cotxes i les motos tocant els clàxons, els ramats de cabres i el carros estirats per mules i cavalls que passen pels costats dels carrers, els forats que s'embassen quan plou, el contrast entre la vida moderna i la tradicional... La situació política s'ha estabilitzat una mica, tot i que l'oposició està empresonada i de tant en tant arresten la gent perquè sí, per intimidar. És una democràcia molt jove, molt fràgil... si se'n pot dir democràcia... La relació amb els països veïns tampoc no és gaire clara. Ni amb Eritrea ni amb Somàlia. Hi ha constants moviments de tropes etíops tant en una frontera com a l'altra. Només esperem que no s'encengui cap foc més del compte. Procurem no pensar-hi gaire i concentrar-nos en la nostra feina i la nostra vida diària.

Si sabessis quins són els sous d'aquest país no t'ho creuries... De fet podria viure aquí tota la vida amb els diners que vaig treure venent el meu pis de Barcelona! No em penedeixo d'haver-lo venut, tot i que els meus pares no ho van entendre. Estava massa desorientada, infeliç. No podia seguir vivint a Barcelona d'aquella manera. Havia de tallar amb tot i recomençar.

A la clínica i a l'hospital he conegut infermeres molt simpàtiques. Amb elles practico l'amarinya, que de mica en mica em va sortint mig barrejat amb l'anglès. Llegir i escriure ja és tota una altra cosa, és complicadíssim! Aviat començaré a anar a classe perquè estudiar sola és massa difícil. El Solomon no té família a Addis i a Etiòpia només hi viu la família de la seva germana Aster, que viu a Awasa, al sud, així és que ara ens estem creant una família a la nostra mida i que ens agrada. Aquí les famílies no són gaire nombroses i tothom suma, tothom pot convertir-se en la família de l'altre. El fet que una estrangera, una *farangi* com ens diuen, vingui a viure a Etiòpia amb un etíop sorprèn molt a tothom i m'he convertit en una curiositat. El més freqüent és el contrari: etíops que es casen amb *farangis*, etíops que se'n van a viure lluny... O *farangis* que vénen a cooperar en el desenvolupament del país però que no s'hi queden gaire temps. Fa unes setmanes vaig conèixer una dona excepcional que es diu Catherine Hamlin. Té vuitanta-dos anys i és una doctora australiana que fa quaranta-set anys que viu a Etiòpia fent una feina extraordinària. Amb el seu marit, ja mort, van fundar l'Addis Ababa Fistula Hospital per salvar les vides de dones destrossades després d'un part difícil. T'ho explicaré un dia amb calma.

I què més puc explicar-te? Vaig d'un tema a l'altre, escric de pressa. El despatx és en un quart pis d'un edifici modern de l'avinguda Churchill. Des de la finestra veig un altre edifici en construcció, amb una bastida impossible feta de troncs i cordes... i també veig el meu cotxe aparcat, un Volkswagen escarabat blanc de segona mà que funciona molt bé. Sense cotxe és difícil moure's per la ciutat, tret que no tinguis cap pressa i puguis agafar els minibusos col·lectius i taxis o caminar molt. La casa on vivim és molt senzilla però és en un barri tranquil amb molts arbres. Tenim un petit jardí amb un mango i moltes buguenvíl·lies que em recorden la meva infància a Mumbai. El Solomon no va voler tornar a viure on vivia amb la Yeshi i va demanar al seu soci, el Yohannis, que li busqués una nova casa al barri d'Arat Kilo. El Yohannis és més que el seu soci, més que el seu mestre, és com un germà gran. Forma part d'aquesta família que ens hem creat. Va estudiar a Escandinàvia i ell també és un dels pocs que no va quedar-se a l'estranger còmodament treballant i guanyant diners i ja fa molts anys que va tornar a Etiòpia. La seva dona és encantadora, una professora de música originària del Tigray, del nord del país, guapíssima i molt elegant. No em canso mai de parlar amb ella (parla perfectament anglès, com el Yohannis i tanta gent), prenent una tassa de cafè rere l'altra (cafè etíop, que és com una infusió, no del nostre!). A través d'ella vaig entenent la societat etíop i com funciona. Vaig coneixent gent molt interessant. Admiro molt els etíops que treballen dia a dia per intentar tirar endavant el seu país en lloc d'emigrar cap a una vida més fàcil.

Em sembla que ja t'he posat al dia. Pel que fa a la Muna... No sé què dir-te. Encara no m'he aturat prou a pensar-hi. A vegades em pregunto què és una germana. Fins que la vaig conèixer vaig viure sense el sentiment de tenir una germana. Jo no recordava res, els meus primers records són del convent de Nasik. Tot el que hagués pogut viure abans no em va quedar gravat a la memòria! Si no em va oblidar mai, per què va trigar tants anys a localitzar-me? Ja em va explicar que havia de fer-ho quan fos el seu moment, quan ja ho tingués gairebé tot fet, que la seva vida havia estat un tornado d'emocions i rodatges de pel·lícules... Suposo que tenia raó. Que per enfrontar-se a un passat dur s'ha d'estar molt forta i segura i s'ha d'esperar el moment adequat. Ens hem parlat algunes vegades per telèfon des que sóc a Addis. Insisteix a convidar-nos a anar a Mumbai, ens vol pagar els bitllets d'avió tant sí com no. I potser hi anirem aviat. Al Solomon li fa molta il·lusió anar a l'Índia, visitar el país d'on vaig sortir jo. Diu que ja només ens quedaria anar a Cuba, on jo tampoc no he estat mai, i ja tindríem tots els territoris marcats!

Ahir vaig rebre un e-mail de la Muna molt llarg. M'explicava que a l'Índia s'acaba d'aprovar una llei que prohibeix treballar als menors de catorze anys. No entrarà en vigor fins a d'aquí uns tres mesos i ella diu que la llei tampoc no garanteix que de sobte deixin de treballar uns vint milions de nens i nenes com a servei domèstic, a les fàbriques de maons i de catifes... Però és un pas endavant sens dubte. Com més penso en la història de la Muna, que va passar de nena esclava a estrella de Bollywood, més sorpresa estic del que vaig poder viure jo, de la sort que vaig tenir.

Plego per avui. M'encantaria rebre notícies teves! Hem d'intentar no perdre el contacte! Tu no tens excusa, perquè l'ordinador de la consulta funciona perfectament i em pots anar enviant e-mails quan vulguis! Encara que siguin unes ratlles, no demano que m'escriguis un e-mail quilomètric com el que t'acabo d'escriure!

Dóna records als meus petits pacients!

Escriu aviat!

Una abraçada forta!

Sita

Glossari

ADEI ABEBA: Flors silvestres de color groc que creixen als camps d'Etiòpia després de l'estació de les pluges.

AMARINYA: Llengua oficial d'Etiòpia. Es tracta d'una llengua semítica.

AUTORICKSHAW: Mitjà de transport que consisteix en una moto amb una petita cabina per als passatgers.

BIDI: Cigarrets de l'Índia que acostumen a ser fulles de llorer lligades amb un fil.

BINDI: Decoració que s'enganxa al front en subsitització del típic *tikka* de pólvores. Els més tradicionals són de color vermell i acostumen a tenir forma rodona o ovalada. Són adhesius i imiten el vellut.

BIRR: Moneda d'Etiòpia.

BIRYANI: Plat indi que es prepara amb carn, arròs i verdura, entre d'altres ingredients.

CHUTNEY: Mena de melmelada que s'utilitza com a acompanyament de molts menjars indis.

CULI: Home que es lloga a l'Índia com a portejador de paquets de tota mena, que acostuma a carregar a l'esquena o en un carro de fusta que estira caminant.

CURRY: Barreja d'espècies de la gastronomia de molts països de l'Orient.

DABO: Pa etíop. Acostuma a ser rodó i molt gruixut.

DHAL: Plat de la cuina índia fet a base de llenties amb espècies. Es menja com si fos una sopa. Les famílies amb pocs recursos s'alimenten a còpia de *dhal* i *xapati*.

DIWALI: Festa que se celebra a tota l'Índia i que dura entre quatre i cinc dies en honor de les divinitats Rama i Lakshmi. També es diu la festa de la llum, perquè s'encenen milions d'espelmes. En algunes regions de l'Índia, marca el principi de l'any.

DORO WAT: Plat d'Etiòpia que consisteix en pollastre tallat a trossos molt petits amb una salsa picant. En amarinya, *doro* significa «pollastre» i *wat* significa «salsa».

DOSAS: *Crêpes* d'arròs fregides amb mantega de l'Índia del sud.

FARANGI: «Estranger», en amarinya.

FUKERA: Música etíop que molts segles enrere feien servir les tribus per enfortir la moral dels seus i atemorir els rivals abans d'una lluita.

GABI: Teixit de cotó de color cru bastant gruixut amb què s'emboliquen els homes a Etiòpia.

GANDHI TOPI: Barret que porten els homes en algunes regions de l'Índia igual que el que portava Gandhi.

GANESH: Déu hindú amb forma d'elefant. És el déu més estimat pels hindús, el déu de la vida quotidiana.

GHAT: Escales de pedra que baixen fins als rius sagrats de l'Índia, perquè la gent hi pugui anar a fer les ablucions i les oracions pertinents, i també a rentar-hi la roba.

GOLGUPPA: Pastisset indi de farina, buit per dins, que s'acostuma a menjar amb salses picants a qualsevol hora del dia.

GOMENT: Espinacs d'Etiòpia.

HALAL: «Sagrada», en àrab. Les carnisseries *halal* venen carn d'animals morts segons el ritual musulmà, orientant-los cap a la Meca i dessagnant-los.

HENNA: Barreja d'herbes que, mòltes i bullides, serveixen per decorar la pell, tenyint-la durant uns dies, sobretot a les festes dels casaments. S'utilitza a molts països del món, des del Magreb fins a l'Orient Mitjà i l'Àfrica subsahariana.

HINDI: Una de les llengües oficials de l'Índia. És la més important, tot i que només la parla com a llengua materna un 20% de la població.

IDLI: Petit pastís amb forma de bola fet d'arròs cuit al vapor. És típic de l'Índia del sud.

INJERA: Plat d'Etiòpia. És la base de tots els àpats. Consisteix en una mena de *crêpe* de farina de *teff* (cereal local) fermentada, amb què s'acompanyen guisats diversos com el *doro wat* (pollastre amb salsa), el *misr wat* (puré espès de llenties), el *shiro wat* (puré espès de cigrons), etc.

KOHL: Colorant negre amb el qual es pinten els ulls, a l'Índia i a altres països del món.

KOLO: Barreja de grans de cereals, cigrons i cacauets torrats que a Etiòpia es menja a tota hora. S'ofereix als visitants inesperats i es porta quan es viatja o s'ha de caminar un llarg trajecte.

KURTA: Camisa índia que porten els homes. En altres països de la zona, com el Pakistan, també és habitual.

MARATHI: Una de les llengües oficials de l'Índia, parlada sobretot a l'estat de Maharashtra.

MASSALA: Barreja d'espècies. També s'anomena així el plat indi que combina arròs amb carn, i la barreja d'espècies que té aquest nom.

MASSALA CHAI: Te negre amb espècies, sobretot amb cardamom i pebre negre, que es beu sobretot a l'Índia.

MAUSI: «Tia», en marathi. Sovint s'utilitza per adreçar-se a una dona a qui es té afecte encara que no sigui realment la tia ni tingui cap relació de parentiu.

MERET LE ARASHU: «La terra per a qui la treballa», en amarinya.

MISR WAT: Guisat de llenties típic d'Etiòpia. En amarinya, *misr* significa «llenties» i *wat*, «salsa».

NAMASTÉ: Salutació de la religió hindú.

NETELA: Roba blanca de cotó amb una sanefa de color a la vora que es posen les dones etíops per cobrir-se, sobretot per entrar a l'església (cristianisme ortodox).

OROMO: Relatiu a la regió d'Oromo a Etiòpia, amb llengua pròpia (orominya) i una cultura molt forta.

PAAN: Preparat de nou de bètel, enrotllat amb fulles de bètel i ple d'espècies com ara pebre, claus i grans de cafè. Es ven als carrers de l'Índia, normalment al costat dels restaurants. Es mastega i més tard s'escup tot. La boca queda tacada de color vermell intens durant unes hores.

PAKORA: Mena de raviolis farcits de verdures i fregits que, a l'Índia, es mengen a qualsevol hora.

PAPPADAMS: Mena de *crêpes* de farina de llenties que es fregeixen i queden cruixents. Acompanyen tots els àpats a la gastronomia índia.

PESO: Moneda de Cuba.

PUJA: Oracions, ritual hindú que es fa diverses vegades al dia.

RICKSHAW: Mitjà de transport indi, utilitzat sobretot als pobles grans i a les ciutats. Consisteix en una bicicleta amb un carro per a dues persones.

RICKSHAW-WALLAH: Conductor de *rickshaw*.

RUPIA: Moneda de l'Índia.

SADHU: Home religiós hindú dedicat a la contemplació. La majoria de *sadhus* es caracteritzen per anar pràcticament despullats, amb llargues barbes blanques i collarets. Viuen de les almoines.

SAI BABA: Sant indi considerat com una divinitat per a la gent més humil de l'Índia. La seva imatge, un home gran amb barba blanca, es troba a tot arreu, als cotxes, a les cases, a les oficines...

SALAM: Salutació que es fa servir a molts països. Literalment, en àrab significa «pau». A Etiòpia significa «hola».

SALWAR KAMEEZ: Conjunt de pantalons molt amples cenyits a la cintura i túnica llarga i ampla que vesteixen tant els homes com les dones. Els homes acostumen a portar-los de colors clars i llisos i de cotó; els de les dones acostumen a ser estampats i de teixits més sofisticats.

SAMBAR: Salsa molt especiada que es menja amb arròs a l'Índia del sud.

SAMOSA: Mena de raviolis de forma triangular farcits de carn o verdures que es fregeixen. Són semblants a les *pakores*.

SARI: Vestit del subcontinent indi que consisteix en set metres de roba que s'embolica al voltant del cos damunt d'una faldilla i d'una brusa curta. Acostuma a ser de colors molt vius i a cada zona es posa d'una manera diferent.

SARONG: Tros de roba que se solen posar els homes per vestir-se a molts països d'Àsia, des de l'Índia fins a Tailàndia i Indonèsia, i també al Iemen. És una mena de faldilla enrotllada a la cintura.

SARPOI: Somier de fusta sense matalàs que hi ha als cafès i a l'aire lliure perquè la gent s'hi prengui el te i reposi. Es troba a molts països orientals.

SATI: Antic ritual de l'Índia que consistia en el suïcidi de les vídues, que es cremaven vives a la pira del marit. Actualment està prohibit.

SERA BET: Així és com es coneixien els cuiners del palau de Haile Selassie a Addis Abeba.

SHIRO WAT: Puré de cigrons de la gastronomia etíop.

SIKH: Religió a la qual pertanyen milions d'indis, sobretot al nord de l'Índia. Els homes es destaquen per portar un vistós turbant i un braçalet de plata molt peculiar. Els més radicals no es tallen mai els cabells.

SINDOOR: S'anomena així la clenxa dels cabells pintada amb pólvores de colors com les que es fan servir per decorar-se el front a l'Índia.

SITA: Deessa de l'agricultura. També és la protagonista del *Ramayana* (la història de Rama i Sita és una de les llegendes més populars de l'Índia).

TABLA: Instrument de percussió indi, que és el que marca el ritme en un conjunt musical.

TEFF: Cereal que es cultiva a molts metres d'altura a Etiòpia i que és la base de la *injera*, el menjar més comú del país.

TELLA: Cervesa de fabricació casolana d'Etiòpia. Es ven a les cases particulars.

TIKKA: Marca de connotació sagrada que els hindús es pinten al front amb pólvores de colors. També existeixen adhesius de totes les formes i colors que la majoria de les dones s'enganxen al front per decorar-se'l.

TXAT: Arbust de fulles verdes i petites (*Catha edulis*), que a Etiòpia es cultiva molt i es ven a tots els mercats. Té qualitats excitants i provoca eufòria. Mastegar-ne sovint forma part dels costums. No està prohibit i s'exporta als països veïns.

URDÚ: Una de les llengües oficials de l'Índia, parlada sobretot a l'estat de Jammu i Caixmir i a Delhi. Després de la partició de l'Índia el 1947, l'urdú va ser la llengua adoptada pels musulmans i és la que ara es parla també al Pakistan.

WALLAH: Aquesta paraula hindi, que significa «home», s'afegeix a gairebé qualsevol cosa per definir diferents professions o activitats: *taxi-wallah* (taxista), *rickshaw-wallah* (conductor de *rickshaw*), etc.

XAPATI: Pa de farina i aigua cuit al foc.

Agraïments

Aquesta novel·la la vam començar a escriure a principis del 2003 i agraïm les observacions i aportacions de tots els qui han compartit aquesta aventura amb nosaltres. A totes les persones que ens han inspirat i que s'hi reconeguin, esperem que no els importi, i desitgem que ho interpretin com un petit homenatge.

Gràcies, sobretot, a l'Ennatu per inspirar tantes pàgines i perquè va ser per ella que nosaltres dues ens vam conèixer una tarda de juliol del 2002.

Gràcies al Ricard Domingo per la seva complicitat incondicional, constant i indispensable.

Gràcies a l'Abera Kumbi per compartir els seus records d'infància, per encomanar-nos la seva alegria i per introduir-nos en la història i la vida quotidiana d'Addis Abeba. El nostre Solomon no existiria sense ell.

Gràcies a l'Abraham Berhe Gebreyesus per ser molt més que un professor d'amarinya d'alguns nens i nenes etíops que ara són també de Barcelona; i per la *injera* exquisida de la seva germana Rahel.

Gràcies a la família Meherkhamb de Kolpewadi, a l'Índia, per acollir-nos i per entendre'ns sense idioma. Sobretot per fer l'esforç d'entendre la nostra manera de viure. I a tots els membres de les famílies Ghoderao i Sansare de Nasik, Shaha i Ujani per mantenir tan viva la memòria.

Gràcies a la Margaret Fernandes, la Nirmala Dias i la Merlyn Villoz dels convents Regina Pacis de Mumbai i Dev-Mata de Nasik per la seva hospitalitat i la seva ajuda cada vegada que n'hem demanat.

Gràcies a les doctores Paloma Rodríguez Mur, Helena Pallaresa i Vicky Fumadó per inspirar-nos amb la seva feina. I al doctor Markos Wudineh per tanta dedicació als seus petits pacients.

Mil gràcies a la Marina Penalva-Halpin i a la Martina Torrades de l'agència literària Pontas per la seva ajuda imprescindible i el seu punt de vista sempre interessant. I a la Vanessa Intriago per aconseguir que tot funcioni.

Agraïm també el suport dels nostres editors Ester Pujol, Ana D'Atri i Emili Rosales.

I moltes gràcies sempre als nostres pares, Radhu Ghoderao i Sita Sansare, Josep Miró i Electa Vega, Joan Soler i Teresa Pont, per haver-nos donat ales per volar.

Índex

Primera part

Segona part

Tercera part

Aquest llibre ha estat publicat
l'any del Centenari
de l'Institut d'Estudis Catalans.